d

Alison Lurie

Frauen und Phantome

Erzählungen

Aus dem Amerikanischen von Otto Bayer

Diogenes

Titel der 1994 bei William Heinemann Ltd, London,
erschienenen Originalausgabe: ›Women and Ghosts‹

Ilse's House erschien erstmals 1990
in *New York Woman* (USA).
The Pool People erschien erstmals 1991 in *Vogue* (USA).
The Highboy erschien erstmals 1990
unter dem Titel *A Curious Haunting* in *Redbook* (USA).
Counting Sheep erschien erstmals 1992
in *Woman's Journal* (GB).
Something Borrowed, Something Blue erschien
erstmals 1994 in *Harper's Bazaar* (USA).
Fat People erschien erstmals 1989
in *Vogue* (USA).
Umschlagillustration:
Kees van Dongen,
›Die Dolly Sisters‹, 1925
© ProLitteris 1995,
Zürich

Für
Hilary Rubinstein

150/96/44/1
ISBN 3 257 06104 8

Inhalt

Ilses Haus

Mir ist schon klar, daß die Leute sich noch immer ihre Gedanken darüber machen, warum ich Gregor Spiegelman nicht geheiratet habe. Ich kann das verstehen. Immerhin war Greg eine Traumpartie: gutaussehend, erfolgreich, charmant, sexy. Er erinnerte mich an diese europäischen Filmstars aus den dreißiger Jahren, die man jetzt im Fernsehen wieder gezeigt bekommt; er hatte dieselbe freundlich-zurückhaltende Art. Und dann war er ja nicht nur der Chef seines Instituts, sondern überhaupt ein bedeutender Mann auf seinem Gebiet. Alle waren sich darin einig, daß es nur zwei Menschen auf der ganzen Welt gab, die soviel von balkanischer Wirtschaftsgeschichte verstanden wie er – für manche nur einen.

Ich dagegen war nichts weiter als eine halbwegs attraktive junge Frau mit einer guten Stelle als Marktforscherin. Daß ich Greg erobert hatte, erschien wie das große Los, wo doch so viele das schon versucht und nicht geschafft hatten. Seit seine Ehe vor Jahren in die Brüche gegangen und seine Exfrau nach Europa zurückgekehrt war, machte die Damenwelt Jagd auf ihn. Auch ich selbst fühlte mich recht geschmeichelt. Ich ließ es mir zwar nicht anmerken, aber insgeheim fand ich, daß Dinah Kieran wohl der größte Glückspilz im ganzen Staat New York war.

Natürlich fanden einige meiner Freundinnen, daß Greg ein bißchen zu alt für mich sei. Dabei sah er gar nicht aus wie vierundfünfzig. Sein kräftiges hellbraunes Haar war kaum angegraut, und er war richtig gut in Form, spielte Squash und joggte täglich drei Kilometer. Ich sah überhaupt keinen Grund, mich an seinem biologischen Alter zu stören. In früheren Zeiten galt es doch sogar als besondere Errungenschaft, wenn eine Frau einen Mann heiratete, der es schon zu etwas gebracht hatte, statt sich auf diese Ungewißheit mit irgendeinem unerprobten Jüngling einzulassen wie meine arme Mama, die das ihr Leben lang bereuen mußte.

Ich kannte auch etliche Leute, die Greg für einen Chauvi hielten, aber das sah ich nicht so. Ich war ja damals auch nicht gerade eine Feministin. Natürlich war ich für Gleichberechtigung und Gleichbezahlung; daß ich genausoviel bekam wie jeder Mann in meiner Abteilung, dafür hatte ich kämpfen müssen. Aber wenn eine meiner Freundinnen mir damit kam, wie kränkend es sei, wenn ihr im Restaurant der Stuhl zurechtgerückt werde, fand ich das nur zum Gähnen. Du lieber Himmel, warum soll ein Mann denn nicht höflich und zuvorkommend gegenüber einer Frau sein, wenn ihm danach ist?

Um die Wahrheit zu sagen, ich fand es recht schön, Gregs kleiner Liebling zu sein. Ich fand es schön, wenn er mir in den Mantel half, ihn fest um mich legte und mich dabei verstohlen ein bißchen an sich drückte. Gern ließ ich mich von ihm auch so richtig altmodisch beschenken: teure Parfüms und Blumen und Reizwäsche in den Anemonenfarben, die am besten zu meinem schwarz-irischen Teint paßten – Rot, Lavendel, leuchtendes Pink. Ich glaube, er hat mich richtig verwöhnt, aber nach der Kindheit, die ich gehabt hatte, gab es für mich auch einiges nachzuholen.

Als wir unsere Verlobung lösten, schoben einige das auf den Altersunterschied, andere meinten, ich wäre Gregor wohl nicht intellektuell genug gewesen oder nicht reif genug. Oder sie sagten, wir seien zu unterschiedlicher Herkunft; was im Klartext heißen sollte, daß ich in einer Wohnwagensiedlung aufgewachsen und nicht auf die richtigen Schulen gegangen war. Nun ja, wenn etwas sehr plötzlich endet, gibt das immer Gerede. Der Hochzeitstermin war schon bekanntgegeben, der Partyservice bestellt, die Universitätskapelle reserviert, die Einladungen waren verschickt – und plötzlich, zwei Wochen vor dem Ereignis, machte es peng, und die Sache war geplatzt.

Dabei war ich es, die sie hatte platzen lassen. Alle wußten das, denn wir machten kein Geheimnis daraus, und der Grund, den wir nannten, war in gewisser Weise sogar der wahre Grund: Ich wollte nicht in Gregs Haus wohnen. Das fanden die Leute nun allerdings völlig beknackt, denn ich wohnte doch seit Monaten schon mehr oder weniger darin.

Greg ließ normalerweise nicht verlauten, daß ich behauptet hatte, in seiner Küche spuke es, denn aus seiner Sicht war das nur eine verrückte Ausrede von mir. Wie er einmal sagte, mochte ich zwar keine Akademikerin sein, aber deswegen war ich nicht dumm und ungebildet. Ich hatte meinen Magister in Statistik und hätte eigentlich rationaler, nicht irrationaler sein müssen als die meisten Frauen. Daß ich wirklich etwas gesehen haben könnte, hat er mir nie geglaubt. Noch niemand sonst hatte in seiner Küche je ein seltsames Erlebnis gehabt, nicht einmal seine verdrehte Putzfrau, die an Astrologie und Wiedergeburt glaubte.

Nun muß man dazu wissen, daß Gregs Haus ganz und gar nichts Gespenstisches an sich hat. Es ist ein Haus, wie es einem in der Werbung für Heimwerkerutensilien immer präsentiert wird, ein großer weißer Bau im modernen Kolonialstil, und steht an einer breiten Allee in Corinth Heights. Mama hätte dafür ihr Leben gegeben. Greg hatte es bei seiner Heirat gekauft, und bevor seine Frau auszog, war die Küche völlig umgebaut worden. Sie war groß, hatte viel Stauraum und war mit den modernsten Geräten ausgestattet, die man sich nur wünschen konnte: zwei Backöfen, Mikrowelle, Müllschlucker, Geschirrspüler, alles, was das Herz begehrt. Sie hatte eine avocadogrüne Tapete mit Streifen und Blumen; Herd, Schränke und alle Arbeitsflächen waren im selben kränklichen Blaßgrün gehalten. Meine Lieblingsfarbe war das nicht, und tagsüber wirkte das Ganze durch die niedrige Decke und die Nadelbäume, die dicht vor dem Fenster wuchsen, ein wenig düster. Dennoch war diese Küche der letzte Ort, an dem man ein Gespenst zu sehen erwartete.

Aber ich habe eben doch etwas gesehen. Zumindest glaubte ich etwas gesehen zu haben. Und was ich gesehen zu haben glaubte, war Ilse Spiegelman, Gregs Exfrau. Natürlich war das völlig widersinnig, denn wie sollte Ilse als Gespenst umgehen, wenn sie noch nicht einmal tot war? Und meines Wissens war sie am Leben und ließ es sich in der Tschechoslowakei gutgehen, soweit man unter dem Regime, das sie damals dort hatten, von Gutgehen reden kann. Jedenfalls lehrte sie wieder an der Universität, an der Greg sie seinerzeit kennengelernt hatte.

Wahrscheinlich sei sie da besser aufgehoben, meinte Greg. Sein Haus habe ihr zwar gefallen, aber sonst habe sie für Amerika nicht viel übrig gehabt. Nach acht Jahren habe sie sich hier noch immer nicht richtig heimisch gefühlt.

»Ich mache mir Vorwürfe«, sagte er einmal zu mir. »Ich hatte nicht ausreichend bedacht, was es heißt, eine Frau aus ihrem Land wegzuholen, fort von ihrer Familie, ihrem Beruf. Ich habe nur gesehen, wie beengt und eingeschränkt Ilses Leben war. Ich dachte an die viel zu kleine Zweizimmerwohnung, die sie mit ihrer Schwester und ihren Eltern teilen mußte, und daß sie sich weder einen warmen Wintermantel noch die Bücher und Zeitschriften leisten konnte, die sie für ihre Forschungen benötigte. Ich stellte mir vor, wie froh und dankbar sie hier sein müßte, aber das war ein Irrtum.«

Selbstverständlich habe er erwartet, daß Ilse binnen kurzer Zeit Englisch lernen werde, sagte Greg. Er war selbst in Europa geboren und erst mit zehn Jahren nach Amerika gekommen, was man ihm aber nicht anmerkte. Ilse war jedoch nicht sehr sprachbegabt und kam nie soweit, sich im Englischen wirklich zu Hause zu fühlen, was zum Problem wurde, als sie Arbeit suchte. Schließlich fand sie ein paar zeitlich begrenzte Anstellungen in Forschungsprojekten und arbeitete stundenweise als Katalogbearbeiterin in der Bibliothek, aber das entsprach weder ihren Wünschen noch dem, was sie gewöhnt war.

Nach einer Weile habe Ilse erst gar nicht mehr versucht, eine Arbeit zu finden, sagte Greg, und viele Freundschaften habe sie auch nicht geschlossen. Sie war nicht so anpassungsfähig, wie er geglaubt hatte, entpuppte sich vielmehr als überaus verkrampft, störrisch, empfindlich und ziemlich egoistisch. Wenn etwas nicht genau nach ihrem Willen ging, war sie beleidigt und kapselte sich ab.

Zum Beispiel habe Ilse zuletzt auch gar nicht mehr mit ihm ausgehen wollen, sagte er. Zur Not noch ins Konzert oder ins Kino, wenn der Film in einer Sprache war, die sie verstand. Aber Partys mochte sie gar nicht. Sie behauptete, die Leute redeten immer so schnell, daß sie nicht mitkomme, und überhaupt wollten sie ja gar nicht mit ihr reden; sie werde eben nur als Gregors Frau mit eingeladen. Aber alle seien froh, wenn sie nicht komme, behauptete sie steif und fest.

Wenn Ilse dann zu Hause blieb, war sie allerdings auch nicht glücklich, weil sie sich ausmalte, wie Greg auf der Party mit anderen Frauen flirtete. Wie sie auf solche Gedanken kam, konnte ich halbwegs nachvollziehen. Greg hatte etwas übrig für Frauen und fühlte sich in ihrer Gesellschaft wohl. Er hatte so eine Art, sich irgendeiner attraktiven Frau anzuschließen, sich leise mit ihr zu unterhalten und dabei so ein stilles Lächeln aufzusetzen. Manchmal zog er auch die linke Augenbraue hoch, wohinter sich aber keine Absicht verbarg; die rechte konnte er nämlich seit einem Fahrradunfall, den er vor ein paar Jahren gehabt hatte, nicht mehr bewegen; aber es verfehlte nie seine Wirkung.

Seine Art des Umgangs mit Frauen gab anfangs sogar mir zu denken, obwohl ich mir sagte, daß sie nichts zu bedeuten hatte. Aber Ilse machte das immer nervöser und empfindlicher. Obwohl sie doch nun wissen mußte, wie gesellig Greg von Natur aus war, versuchte sie ihn immer öfter zu bewegen, Einladungen abzusagen. Und wenn er sie einmal überreden konnte, ihn auf eine Party zu begleiten, habe sie sich dort an seinen Arm gehängt und sei ihm auf Schritt und Tritt gefolgt, erzählte er. Und immer habe sie früher nach Hause gehen wollen als er. Das war natürlich für beide nicht die reine Freude, und es wundert einen nicht, daß Greg sie nach einer Weile nicht mehr zum Mitgehen überredete.

Wenn er allein ausging, sei Ilse immer aufgeblieben, bis er wiederkam, erzählte er, obwohl er sie immer wieder gebeten habe, das nicht zu tun. Und um sich die Wartezeit zu vertreiben, öffnete sie dann eine Flasche Likör, Amaretto, Crème de Menthe oder so etwas und begann zu trinken, und bis er dann nach Hause kam, war sie betrunken und streitsüchtig. Wenn Greg zu ihr sagte, ihm sei gar nicht wohl bei der Vorstellung, daß sie für sich allein trinke, wurde sie hysterisch. »Du trinkst, auf Party«, schrie sie ihn an, »warum dann ich nicht trinken?« Und wenn Greg sie darauf hinwies, daß sie fast die ganze Flasche Kahlúa geleert habe, die seine Studenten ihm zu Weihnachten geschenkt hätten, kreischte sie ihm die Ohren voll und nannte ihn einen Geizkragen, oder wie man auf Tschechisch dazu sagt.

Schließlich kam Greg einmal erst nachts um halb zwei nach Hause. Es sei völlig harmlos gewesen, sagte er; er sei in irgendeine politische Diskussion hineingezogen worden und habe die Zeit vergessen. Zuerst habe er gedacht, Ilse sei schon zu Bett gegangen, aber im Schlafzimmer war sie nicht, und als er nach ihr rief, gab sie keine Antwort. Er war beunruhigt und suchte sie im ganzen Haus. Zuletzt ging er in die Küche, und als er das Licht anknipste, saß sie dort auf dem Fußboden, eingezwängt zwischen Kühlschrank und Wand, wo die Besen und Schrubber standen.

Greg sagte, er habe sie gefragt, was sie da mache. Ich konnte förmlich hören, wie seine Stimme dabei geklungen haben muß: teils besorgt, teils ärgerlich, teils scherzhaft. Aber Ilse gab einfach keine Antwort.

»Und was hast du daraufhin getan?« fragte ich.

»Nichts.« Greg zuckte die Achseln.

»Nichts?« wiederholte ich. Nicht daß ich annahm, ihm sei da womöglich der Gaul durchgegangen, denn das passierte bei ihm nie; er bekam nur manchmal, wenn er über jemanden oder etwas enttäuscht war, so einen kalten, verkniffenen Blick, und ich hätte mir vorstellen können, daß er Ilse vielleicht mit diesem Blick angesehen, sie aus dieser Ecke hervorgezerrt und ihr die Treppe hinaufgeholfen hatte.

»Darling, was hätte ich denn machen sollen? Ich wußte, daß sie getrunken hatte und es auf eine Szene anlegte, obwohl sie genau wußte, wie sehr ich Szenen hasse. Ich bin nach oben gegangen und habe mich zum Zubettgehen fertig gemacht, und als ich fast schon schlief, hörte ich sie hereinkommen und in das andere Bett fallen. Am nächsten Morgen hat sie sich weder entschuldigt noch sonst ein Wort darüber verloren, darum hielt ich es dann auch für netter, nicht mehr darauf zurückzukommen. Aber mir wurde von da an immer klarer, daß es für Ilse hier keine Zukunft gab.«

Als ich das nächste Mal allein in Gregs Haus war, ging ich in die Küche und sah mir die Nische zwischen Kühlschrank und Wand an. Sie kam mir gar nicht breit genug vor, daß jemand darin hätte sitzen können. Doch als ich die Besen und Schrubber und den Staubsauger nach hinten schob und es selbst ausprobierte, stellte ich fest, daß es gerade so ging. Mir war ein bißchen unheimlich da drinnen, ich fühlte mich wie ein Kind, das beim Versteckspiel von den anderen Kindern vergessen worden war. Alles, was ich von dort aus sah, war ein Stück avocadogrüner Schrank und ein Streifen Fußbodenbelag mit diesem gelblich-grünen, seekrank machenden Muster, das mir nie besonders gefallen hatte. Putztücher und Kehrichtschaufel hingen mir um Kopf und Hals. Ich hätte dort nicht lange sitzen mögen, nicht einmal als Kind. Und ich fand, daß jemand, der sich da hineinsetzte, in einer schlimmen Verfassung sein mußte.

Ich glaube, es war ein Fehler, das auszuprobieren, denn jetzt hatte ich eine gewisse Vorstellung davon, wie Ilse Spiegelman zumute gewesen sein mußte. Aber dann vergaß ich das Ganze erst einmal wieder, weil Greg mir einen Heiratsantrag machte. Bis dahin hatte er mit keiner Silbe von Heiraten gesprochen, ich ebenfalls nicht. Auf gar keinen Fall hatte ich mit dem Zaunpfahl winken wollen, wie es nach seinen Worten meine Vorgängerin getan hatte, oder ihn unter Druck setzen wie die Freundin davor.

Das war das Jahr, in dem die Medien soviel Getue um eine Studie machten, die angeblich bewiesen habe, daß studierte Frauen über Dreißig so gut wie keine Chance mehr auf eine Heirat hätten. Einige Male sprachen mich Leute darauf an: »Dinah, du bist Statistikerin, beunruhigt dich das nicht?« Himmel, ja doch, natürlich beunruhigte es mich, denn ich war schon fast neunundzwanzig, aber ich lächelte und antwortete, jeder in meinem Fach wisse doch, daß in Wirklichkeit nur die Studie schlecht angelegt gewesen sei.

Als in diesem Jahr dann Weihnachten nahte, spürte ich eine gewisse Aufwärtsbewegung in den Zukunftsperspektiven unserer Beziehung, aber ich wartete ab und bewahrte ruhig Blut. Dann erzählte mir Greg, er sei von der Rockefellerstiftung im kommenden Sommer für einen Monat in ihr Studienzentrum am Comer See eingeladen worden. Er möchte gern, daß ich mitkäme, aber dort seien nur Ehefrauen zugelassen. Ich verkniff mir jeden Kommentar, und als er davon schwärmte, wie luxuriös dieses Studienzentrum eingerichtet sei und in was für einer schönen Landschaft es liege, meinte ich nur: »Ach ja?« und »Das ist ja toll.«

Drei Tage später brachte er das Thema wieder zur Sprache und fragte, was ich davon hielte, wenn wir heirateten, bevor er dorthin fahre, denn er wisse, daß Italien mir sehr gefallen würde, und die Vorstellung, mich hier allein zu lassen, sei ihm gar nicht recht. Ich stieß keinen Freudenschrei aus oder warf mich in seine Arme, obwohl ich das am liebsten getan hätte; ich lächelte nur und sagte, das sei gar keine so üble Idee, sofern er sich nach unserer Rückkehr nur nicht gleich wieder scheiden lassen wolle, denn das werde meine arme Mama nicht verkraften.

Und am nächsten Tag sah ich dann zum erstenmal Ilse. Ich hatte noch meine eigene Wohnung in der Stadt, war aber sehr viel bei Greg und blieb auch die meisten Nächte dort. Am Sonntag stand ich früh auf, um uns Würstchen zu braten und Waffeln mit Ahornsirup zu backen, denn wir hatten erst vor einigen Tagen über das traditionelle amerikanische Landfrühstück gesprochen, und da hatte er gesagt, er habe noch nie ein wirklich gutes vorgesetzt bekommen.

Es war ein nasser, düsterer Spätwintermorgen, und die Küchenfenster waren streifig von halbgefrorenem Regen, der aussah wie durchsichtiger Alleskleber. Als ich die Küche betrat, fiel mein erster Blick auf – nun, ich hielt es für irgend jemandes Beine und Füße in grauen Strumpfhosen und abgetretenen halbhohen schwarzen Pumps, die zwischen Kühlschrank und Wand hervorschauten. Ich muß wohl zu schreien versucht haben, aber es kam nur so etwas wie ein Gurgeln heraus. Dann trat ich einen Schritt näher und sah in dieser Ecke eine blasse Frau mit dunklem Kleid sitzen.

Ich dachte nicht an Ilse. Wenn ich überhaupt etwas dachte, dann höchstens, daß wir wohl vergessen hatten, die Hintertür abzuschließen, so daß irgendeine arme Obdachlose oder eine durchgedrehte Studentin sich eingeschlichen hatte. »Herrje, was zum Teufel ...!« krächzte ich, wobei ich einen Schritt rückwärts machte und das Licht anknipste.

Dann schaute ich wieder hin, und es war niemand da. Ich sah nur Gregs schwarze Gummiüberschuhe, die er zum Abtropfen dort hingestellt hatte, als wir gestern abend aus dem Kino gekommen waren, sowie seinen grauen Wollschal, der bei den Staublappen an einem Haken hing. Ich verstand nicht, wie mein Hirn diese Dinge zu einer Frauengestalt zusammengesetzt hatte, aber das Hirn macht ja manchmal komische Sachen.

Später, nachdem ich wieder zu Atem gekommen war, dachte ich an Gregs Erzählung, und mir wurde klar, daß es Ilse Spiegelman gewesen war, die ich da gesehen oder zu sehen geglaubt hatte. Es gefiel mir gar nicht, weil es bedeutete, daß Gregs Exfrau mich doch viel mehr beschäftigte, als ich gefürchtet hatte.

Ich verriet niemandem etwas davon. Und auf gar keinen Fall wollte ich es Greg erzählen, der manchmal sagte, am meisten liebe er an mir – neben meinen von Natur aus spitz geformten Brüsten – meinen klaren Verstand. »Du bist ein Wunder, Dinah«, meinte er oft. »Unter diesen wirren schwarzen Locken bist du so verständig, daß du es mit jedem Mann aufnehmen kannst, den ich kenne.« Wie so viele Männer seines Alters war er der Meinung, die meisten Frauen könnten bei noch so hoher Bildung nie Verstandeswesen werden, und ihre Köpfe seien im wesentlichen vollgestopft mit unzusammenhängenden Nichtigkeiten, ähnlich den Styroporkügelchen, womit man diese Packkartons für Stereoanlagen auffüllt.

Also sagte ich zu niemandem ein Wort. Nur versuchte ich jetzt herauszubekommen, wie Ilse ausgesehen hatte, weil ich mir sagte, wenn sie vielleicht ganz anders ausgesehen hätte als das Etwas, das ich zu sehen geglaubt hatte, würde das doch beweisen, daß ich nur eine Halluzination gehabt hatte. Auch das wäre zwar kein Grund zum Jubeln, aber immer noch besser als eine Gespenstererscheinung.

Soviel ich wußte, besaß Greg keine Fotos von Ilse; zumindest fand ich im Haus keine. Als ich ihn einmal fragte, wie sie denn aussehe, sagte er nur, sie sei blond und kleiner als ich. Ich fragte, ob sie hübsch sei. Da sah er mich an, lachte aus vollem Hals und sagte: »Nicht annähernd so hübsch wie du, mein süßer kleiner Krauskopf.«

Danach hörte ich mich in seinem Freundeskreis um. Dabei ging ich aber nicht zu weit; die Leute sollten nicht meinen, ich wolle im nachhinein noch eifersüchtig werden. Allerdings bekam ich auf diese Weise kein aussagekräftiges Datenmaterial zusammen, und als ich aus allen ihren Aussagen einen Schnitt zu bilden versuchte, kam dabei lediglich das Profil einer mittelgroßen Frau von Anfang Vierzig mit stumpfblondem Haar heraus. Die einen nannten es wellig, andere glatt. Alle stimmten darin überein, daß sie nicht viel zu reden gehabt habe und ihr Akzent schwer zu verstehen gewesen sei, aber hübsch sei sie gewesen, jedenfalls anfangs. Später müsse sie sich irgendwie gehengelassen haben, sagten einige, und gegen Ende habe sie sehr oft krank gewirkt.

Die Sekretärin in Gregs Institut wußte zu berichten, daß Ilse schlank gewesen sei, nur ein bißchen breit ums Gesäß, aber so eine Aussage nützt einem nicht viel, wenn man jemanden identifizieren möchte, der hinter dem Kühlschrank auf dem Küchenboden hockt. Ein paar Leute meinten, sie habe »ausländisch« ausgesehen, was immer das heißen sollte; und einer von Gregs Kollegen sagte, sie habe »einen sinnlichen kleinen Schmollmund« gehabt, aber damit war nichts anzufangen, denn der Mann war als Schwerenöter bekannt.

Ich kam schließlich zu dem Ergebnis, daß es möglicherweise Ilse gewesen sein mochte, höchstwahrscheinlich aber nur eine Ausgeburt meiner Phantasie. Schlimm genug, denn ich hatte noch nie eine besonders blühende Phantasie gehabt, und es wollte mir gar nicht gefallen, daß ich neuerdings Gespenster sah, wie diese abergläubischen alten Tanten in Mamas Bekanntenkreis.

Das Dumme war nur, daß Gregs Küche mir jetzt ein bißchen unheimlich wurde. Ich ging dort gar nicht mehr gern hinein, und immer achtete ich darauf, daß ich als erstes das Licht anknipste, sogar am hellichten Tag. Ich hatte mir die Theorie zurechtgelegt, wenn das Licht an sei, würde ich mir nicht einbilden, Ilse Spiegelman zu sehen, und ich sah sie dann auch nicht.

Wochen vergingen, und mein leises Grauen vor dieser Küche hätte sich eigentlich wieder legen müssen, aber es hielt sich hartnäckig. Also fragte ich Greg eines Tages ganz beiläufig, was er denn von einem Umzug nach der Hochzeit halte. Wir waren auf einer Cocktailparty im neuen Haus meines Chefs gewesen, das am See liegt. Es hatte einen großen Kamin aus

Feldsteinen, Schiebeglastüren auf die Terrasse hinaus und einen wirklich tollen Ausblick. Ich sagte zu Greg, in so einem Haus würde ich gern wohnen. Ich glaube, es war das erste Mal, daß ich ihn um mehr bat, als auf dem Heimweg mal kurz beim Supermarkt anzuhalten und eine Flasche Chardonnay mitzubringen. Bis dahin hatte er mir alle meine Wünsche immer mehr oder weniger von den Augen abgelesen.

Also, Greg sah darin keinen Sinn, und rein praktisch gesehen hatte es auch keinen. Sein Haus war in gutem Zustand und lag geradezu ideal: knapp anderthalb Kilometer von der Universität, so daß er meist zu Fuß zur Arbeit gehen konnte. Er sagte, es würde für uns beide ziemlich lästig sein, wenn wir bei dem Wetter, das man hier von Dezember bis einschließlich März habe, jeden Tag in die Stadt fahren müßten. Dann erinnerte er mich daran, wieviel Arbeit er über die Jahre in Garten und Grundstück gesteckt habe. Nächstes Jahr werde er zum erstenmal Spargel ernten können, und darauf wolle ich doch sicher nicht verzichten, meinte er lachend und küßte mich.

Ich ließ es dabei bewenden. Inzwischen war ich ja auch so gut wie überzeugt, daß ich gar nichts gesehen hatte.

Dann kam ich im März eines Tages mit zwei vollen Einkaufstaschen von der Arbeit, stellte sie auf der Arbeitsplatte ab, drehte mich um und – heilige Mutter Gottes, da saß sie wieder, eingezwängt neben dem Kühlschrank! Es war schon fast dunkel draußen und noch dunkler drinnen, aber ich wußte, daß es dieselbe Frau war: die Haare wie ein ausgefranstes Tau, das unförmige Kleid, glänzende graue Strumpfhosen und unelegante schwarze Pumps, deren durchgescheuerte Spitzen in den Raum ragten.

Sie schien mich nicht zu sehen. Sie blickte sowieso nicht

in meine Richtung, sondern auf den seekrank machenden grünen Fußboden, und sie rührte sich nicht, saß nur da wie betrunken oder betäubt. Es war viel schlimmer als beim ersten Mal. Da war ich nur überrascht und pikiert gewesen, wie es wohl jeder wäre, wenn er in seiner Küche einen fremden Menschen antrifft, aber jetzt war ich regelrecht entsetzt.

Ich bekam fast keine Luft mehr, aber irgendwie torkelte ich rückwärts und knipste das Licht an, und als ich mich dann umdrehte, war sie wieder verschwunden. Aber ich war ganz sicher, daß ich jemanden gesehen hatte, und ziemlich sicher, daß es Ilse gewesen war. Und was noch schlimmer war, ich hatte das Gefühl, daß sie schon eine ganze Weile dort gesessen hatte. Oder vielleicht saß sie da immer, und ich konnte sie die meiste Zeit nur nicht sehen.

Ich kann euch sagen, ich war fix und fertig. Entweder hatte ich nämlich ein Gespenst gesehen, oder ich verlor den Verstand. Aber verrückt kam ich mir nicht vor, außer daß ich jedesmal, wenn ich in die Küche mußte, Heidenängste ausstand. Ich konnte nur noch daran denken, daß ich hier rausmußte.

Anderntags brachte ich beim Frühstück noch einmal die Rede auf das Thema Umzug, aber ich erreichte nichts. Greg führte wieder dieselben Argumente an wie vorher und erwähnte zum erstenmal auch die finanzielle Seite. Wie sich herausstellte, hatte er keine nennenswerten Ersparnisse und auch noch keinen großen Eigenanteil am Haus. Dafür kostete die Hypothek ihn nur acht Prozent, und so günstig bekomme er es nirgends wieder, sagte er. Es überraschte mich ein bißchen, daß Greg nicht flüssiger war, aber bei näherem Hinsehen war das eigentlich ganz logisch. Er ließ es sich gerne gutgehen: Reisen nach New York und zu Konferenzen in aller Welt, teures Essen und Getränke und alle fünf Jahre ein neuer Volvo.

Er hielt das Thema für erledigt, aber ich wollte es nicht so einfach fallenlassen. Ich sagte, ich verdiente genug, um ihm unter die Arme zu greifen, und gespart hätte ich auch etwas; vor allem wüßte ich, daß ich mich woanders wohler fühlen würde. Greg ließ einen Moment seine Zeitung sinken und blickte kurz zu mir auf, und zum erstenmal sah ich, nur eine Sekunde lang, diesen verkniffenen kalten Blick, mit dem er Leute bedachte, die er nicht leiden konnte.

Aber allmählich erschien dann wieder ein Lächeln in Gregs Gesicht, und er faltete die Zeitung zusammen, kam zu mir, küßte mich und sagte, ich solle mir über Geld keine Gedanken machen. Er dächte nicht daran, mein bißchen Erspartes anzurühren; er habe genug für uns beide.

Natürlich küßte ich ihn auch und fühlte mich wieder so richtig geliebt, aber zugleich fiel mir ganz kurz eine Bemerkung wieder ein, die eine Arbeitskollegin einmal gemacht hatte, als ich gerade anfing, mit Greg zu gehen. »Er ist ein richtig netter Kerl«, hatte sie gesagt, »solange du dich nicht mit ihm anlegst. Dann sieh dich vor.«

Nach ein paar Tagen hatte ich diesen Blick, den Greg mir da zugeworfen hatte, schon wieder so gut wie vergessen; mir wurde aber auch klar, daß Ilses Küche sich bei mir zur fixen Idee entwickelte, und meine Stimmungslage rutschte in den Keller. Ich wußte einfach nicht, was ich machen sollte. Erzählte ich jemandem davon, würde man mich für verrückt halten, und das vielleicht mit Recht. Vielleicht sollte ich mich kurzerhand in die Klapsmühle begeben. Ich überlegte, ob ich es Mama sagen sollte; sie glaubte an Gespenster, und einige ihrer Freundinnen hatten sogar schon welche gesehen, aber das waren immer die Geister Verstorbener gewesen.

Dann erinnerte ich mich, was ich auf dem College einmal in einem Anthropologiebuch gelesen hatte. In Mexiko und

Mittelamerika sollte es Zauberer geben, die ein Bildnis ihrer selbst an jeden beliebigen Ort projizieren konnten. Der Verfasser habe das nicht mit eigenen Augen gesehen, hieß es da, aber die Einheimischen seien alle überzeugt, daß es so etwas gebe. Nun ja, kann doch sein, dachte ich. Es geschah so mancherlei Unheimliches auf der Welt. Vielleicht war Ilse Spiegelman eine tschechoslowakische Hexe, und wenn sie mich davon abhalten wollte, Greg zu heiraten und in ihr Haus und ihre Küche zu ziehen, versuchte sie es vielleicht auf diese Weise. Die Entfernung konnte sie daran nicht hindern – bei einem Unterfangen solcher Art wären dreitausend Kilometer dasselbe wie zwei Meter.

Wenn ich mit Mama darüber spräche, würde sie wahrscheinlich sagen, ich solle einen Priester aufsuchen und einen Exorzismus vornehmen lassen. Aber ich wußte, daß er mir nur die Hölle heiß machen würde, weil ich seit drei Jahren nicht mehr zur Beichte gegangen war und mit Greg in Sünde lebte. Und hol's der Kuckuck, wie konnte ich denn von Greg verlangen, seine Küche exorzieren zu lassen? Ich überlegte, wie ich einen Priester ins Haus schmuggeln könnte, wenn Greg an der Uni war, fand es aber zu riskant.

Also gut, sagte ich mir, nehmen wir an, es ist Ilse, die mich hier wegjagen will. Ich lasse mich aber nicht verjagen. Bei ihrem nächsten Erscheinen werde ich ein Kreuzzeichen machen und ihr sagen, sie soll sich zum Teufel scheren und mich in Ruhe lassen. Hör zu, Schwester, werde ich sagen, du hattest deine Chance bei Greg, und jetzt bin ich an der Reihe.

Statt von nun an zu beten, daß ich Ilse nicht mehr sehen möge, versuchte ich ganz im Gegenteil, sie zu erwischen. Ein paar Wochen lang biß ich jedesmal, wenn Greg nicht zu Hause war, die Zähne zusammen, sprach ein Ave Maria und ging entschlossen in die Küche. Nie sah ich etwas. Und eines Abends, als ich gerade unsere Kaffeetassen im Becken abgespült und das Licht ausgemacht hatte und die Küche verlassen wollte, sah ich sie dann wieder im Schatten neben dem Kühlschrank sitzen. Da ich diesmal nicht darauf gefaßt war, gab ich einen Schrei von mir: »Herr Jesus!«

Greg, der schon zu Bett gegangen war, hörte mich und rief: »Was ist denn, Darling?«

In meiner Angst und Verwirrung rief ich zurück: »Nichts, ich hab mich nur mit dem Brotmesser geschnitten.« Dann knipste ich das Licht an, und natürlich war niemand da.

O Gott! dachte ich. Genau das hat sie gewollt. Sie wird mir nie erscheinen, wenn ich darauf vorbereitet bin; sie will mich überrumpeln, mich verletzen. Und das hatte sie erreicht, denn jetzt mußte ich natürlich das Brotmesser nehmen und mir damit in den Finger schneiden, um Greg etwas zeigen zu können.

Danach ging es mir ziemlich schlecht. Ich wollte Ilse nicht sehen, wenn ich nicht mit ihr rechnete, aber ich konnte auch nicht unentwegt an sie denken. Überdies wurde meine Angst vor ihrer Küche zu einer regelrechten Phobie. Also erklärte ich Greg jetzt ohne Umschweife, daß es in seinem Haus einiges gebe, womit ich mich nicht anfreunden könne.

Er war sehr lieb und mitfühlend. Er nahm mich in die Arme und küßte mich – auf eine seiner Lieblingsstellen, im Nacken, dicht über der linken Schulter, wo ich einen Kranz von Sommersprossen habe. Dann forderte er mich auf, ihm zu sagen, was mir denn nicht gefalle, es lasse sich ja vielleicht ändern. »Ich möchte doch, daß du dich hier rundum wohl fühlst, liebste Dinah«, sagte er.

Also, drei Dinge seien es, sagte ich. Zum einen wolle ich das Bad im Untergeschoß neu tapeziert haben, denn ich hätte noch nie etwas für Goldfische übrig gehabt, sie hätten so dämliche Gesichter; dann hätte ich gern eine Terrasse vor dem Eßzimmer, damit wir im Sommer draußen essen könnten. »Wenn du das gern hättest, warum denn nicht?« meinte Greg, wobei er mich an sich drückte und streichelte.

Außerdem, sagte ich, hätte ich in der Küche gern ein neues Schränkchen eingebaut, zwischen Kühlschrank und Wand. Für mich war dies das einzig Wichtige, weil ich dachte, wenn da kein Platz mehr wäre, könnte Ilse auch nicht mehr kommen und sich dort hinsetzen; und es war das einzige, wogegen Greg Einwände erhob. Wenn wir da ein Schränkchen einbauen ließen, meinte er, wohin dann mit meinem Putzzeug? Nun, das könne ich doch beim Hintereingang unterbringen, sagte ich. Nein, das sei überhaupt nicht unpraktisch; ich hätte sowieso schon immer gefunden, daß eine Küche unordentlich aussieht, wenn darin Besen stehen und alte Lumpen herumhängen. Ich hatte eine Heidenangst, er könnte jetzt vorschlagen, dann eben einen Besenschrank einzubauen, denn das wäre schlimmer gewesen als gar nichts, aber zum Glück fiel ihm das nicht ein.

»Du willst deine Küche genauso haben wie deine Diagramme, alles schön in Kästchen unterteilt«, meinte Greg. »Also gut, Darling.« Und er lachte. Manchmal zog er mich gern ein bißchen auf mit meinem Ordnungssinn.

Greg versprach, die gewünschten Verbesserungen noch vor unserer Hochzeit vornehmen zu lassen, und er hielt Wort. Am Tag, als das neue Schränkchen eingebaut wurde, ging ich, kaum nach Hause gekommen, schnurstracks in die Küche. Genau wie geplant, füllte das Schränkchen den Platz, an dem Ilse immer saß, vollständig aus. Unter der Arbeitsplatte befand sich eine Schublade, darunter ein Regalbrett; unmöglich, daß da noch jemand hineinpaßte. Ich bückte mich, um mich zu vergewissern, dann stellte ich ein paar Backformen und ein paar Tüten mit Pappbechern und Papptellern hinein.

Geschafft, dachte ich und war richtig glücklich. Wie

großzügig und gescheit mein Greg doch war, dachte ich; wie gut er aussah, und wie schlau ich das eingefädelt hatte!

Wir würden die Flitterwochen in Montreal verbringen und dann nach Europa fliegen. Ich hatte mir ein wunderschönes Hochzeitskleid gekauft: aus schwerer Rohseide und mit einem eckigen Ausschnitt, der richtig sexy wirkte, und meterweise Spitzenbesatz.

Nun, und dann waren es noch zwei Wochen bis zur Hochzeit. Ich schwebte so auf Wolken, daß Ilse mir allmählich sogar ein bißchen leid tat. Ich mußte daran denken, wie sie jetzt wahrscheinlich wieder mit ihrer Familie in diesen elenden zwei Zimmerchen hauste. Ich kannte das selbst aus der Zeit, die ich mit Mutter und Schwestern in dieser Wohnwagensiedlung verlebt hatte, wo stinkende Kaltluft durch die Fensterritzen hereindrang, der Wasserhahn in der Küche Rost spie und die Nachbarn die ganze Nacht das Radio laufen ließen oder sich lauthals stritten. Kein Wunder, daß Ilse eifersüchtig war.

Dann war die Vorlesungszeit fast vorbei, und Gregs Institut gab einen Empfang. Er rief mich an diesem Freitagnachmittag von seinem Büro aus an, um mir zu sagen, daß sie knapp an Papptellern seien, und ob ich ihnen nach der Arbeit nicht ein paar vorbeibringen könnte? Als ich nach Hause kam, ging ich folglich in die Küche und öffnete das neue Schränkchen neben dem Kühlschrank.

Nur gut, daß ich allein war, denn ich ließ einen Schrei los, der einer Alarmanlage zur Ehre gereicht hätte. Da saß Ilse Spiegelman, genauso wie zuvor, nur war sie jetzt zu einem greulichen Zwerg geschrumpft, höchstens noch 75 Zentimeter groß. Ich knipste nicht einmal das Licht an, ich brüllte nur los und taumelte auf den Flur zurück.

Es dauerte eine gute halbe Stunde, bis ich wieder soviel

Mut zusammengekratzt hatte, um noch einmal in die Küche zu gehen – wo jetzt natürlich keine Ilse mehr war, jedenfalls sah ich sie nicht. Ich griff in das Schränkchen – vielleicht mit der Hand genau durch sie hindurch –, um die Pappteller herauszunehmen, auf die Greg wartete.

Von da an wußte ich, daß ich verloren hatte. Wenn Ilse sich so klein machen konnte, würde sie mir in jeder Größe und an jedem beliebigen Ort erscheinen können. Vielleicht saß sie das nächste Mal in der Speisekammer in der Mehldose, oder wenn ich demnächst den Deckel von der Zuckerschale nähme, würde sie ganz klein und verschrumpelt darin sitzen.

Ich war völlig unten und irgendwie verzweifelt. Dann aber dachte ich, daß Ilse vielleicht gar nichts dagegen hatte, wenn ich mit Greg zusammenlebte, solange wir nur nicht heirateten. Schließlich hatte sie sich nie blicken lassen, bevor wir uns verlobten.

Also sagte ich an diesem Abend zu Greg, ich traute mir das Ganze doch nicht zu. Ich hätte Angst vor der großen Verantwortung der Ehe. Zuerst verhielt er sich ganz großartig. Er nahm mich in die Arme und küßte und liebkoste mich und sagte, das sei doch vollkommen natürlich; vor der Ehe könne einem wirklich bange sein. Und, fügte er hinzu, wahrscheinlich hätte ich doch auch ein bißchen Angst davor, die Frau eines Institutsleiters zu werden.

»Ja, das stimmt«, sagte ich, obwohl ich auf diese Idee noch nie gekommen war.

Er könne das gut verstehen, sagte Greg. Vielleicht glaubte ich dieser Aufgabe nicht gewachsen zu sein, aber er werde mir helfen; wenn irgend jemand mir das Gefühl zu geben versuche, daß ich unzulänglich oder seiner nicht würdig sei, werde er ihm schon heimleuchten.

Als ich dabei blieb, daß ich nicht heiraten wolle, fragte

Greg, woher denn dieser Sinneswandel komme. Ich wagte ihm noch immer nichts von Ilse zu erzählen; schließlich sollte er nicht denken, ich hätte nicht mehr alle Tassen im Schrank. Also tischte ich ihm nun den ganzen Quatsch auf, den man heutzutage überall liest – daß die Ehe ein veralteter patriarchalischer Kontrakt und der Besitzanspruch an einen anderen Menschen faschistisch sei. Wahrscheinlich habe ich das nicht sehr überzeugend vorgetragen, weil ich selbst kein Wort davon glaubte. Greg nahm es mir jedenfalls nicht ab.

»Du setzt mich in Erstaunen, Dinah«, sagte er mit hochgezogener linker Augenbraue. »So habe ich dich noch nie reden hören. Wer hat dich denn dieser Gehirnwäsche unterzogen?«

Niemand, beteuerte ich. Und dann brabbelte ich weiter, sagte ihm, wie sehr ich ihn liebte, aber ich hätte nun einmal Angst, und ob wir denn nicht einfach so weiterleben könnten wie bisher? Er habe doch auch schon mit anderen Frauen zusammengelebt, ohne sie gleich heiraten zu wollen, sagte ich. Das war ein Fehler. Gregs Miene veränderte sich, und er bedachte mich wieder mit diesem bösen Blick. Dann ließ er die Arme sinken, als stieße er mich gleichsam von sich weg.

»Also, was ist?« fragte er mit einem Lachen, das nicht freundlich war. »Die Rache der Verschmähten?«

»Wie?« Ich verstand kein Wort; aber schließlich kam ich dahinter, was er meinte. Es gab in der Stadt vier oder fünf Frauen, die Greg gern geheiratet hätten, und einige davon waren, wie man so hörte, noch immer schwer gekränkt. Ob ich das denen zuliebe täte, meinte er.

»Himmel, nein!« sagte ich. »Ich bin doch diesen Frauen nichts schuldig. Und ich bin mit keiner von ihnen befreundet.« Das schien ihn zu überzeugen, und er beruhigte sich.

Aber ich beharrte darauf, nicht heiraten zu wollen. Greg redete mir noch eine Weile gut zu, aber ich merkte, wie ihm langsam die Geduld riß. Ob mir nicht klar sei, daß ich ihn vor aller Welt bloßstelle und zum Gespött mache, wenn ich unsere Verlobung löse? Er müsse sich schon jetzt von Freunden hänseln lassen, weil er so oft geschworen habe, nie wieder zu heiraten. Und es gebe an der Uni auch nicht wenige, die nicht Gregs Freunde seien: Leute, die ihm den Erfolg neideten und ihn zu gern einmal auf die Nase fallen sähen.

Das war mir arg, und ich sagte ihm, er dürfe alle Schuld gern auf mich schieben; er dürfe überall herumerzählen, daß ich eine dumme Gans und neurotisch sei. Aber Greg erklärte, das wäre fast genauso schlimm, weil die Leute es ihm erst recht ankreiden würden, daß er sich mit so einer überhaupt eingelassen habe.

Dann lehnte er sich zurück und musterte mich mit so einem harten, kritischen Blick, als wäre ich eine Studentin und hätte irgendeine Arbeit abgeschrieben oder einen Artikel verfaßt, der sein Mißfallen erregte, und schließlich sagte er langsam: »Dahinter steckt doch etwas anderes, Dinah. Und ich kann mir ungefähr denken, was das ist.«

Es kam dann heraus, daß Greg glaubte, ich müsse mich in einen anderen verliebt haben, wahrscheinlich einen, der mir im Alter näher sei, aber ich hätte Angst, das zuzugeben. Ich beteuerte, es gebe keinen anderen. Ich sagte ihm wieder und wieder, daß ich ihn liebte und er der einzige sei, den ich liebte, aber er schien das gar nicht mehr zu hören. Er schob sein Gesicht ganz nah an das meine heran, bis es mein Blickfeld vollständig ausfüllte und so verzerrt aussah wie diese Fratzen, die sie einem in den Vorschauen zu Horrorfilmen immer nur für einen Sekundenbruchteil zeigen: nicht so lange, daß man genau sieht, was es ist, wohl aber weiß, daß es etwas Grausiges sein muß.

»Also los, du Luder, wer ist es, wer?« schrie er, und als ich immer nur »Niemand« antwortete, packte er mich und schüttelte mich wie eine Flasche Ketchup, aus der er den Namen eines Mannes herausschütteln zu können glaubte, nur gab es eben einen solchen Namen nicht.

Als Greg dann endlich von mir abließ und ich mit Zittern und Weinen aufhören konnte, sagte ich ihm die Wahrheit, aber er glaubte sie mir nicht. Statt dessen kam er wieder mit all den anderen Erklärungen, die er sich zurechtgelegt hatte. Mit der Zeit wurde es richtig gruslig. Greg schimpfte und fluchte, immer in diesem verbiesterten, harten Ton, und meinte, wenn ich wirklich Ilse im Küchenschränkchen sitzen gesehen haben wolle, könne ich ja wohl nur verrückt geworden sein; und ich weinte. Ich sagte, wenn ich wirklich verrückt würde, wäre es doch gemein von mir, ihn zu heiraten und sein Leben zu verpfuschen, worauf er erwiderte, das hätte ich schon.

So ging es das ganze Wochenende. Wir schliefen kaum, und zuletzt fühlte ich mich so elend und durcheinander und erschöpft, daß ich schon zu allem ja sagte, was Greg von sich gab. Daß ich wahrscheinlich von Feministinnen einer Gehirnwäsche unterzogen worden sei und daß ich mich manchmal zu jüngeren Männern hingezogen fühle; daß ich im Grunde meines Wesens irrational, falsch, feige, neurotisch und unbewußt neidisch auf Greg sei, weil er ein großer Mann und ich eben nichts Besonderes war. Das Gruslige daran war, daß ich ihm nicht nur beipflichtete, sondern in dem Zustand, in dem ich mich mittlerweile befand, fast schon alles glaubte, was er da sagte.

Am Montagmorgen saßen wir in der Küche und wollten frühstücken. Ich war in einer wirklich schlimmen Verfassung; seit zwei Tagen hatte ich weder gebadet noch mir die

Haare gemacht, und über meinem Nachthemd trug ich einen alten roten Frotteebademantel mit Kaffeeflecken. Ich hatte einen Punkt erreicht, an dem es mir schon nichts mehr ausmachte, ob ich nun verrückt war oder nicht. Ich dachte, wenn Ilse Spiegelman mich bis an mein Lebensende zu verfolgen gedenke, könne es auch nicht mehr schlimmer werden als jetzt.

Also sagte ich zu Greg, als er herunterkam, ich wolle das Ganze vergessen, und meinetwegen könnten wir heiraten. Ich reichte ihm zwei Scheiben Rosinentoast, und er starrte auf seinen Teller. Dann blickte er zu mir auf, und ich sah ihm an, daß er mich jetzt nicht mehr heiraten und auch nicht länger mit mir zusammenleben wollte.

Ich hatte richtig gesehen. Im Lauf des Vormittags rief Greg mich im Büro an und sagte, wir sollten uns am besten nie mehr wiedersehen und nie mehr miteinander sprechen. Er werde meinen ganzen »Krempel« vor die Hintertür stellen, und ob ich ihn bis sechs Uhr bitte dort abholen könne?

Nun gut, ich fuhr also nach der Arbeit hin. Wie aufgebracht und wütend Greg noch immer war, sah ich daran, wie er meine Habseligkeiten vor die Küchentür geworfen hatte. Mein lila Nachthemd sah aus wie erdrosselt, und ringsum lag Rosinenmüsli verstreut; über dem allem war eine Flasche Haarfestiger ausgelaufen, die er nicht einmal verschlossen hatte. Es war eine einzige Sauerei. Während ich Ordnung machte, heulte ich unentwegt und konnte mich gar nicht mehr beruhigen, weil ich immer noch glaubte, daß ich Greg liebte und alles, was jetzt geschah, nur meine Schuld sei. Und ohne es eigentlich zu wollen, konnte ich nicht anders, als noch einmal durchs Glas der Küchentür sehen, ob Ilse vielleicht da war. Vielleicht würde sie jetzt lächeln, dachte ich, oder sogar lachen. Das Schränkchen stand offen, aber es war leer.

Ich packte alle Sachen ins Auto und fuhr zu meiner Wohnung, deren Mietvertrag Gott sei Dank noch einen Monat lief. Aber wie es dort aussah! Ich war doch wochenlang kaum darin gewesen, und jetzt war alles verstaubt, die Fenster ganz schmierig. Ich schaffte es gerade noch, die Sachen aus dem Wagen zu laden und alles nach oben zu tragen, wo ich das von Haarfestiger und Müsli verklebte Klamottenbündel in die Badewanne warf und mich hinkniete, um den Wasserhahn aufzudrehen.

Da überkam es mich dann erst richtig. Ich fühlte mich so jämmerlich und niedergeschlagen, daß ich auf den schmutziggelben Fußboden sank und wie ein Häufchen Elend zwischen Badewanne und Toilette sitzen blieb. Am liebsten hätte ich mich umgebracht, aber ich hatte gar nicht mehr die Kraft, mich zu rühren. Gleich, dachte ich, würde ich mich zum Gasofen schleppen und den Kopf hineinlegen.

Dann begriff ich auf einmal, daß ich hier in einer engen Nische auf dem Fußboden saß, genau wie Ilse. Sie hatte es doch noch geschafft, mich auf ihren eigenen jammervollen Zustand zu erniedrigen.

Aber vielleicht war es gar nicht sie allein, die das getan hat, dachte ich. Und zum erstenmal fragte ich mich, ob Greg wohl auch zu Ilse solche Dinge gesagt hatte wie zu mir das ganze Wochenende lang, bis sie sich selbst alle Schuld gab und völlig am Boden zerstört war. Ich erinnerte mich an sein Gesicht, das mir vorgekommen war wie die Vorschau zu einem Horrorfilm, und plötzlich glaubte ich noch von Glück reden zu können, daß ich aus diesem Haus entkommen war. Ja, dachte ich, selbst wenn er es sich jetzt anders überlegte und mich wieder zu sich nähme und so charmant und zärtlich wäre wie vorher, ich würde immer an dieses Wochenende denken müssen und damit rechnen, daß so etwas wieder passierte, und ich würde den Rest meines

Lebens gewissermaßen wie auf Zehenspitzen um ihn herumschleichen müssen.

Hatte ich Ilse vielleicht unrecht getan, als ich glaubte, sie wolle mich an der Heirat mit Greg hindern? Hatte sie mich vielleicht nur warnen wollen?

Ich kann noch immer nicht mit Bestimmtheit sagen, ob es so war. Nachdem sich da drüben jetzt alles verändert hat, möchte ich am liebsten einmal in die Tschechoslowakei reisen und sie besuchen, um sie zu fragen. Aber wie soll ich das machen, wo ich doch einen Mann und ein Baby habe?

Gregor hat nicht mehr geheiratet, obschon er seit unserer Trennung noch mit vielen Frauen zusammen war. Manchmal frage ich mich, ob jemals eine von ihnen Ilse gesehen hat. Aber vielleicht muß sie ihnen gar nicht erst erscheinen, denn seine Beziehungen scheinen alle nicht besonders lange zu halten.

Die Poolmänner

Clary Grabers Mann hatte ihr davon abgeraten, drei Wochen bei seiner Mutter zu verbringen, dennoch beschloß Clary, diesen April nach Key West zu fahren. Sie wollte unbedingt die vierjährige Kate aus dem grauen, verregneten Boston wegbringen. Schon seit Weihnachten hatte ihre Tochter ewig eine laufende Nase und bekam einen Husten nach dem anderen. Es war schrecklich, sie Tag für Tag schniefend in der Wohnung herumschleichen zu sehen, ganz blaß und schlapp und weinerlich, eigentlich gar nicht sie selbst. Da draußen, in der Sonne hingegen…

»Sicher, vielleicht hilft es«, meinte Ron. »Aber du selbst wirst dich da unten zu Tode ärgern und langweilen, Darling.«

»Ich wüßte nicht, warum; letztes Jahr haben wir uns dort alle drei recht wohl gefühlt«, sagte Clary, die sich etwas darauf zugute hielt, daß sie im Unterschied zu vielen ihrer verheirateten Freundinnen die Gabe hatte, gut mit ihrer Schwiegermutter auszukommen.

»O ja.« Ron grinste. »Vier Tage lang.«

»Und ich finde es richtig lieb von June, uns einzuladen.« Clary erwähnte nicht, daß sie selbst diesen Besuch angeregt hatte. »Außerdem bist du fast den ganzen nächsten Monat in Brüssel.«

»Na schön, wenn du unbedingt willst.«

Auch noch nach einer Woche, in der sie sich oft eingestehen mußte, daß Ron nicht ganz unrecht gehabt hatte, wußte

Clary, daß es richtig gewesen war, nach Key West zu kommen. Kates Schnupfen war quasi über Nacht eingetrocknet, auch der Husten war nach ein paar Tagen weggewesen, und Kate war quicklebendig und fröhlich. Es war eine Freude, ihr zuzusehen, wenn sie in ihrem gerüschten Badeanzug und der orangefarbenen Schwimmweste am seichten Ende von Junes Swimmingpool herumplanschte und ein gelbes Plastikboot voller Plastikschildkröten darauf herumschippern ließ.

Sowohl Clary als auch Kate badeten zum ersten Mal in diesem Pool. Ron wollte immer zum Strand; er hatte nichts übrig für den Swimmingpool seiner Mutter, der von ungewöhnlicher Form war: langgestreckt und trapezförmig, so daß Ron immer sagte, er stoße an die Seitenwände, wenn er darin ein paar Bahnen schwimmen wolle. Er mochte den Lärm der Filterpumpen und auch die Art nicht, wie das Wasser am tiefen Ende unter der Oberfläche wallte und brodelte, als wollte es gleich zu kochen anfangen. Da werde ihm immer ganz mulmig, genau wie von Junes Küche, sagte er.

Clary fand an Junes Swimmingpool absolut nichts auszusetzen. Da er so tief war und fast den ganzen Tag im Schatten lag, war das Wasser am Ende der Saison nicht abgestanden und warm. Es blieb klar und kühl, und auf dem Grund schillerte ein bewegtes Muster von Weiß auf Aquamarin, wie ein zartes Filigran. Die stete Strömung fühlte sich seidig und sinnlich an, fast liebkosend, das Summen der Filteranlage empfand sie als friedvoll, beinahe einschläfernd. Clary glaubte, daß Ron in Wirklichkeit nur weg von seiner Mutter wollte, wie immer.

June hatte Clary immer etwas leid getan, seit sie sich kannten. Manche Leute hätten das vielleicht lächerlich gefunden, denn June war bei bester Gesundheit und für ihre achtundfünfzig Jahre noch erstaunlich attraktiv, außerdem war sie äußerst wohlhabend, denn sie war mit drei sehr reichen Männern verheiratet gewesen. Aber mit einer Frau, deren eigener Sohn sich hinter ihrem Rücken über sie lustig machte und die offenbar keine wirklichen Freunde hatte, mußte man einfach Mitleid haben.

Gewiß, June kannte sehr viele Leute in Key West, aber sie kannte sie offenbar nicht besonders gut. Wie Clary in einigen Zeitungsartikeln gelesen hatte, sollte die Stadt von interessanten Menschen nur so wimmeln, aber von denen hatte June anscheinend noch keinen kennengelernt. Ihr Bekanntenkreis beschränkte sich auf wohlhabende Rentner, die sich nur mäßig und etwas einseitig für Reisen, Immobilien, Hausmodernisierungen, die Pflege tropischer Gärten und ihre eigenen Krankheiten interessierten. Auch an Kindern hatten sie weniger als gar kein Interesse; sie wurden immer ganz unruhig, wenn sie Kate nur sahen. Man konnte es ihnen von den Gesichtern ablesen, daß sie fürchteten, Kate könne ihren Wandschirmen aus Reispapier oder ihrem mundgeblasenen Kristall ein Leid antun, oder aber ihre verzogenen, übellaunigen Hündchen könnten Kate verletzen. Natürlich wäre es vernünftiger gewesen, Kate mit einem Babysitter zu Hause zu lassen, aber Babysitter waren während der Saison in Key West eine ausgestorbene Spezies; alle einheimischen jungen Mädchen arbeiteten in dieser Zeit in den Souvenirläden und Restaurants.

Nach einigen unerfreulichen Begegnungen entschied Clary, daß es einfacher war, und vor allem weniger langweilig, mit Kate wegzufahren, wenn June Freunde zu Besuch hatte, und zu Hause zu bleiben, wenn June irgendwo eingeladen war. Kate hatte nichts gegen Alleinsein. Sie führte dann lange Gespräche mit ihren Plastikschildkröten sowie zwei imaginären Freunden namens Davy und Big Bill, die im Swimmingpool wohnten.

Clary kannte die beiden Namen; sie gehörten den Handwerkern, die voriges Jahr Junes Haus in Key West umgebaut hatten. Kate hatte sich mit ihnen angefreundet, war ihnen auf Schritt und Tritt gefolgt und hatte sie mit ihren Lieblingskeksen gefüttert. Davy, der klein und dunkelhaarig war, ein gutaussehender Junge, der manchmal ein violettes T-Shirt mit der Aufschrift GAY IS GOOD trug, erzählte Kate lange Geschichten von seinem Hund. Big Bill, ein großer, kräftiger und etwas ungelenker junger Mann, der selbst drei Kinder hatte, machte ihr Bauklötze aus Holzabfällen, paßgenau gesägt und sauber abgeschliffen.

Kates jetzige Freunde Davy und Big Bill waren nicht ganz dieselben, die sie einmal gekannt hatte; sie waren blau, und man konnte durch sie hindurchsehen. An manchen Tagen waren sie im Swimmingpool, erklärte sie ihrer Mutter, an anderen wieder nicht.

Clary selbst hatte keine Freunde in Key West, auch keine eingebildeten. Die einzigen Erwachsenen außer ihrer Schwiegermutter, mit denen sie seit Tagen gesprochen hatte, waren Rusty und Joe, zwei etwas schlafmützige Einheimische, gutaussehend und tiefgebräunt, die zweimal wöchentlich den Pool reinigen und warten kamen.

Aber mit der Langeweile hatte sie sich abgefunden. Schlimmer war die Enttäuschung über das Desinteresse ihrer Schwiegermutter an Kate. June war in ihre Enkelin doch immer so vernarrt gewesen, hatte zumindest so getan, und Clary hatte geglaubt, sie würde sich viel mit ihr beschäftigen wollen. Sie hatte sich ausgemalt, wie sie selbst in dieser Zeit die Geschäfte und Kunstgalerien durchstöbern oder draußen am Riff in einem kühlen, hellgrünen Universum zwischen leuchtenden Korallen und schillernden Fischen schnorcheln würde. Statt dessen konnte sie buchstäblich keinen Schritt allein gehen.

»Es ist so lange her, daß ich selbst mal ein kleines Kind hatte«, erklärte June, als Clary ihr zum erstenmal vorschlug, doch etwas mit Kate zu unternehmen. »Es wäre mir viel lieber, wenn du mitkämst.«

Und noch etwas war Clary nicht ganz bewußt gewesen, nämlich was für eine zwanghafte Schwätzerin ihre Schwiegermutter war; sie hatte sie nur für temperamentvoll und eben ein bißchen redselig gehalten. Aber früher waren immer noch andere Zuhörer dagewesen; jetzt war Clary die einzige. Sowie June ins Zimmer trat, begann sie ihren Monolog, egal ob Clary gerade Kate etwas vorlas oder im Fernsehen die Nachrichten hörte. Sie folgte ihrer Schwiegertochter von einem Zimmer ins andere, hinaus zum Swimmingpool und wieder zurück, und redete und redete, und wenn Clary etwas unternehmen wollte, mußte June immer dabeisein.

Still war June nur während und kurz nach ihrem täglichen Bad im Swimmingpool. Jeden Morgen zog sie zwanzig Minuten lang ihre Bahnen in einem maßgeschneiderten silbrigen oder türkisfarbenen Badeanzug, das kunstvoll gesträhnte und gelegte goldblonde Haar unter einer weißen Gummimütze, die bronzebraunen Schultern glänzend wie Leder. Wenn sie dann herauskam und sich tropfnaß auf einen der Liegestühle legte, schien sie für kurze Zeit ein völlig anderer Mensch zu sein, mit einem anderen, friedlichen und fast zufriedenen Gesicht.

»Ah, das hat gutgetan«, sagte sie dann, oder: »Wenn ich doch nur immer im Wasser bleiben könnte.« Bis zu einer Viertelstunde lang blieb sie dann mit geschlossenen Augen liegen und schwieg.

Hin und wieder redete June über Filme oder Fernsehsendungen, aber meist drehte es sich bei ihr um Waren und Dienstleistungen. Jeden Morgen fuhr sie in ihrem gemieteten Buick Le Sabre bei voll aufgedrehter Klimaanlage kreuz und quer über die Insel, immer auf der Jagd nach Saisonschlußverkäufen. Kam sie mittags wieder nach Hause, wußte sie von Spähtrupp, Angriff, Gefecht, Niederlage oder Triumph in der Schlacht um die begehrtesten Speisen, Getränke, Kleidungsstücke, Haushaltseinrichtungen und Dienstleistungen zu berichten. (»Du wirst es nicht glauben, aber auf der ganzen Insel gibt es keine Daunenkissen/Salatschleudern/Scherenschärfer... Zuerst habe ich es bei Sears versucht, und diese absolut schwachsinnige Verkäuferin erzählte mir, sie hätte nie davon gehört. Dann bin ich zu Strunk gefahren, wo ich letztes Jahr noch welche gesehen habe, das weiß ich genau, aber der Mann bestritt das einfach... Er war über die Maßen unverschämt, das habe ich ihm aber auch gesagt, ich habe...«)

Am weitschweifigsten erzählte June vom Umbau ihres Hauses. Dabei ging es vor allem um Terminüberschreitungen, Betrug und teure Materialverschwendung während der Arbeiten. Das alles war, um es mit Junes Lieblingsausdruck zu beschreiben, zum »Aus-der-Haut-Fahren.« (»Ich habe mir als Kind immer den Kopf darüber zerbrochen, wie man es anstellt, aus seiner Haut zu fahren«, hatte Ron einmal gemeint. »Ich dachte, dafür hätte man irgendwo so eine Art Reißverschluß, ich konnte ihn bei mir nur nicht finden.« Clary hatte darüber nicht gelacht; von Ärger mit Handwerkern wußte sie selbst ein Lied zu singen.)

Jetzt bekam sie die Saga erneut zu hören, ergänzt und ausgeschmückt. Von Anfang an hatte es laut June nichts als Ärger gegeben. Zuerst sei der Arbeitsbeginn buchstäblich um Monate verzögert worden, weil der Ortsbildausschuß immer wieder mit seinen albernen Auflagen dazwischenfunkte, angefangen bei den Farben, die man verwenden durfte, bis hin zu den frei zu lassenden zwei Metern bis zur Grundstückgrenze, wo doch die Hälfte aller Häuser in der Stadt bis unmittelbar an ihre Grundstücksgrenzen reichten. Nur wenn man Einheimischer war, durfte man nach Junes Feststellungen bauen, wie man wollte. Einmal war sie so wütend geworden, daß sie dem Ausschuß mit Klage gedroht hatte, und besser hätte sie ihn auch wirklich verklagt, denn kaum habe ihr Anwalt ihr die Klage ausgeredet, seien diese alten Waschweiber schon wieder mit neuen Einwänden gekommen, und ihr Architekt habe für ein Heidengeld (hier wurde natürlich die Summe genannt) die ganzen Pläne neu zeichnen müssen.

June habe im Sommer mehrere Male hierherkommen müssen, um nach dem Rechten zu sehen.

»Es war eine entsetzliche Hitze, sie machte einen fix und fertig, aber ich weiß genau, wenn ich nicht hiergewesen wäre, hätten die keinen Finger gerührt«, behauptete sie. Es war kurz nach dem Lunch, und sie saß kettenrauchend neben dem Verandatischchen, während Clary die *Times* zu lesen versuchte und Kate eine Papierserviette kolorierte und dabei leise vor sich hin summte. Hoch oben wehten Wolkenfetzen über einen hellen, lichtdurchfluteten Himmel; von den Banyan- und Sapotillbäumen schwebten einzelne Blätter herunter, und der Jasmin entfaltete unbemerkt seine cremeweißen Sternblüten.

»Du kannst dir gar nicht vorstellen, wie langsam die gearbeitet haben«, redete June weiter in die beschauliche Stille hinein.

»Mhm«, machte Clary. Sie konnte sich das sehr wohl vorstellen. Key West war ein geruhsamer Ort, wo alles etwas gemächlicher ging; das Tempolimit betrug fünfundfünfzig Stundenkilometer, sogar auf der Schnellstraße zum Flughafen. Dagegen war June Graber ein Leben auf der Überholspur gewöhnt, und sie nahm auch auf Key West nicht den

Fuß vom Gas. Nach fast sechzig Jahren in Manhattan wußte sie vielleicht gar nicht, wie das ging.

»Natürlich war Mac, der Unternehmer, nie da, wenn ich ihn brauchte«, berichtete sie Clary, während sie eine Kent ausdrückte und sich gleich die nächste anzündete, »und diese beiden Handwerker, die er geschickt hatte, waren unmöglich. Die meiste Zeit taten sie nur so, als ob sie etwas arbeiteten. Ich guckte aus dem Fenster, da trug Big Bill gerade ein Stück Rohr ums Haus herum, und fünf Minuten später sah ich ihn dasselbe Stück Rohr wieder zurücktragen.

Und wenn ich diesen Muskelprotz einmal fragte, was er da machte, gab er einfach keine Antwort. Es stellte sich heraus, daß er schwerhörig war, aber auch wenn ich ganz dicht an ihn heranging und ihn förmlich anschrie, nickte er nur blöde und sagte: ›Ja, Madam. Ganz recht, Madam.‹ Zu allem Überfluß war er auch noch ein Wiedergeborener Christ. Eine Zeitlang hat er mich doch tatsächlich zu bekehren versucht.« June lachte schrill. »Dauernd hat er diese einfältigen frommen Traktätchen überall im Haus herumliegen lassen, und einmal hat er zu mir gesagt, ich müsse nur Christus in mein Herz lassen, dann würde ich Frieden finden; kannst du diese Unverfrorenheit fassen?«

»Hm«, machte Clary und dachte: Ich wünschte bei Gott, du *würdest* Frieden finden, doch da sie sich dieses Gedankens sofort schämte, fügte sie noch hinzu: »Wie ärgerlich.«

»Furchtbar. Und sehr bald mußte ich feststellen, daß ich die Burschen keine Sekunde aus den Augen lassen durfte, sonst ging prompt etwas schief. Zum Beispiel saß ich eines Tages hier auf der Veranda und aß ein Sandwich, da sah ich, wie dieser Davy – du erinnerst dich sicher, das war dieser verworfen aussehende kleine Homo – mehr Farbe an meine Aralien schmierte als an den Zaun.« June zeigte auf die langarmigen Büsche, die ihren Garten nach hinten begrenzten.

»Mac, der Unternehmer, hatte gesagt, ich solle doch bitte nicht mit seinen Leuten reden, sondern zu ihm kommen, wenn ich Probleme hätte. Aber hör mal, er war doch die meiste Zeit überhaupt nicht da, und wenn ich jemanden vor meiner Nase etwas Dummes machen sehe, dann gehe ich hin und sag's ihm. Ich hatte nicht die Absicht, für schlampige Arbeit und Materialverschwendung zu bezahlen. Und genau das habe ich ihm gesagt.«

»Ja, ich weiß, das hast du mir schon erzählt«, warf Clary in der Hoffnung ein, June etwas schneller zum Ende dieser sattsam bekannten Geschichte zu bringen.

»Und wie ich also diesen Davy so mit der Farbe herumspritzen sah, habe ich natürlich was gesagt. Ich sagte, so etwas Schludriges hätte ich noch nie gesehen. Ich hätte ihm jetzt eine Viertelstunde lang zugeschaut, und er sei einfach keine sechzehn Dollar die Stunde wert. Also, ich weiß nicht, ob ich dir schon erzählt habe...«

»Doch, das hast du«, flüsterte Clary.

»...wie unglaublich frech er da geworden ist. Zuerst hat er mir überhaupt keine Antwort gegeben, hat nur seinen nassen Pinsel da auf die Fliesen geklatscht – den Klecks kannst du jetzt noch sehen, wenn du den Nadelkissenkaktus ein Stückchen wegrückst –, ist aufgestanden und wollte einfach weggehen.

Da bin ich ihm natürlich nach. ›Und wo gedenken Sie jetzt hinzugehen?‹ habe ich ihn gefragt, aber noch ganz ruhig und freundlich. ›Ich bezahle Sie hier nach Zeit, und da möchte ich schon, daß Sie zuhören, wenn ich mit Ihnen rede.‹ Also, da hat er sich umgedreht, dieser Davy, sich losgerissen und mich angeschrien: ›Sie können mich mal!‹ Regelrecht gebrüllt hat er.« June sah Clary erwartungsvoll an.

»Wie ungezogen«, sagte Clary mit dem Gefühl, einen Rollentext herunterzubeten.

»Ja. Wörtlich hat er das gesagt, nein, gebrüllt, und dann ist er auf sein Motorrad gestiegen und weggefahren. Kannst du dir das vorstellen?«

»Mhm.« Wenn June doch nur mal einen Moment still sein könnte, dachte Clary. Und wir haben noch fast zwei Wochen vor uns!

»Na, ich war vielleicht wütend! Ich habe dem Unternehmer gesagt, daß er Davy gefälligst rauszuschmeißen hat, aber er hat mich überredet, ihm noch eine Chance zu geben. Ein schwerer Fehler war das, aber ich habe wohl ein zu weiches Herz.« June legte eine manikürte Hand an der genannten Stelle auf die türkisblaue Seide.

»Als Davy dann wiederkam, hat er natürlich eine Weile furchtbar geschmollt, aber ich habe mich bemüht, darüber hinwegzusehen. Und dann hörte ich später, daß er die Unverfrorenheit besessen hatte, den Leuten zu erzählen, *er* habe beschlossen, *mir* noch eine Chance zu geben, weil ich offenbar von negativen Kräften aus einem früheren Leben beeinflußt würde.

Das hat er tatsächlich gesagt. Er war ja so ein New-Age-Typ, trug immer einen Kristall an einem Kettchen um den Hals.« June rümpfte die Nase genauso, wie sie es am Abend vorher im Restaurant über einem zweifelhaften Krabbensalat getan hatte. »Nach meinem persönlichen Eindruck standen sie alle drei wohl ständig unter Drogen.«

»Hm.« Clary blätterte geräuschvoll die Seiten der *Times* um, aber June verstand den Wink nicht.

»Kurz bevor ich im Juli wieder nach New York zurückwollte«, fuhr sie fort, »bin ich einmal um die Mittagszeit unerwartet gekommen, und was mußte ich da sehen?«

»Ja, ich weiß, du hast gesehen…«

»Das will ich dir sagen«, fiel June ihr ins Wort. »Da saß Big Bill am Beckenrand, die dicken Beine im Wasser, und kaute ein von Mayonnaise triefendes Sandwich. Und Davy, der lag rauchend daneben, das fettige Haar ganz naß, woran man sah, daß er in *meinem* Pool gewesen war.

Also, da habe ich mich sehr beherrscht; ich habe an mich gehalten und nichts gesagt, bis ich Mac sah, und dem habe ich dann erklärt, ich möchte nicht, daß seine Leute am Arbeitsplatz essen oder meinen Swimmingpool benutzen. Nur das, und ganz höflich. Ich habe ihm auch nicht widersprochen, als er behauptete, sie wären gar nicht im Pool gewesen, und nicht gesagt, daß ich keine Brotkrümel und Tomatenscheiben und Zigarettenasche und fettige lange Haare in dem Wasser wünsche, in dem ich täglich schwimme. Ich finde, das war doch sehr zurückhaltend vor mir«, endete June mit fragendem Unterton.

»Ja, gewiß«, pflichtete Clary ihr bei und sah in den Pool, der im sonnengesprenkelten Schatten schillerte wie ein kühles, reines Trapezoeder aus eisblauem Perrier.

»Aber so sind die Leute, die man hier unten kriegt«, seufzte June. »Die Putzfrau, die wir letzten Winter hatten...«

June schweifte nur kurz ab, sehr bald kam sie auf das Haus zurück. Kaum sei sie wieder in New York gewesen, als hier alles schiefzulaufen begann. Das hätten die Fotos gezeigt – Gott sei Dank habe sie nachdrücklich darauf bestanden, daß der wöchentlichen Zwischenabrechnung Fotos beigelegt wurden. Die Schlafzimmerfenster hätten nur vier statt neun Scheiben gehabt, die Trennwand im Kleiderschrank sei völlig schief gewesen, im Bad hätten sie die lachsfarbenen Kacheln mit diesem häßlichen grauen Mörtel verfugt und den Spiegel horizontal statt vertikal gehängt. Selbstverständlich habe sie das alles neu machen lassen.

«Und ob du's glaubst oder nicht, dieser Mac hat dann auch noch erwartet, daß ich für die Fehler seiner Leute bezahle. Es war geradezu widersinnig. Manchmal denke ich, er hat diese Pannen absichtlich zugelassen. Unbewußt vielleicht. Eine Freundin von mir ist Psychotherapeutin, und die hat einmal gesagt, nach dieser Schilderung scheine Mac eine passiv-aggressive Persönlichkeit zu sein, jemand, der seine Wut auf die erfolgreicheren Mitglieder der Gesellschaft dadurch auslebt, daß er mein Haus und seine Existenz gleich mit verpfuscht.«

Ungefähr ab dieser Zeit war es laut June dann auch kaum noch möglich, Mac am Telefon zu erreichen. Selbst wenn sie ihn abends nach elf angerufen habe, wenn es billiger war, habe sich immer nur sein Anrufbeantworter gemeldet. Oder seine Frau sei am Apparat gewesen, und Clary könne sich einfach nicht vorstellen, wie ungezogen *die* erst gewesen sei. »›Mac muß in sechs Stunden wieder aufstehen, um an Ihrem Haus zu arbeiten, und ich werde ihn jetzt weder für Sie noch für Frau Gott persönlich aufwecken.‹ So hat sie es wörtlich gesagt, sie war doch so eine bescheuerte Feministin.«

Clary verkniff sich mit Mühe einen Kommentar; er kam dafür von Kate, die jetzt auf der Veranda unter einem roten Hibiskus spielte. »Und plappert und klappert und steht nimmer still«, sang sie, während sie einen Plastiklastwagen voller Plastikschildkröten auf den Brettern dahinschob, die als Straße dienten.

June zündete sich eine neue Zigarette an und nahm Anlauf für die Schilderung der letzten Schlacht. Sie habe ihr Telefon in Key West wieder anschließen lassen, erzählte sie, eigens um Mac auf der Baustelle erreichen zu können, und wie oft sei er einfach nicht dagewesen! »Ich rief also an, und dann meldete sich Big Bill oder Davy und erzählte mir, Mac sei auf dem Bauhof. Dann rief ich eine Stunde später wieder an, und sie erzählten mir, er sei zum Rathaus gefahren. Schließlich ist mir der Kragen geplatzt. ›Zum Kuckuck aber auch!‹ habe ich gesagt. ›Ich bin es leid, mir eure lahmen Ausreden anzuhören. Wißt ihr eigentlich, was diese Anrufe mich kosten?‹«

Wie kaum anders zu erwarten, meldete sich am Tag darauf dann überhaupt niemand mehr auf ihrem Anschluß, wenn sie anrief, obwohl sie es über eine Stunde lang versuchte und immer wütender wurde. Schließlich habe sie ihre Nachbarin angerufen, eine ältere Frau mit Arthritis. June habe sich für die Störung entschuldigt, aber sie müsse einfach wissen, was in drei Teufels Namen in ihrem Haus vorgehe.

Widerstrebend sei die Nachbarin nachsehen gegangen. Während der Gebührenzähler munter weitertickte, sei sie langsam nach nebenan geschlurft, sei langsam wieder zurückgekommen und habe June berichtet, daß niemand aufmache. Nach weiterem Drängen sei sie dann in ihren Garten gegangen und auf eine Bank gestiegen, um über die Mauer zu sehen. Dann sei sie wiedergekommen und habe gesagt, die Arbeiter an Junes Haus hätten das Telefon und die Klingel wahrscheinlich deshalb nicht gehört, weil sie im Swimmingpool seien. Um keinen Ärger zu schüren, habe sie unerwähnt gelassen, daß sie unbekleidet im Pool waren, aber das sei dann später herausgekommen.

»Ja. Splitterfasernackt, in meinem Pool. Kannst du dir das vorstellen?« (Aus Junes Stimme klang eine Mischung aus Abscheu und sexueller Erregung, fand Clary. Es erinnerte sie an eine peinliche Situation vor einem Jahr, als ein betrunkener älterer Mann auf einer Party in Key West zu ihr gesagt hatte: »Es zieht das Alter zur Jugend. Ich bin richtig verknallt in Sie, Clary, genau wie June, die so auf ihre knackigen jungen Handwerker abfährt.«)

Sowie sie aufgelegt habe, fuhr June Graber fort, habe sie wieder ihre eigene Nummer gewählt und gewählt und gewählt, zwei Stunden lang, bis Mac sich endlich meldete.

Wenn es irgend etwas gab, was die Situation noch schlimmer habe machen können, als sie schon war, dann sein Verhalten, sagte sie. Er habe sich weder entschuldigt noch Unwissenheit vorgeschützt, nein, er habe nur gelacht.

»Um Gottes willen, Mrs. Graber«, habe er gesagt. »Es sind fast fünfunddreißig Grad hier draußen, das ist verdammt heiß, und die Jungs hatten Mittagspause. Und da Sie nicht hier sind, spielt das doch wohl keine Rolle!«

»Na ja, darauf habe ich ihm die passende Antwort gegeben! Nicht allein, daß seine Leute wissentlich gegen meine Anweisungen verstoßen hätten, nein, er habe jemanden, der schließlich Aids haben könne, in meinen Pool gelassen. ›Sie werden doch wohl nicht leugnen wollen, daß Davy homosexuell ist?‹ habe ich ihn gefragt.«

Mac habe das nicht zu leugnen versucht, sagte June. Vielmehr habe er jetzt, ob man es glauben wolle oder nicht, auch noch so getan, als ob sie und nicht er im Unrecht wäre. Mit Davy sei alles in Ordnung, habe er gesagt, und überhaupt könne man sich nicht mit Aids anstecken, wenn man im selben Pool schwimme wie ein Infizierter.

»›Ja, ja, das versuchen die sogenannten Experten uns einzureden‹, habe ich ihm geantwortet. ›Die erzählen uns ja auch, wir könnten beruhigt unser Wasser trinken, das Wachs auf den Äpfeln mache keinen Krebs und was noch alles, und später kommt dann heraus, daß sie gelogen haben. Ich lasse mich auf kein Risiko ein‹, habe ich gesagt.

Na ja, und da hat Mac dann einen anderen Ton angeschlagen. ›Bitte sehr‹, hat er gemeint, aber so richtig hämisch, ›wenn es Sie so sehr stört, werde ich den Leuten sagen, daß sie von Ihrem Pool wegbleiben sollen.‹«

June holte noch einmal tief Luft, um sich für den Höhepunkt zu rüsten. »Und weißt du, was ich ihm darauf geantwortet habe? ›O nein‹, habe ich zu ihm gesagt. ›Nichts dergleichen werden Sie sagen. Ich möchte, daß Sie alle drei noch heute nachmittag von meinem Grundstück verschwinden.‹« June lächelte im Nachgefühl ihres Sieges. »Ich habe zu ihm gesagt: ›Ich will Sie und diese Faulenzer, die für Sie arbeiten, nie mehr wiedersehen.‹ Wörtlich habe ich das gesagt.« Und sie bekräftigte ihren Triumph mit einer dicken Rauchwolke.

Natürlich habe Mac mit ihr zu handeln versucht, fuhr sie fort. »Aber ich wollte nichts mehr hören, obwohl das natürlich hieß, daß ich nun wieder nach Key West fliegen und mir einen anderen Bauunternehmer suchen mußte (und was das für eine Arbeit war, das erzähle ich dir ein andermal). Dann hatte Mac sogar noch die Stirn, mir eine Abschlußrechnung über dreitausend Dollar zu schicken, wo ich ihm sowieso schon viel mehr bezahlt hatte, als die ganze Arbeit bis dahin wert war. Aus meiner Sicht konnte er noch von Glück reden, daß ich ihn nicht wegen Verschmutzung meines Swimmingpools verklagt habe.«

June drückte ihre Zigarette aus und blickte lächelnd in die Runde. »Und was hast du heute vormittag gemacht, Katie?« rief sie zu ihrer Enkelin hinüber.

»Ich hab mit den Poolmännern gespielt«, sagte Kate.

»Was, heute? Das ist aber doch ärgerlich.« June runzelte die Stirn. »Sie kommen nämlich eigentlich immer montags und donnerstags, Clary, und ich kann es wirklich nicht leiden…«

»Sie meint nicht die Männer, die den Pool reinigen kommen«, sagte Clary. »Nicht Rusty und Joe.«

»Die doch nicht«, bestätigte Kate, während sie eine Plastikschildkröte über die Veranda auf ihre Großmutter zukrabbeln ließ. »Davy und Big Bill.«

June schwieg, was ganz gegen ihre Art war. Sie war unter ihrer braungegerbten Haut ganz blaß geworden, und ihr Gesicht verriet Anspannung, sogar Angst.

»Kate hat nicht wirklich Davy und Big Bill gesehen, da bin ich sicher«, versuchte Clary sie zu beruhigen. »Sie erinnert sich nur noch vom letzten Jahr an sie und hat ihre Phantasiefreunde nach ihnen getauft. Weißt du, sie hat zu Hause ein Phantasiekarnickel, das mit ihr in die Badewanne geht. Sind Davy und Big Bill auch Karnickel, Schätzchen?«

»Nee. Richtige Männer, nur blau.«

»Siehst du, June, blau sind sie.« Clary lachte. »Und sie kommen auch nicht von der Straße herein wie normale Menschen, nicht wahr, Kate?«

Kate schüttelte den Kopf. »Wohnen im Pool«, erklärte sie, wobei sie ins Wasser zeigte. »Sie haben gefragt, wann meine Omi wieder mal nachts zum Schwimmen kommt. Sie wollen mit ihr spielen. Das bist du«, sagte sie zu June. »Du bist meine Omi.«

June saß wie erstarrt; sie öffnete den Mund, schien aber ausnahmsweise nicht zum Sprechen in der Lage. Entweder mißbilligte sie Phantasiefreunde, dachte Clary, oder sie störte sich an der Art der Anrede. Sie hatte schon mehrere Male gesagt, daß sie nicht Oma oder Großmama oder Omi genannt werden möchte. (»Da komme ich mir immer vor wie so ein armes altes Frauchen. Warum kann Kate nicht einfach ›June‹ zu mir sagen, wie alle anderen in der Familie?«)

Am nächsten Tag wurde es sehr heiß, und als Rusty kam, um den Swimmingpool zu reinigen, brachte Clary ihm einen Eistee.

»Danke«, sagte er, während er sich an die Schattenseite des Hauses lehnte. »So schön und friedlich hier. Man sollte nicht glauben…« Er unterbrach sich.

»Was sollte man nicht glauben?«

»Hm, ja.« Er trank noch einen großen Schluck. »Diese böse Geschichte vom letzten Herbst.«

»Sie meinen, wie diese Handwerker sich gegenüber Mrs. Graber betragen haben?« Clary dachte, diese Geschichte müßten inzwischen schon alle in der Stadt gehört haben.

Rusty sah sie durchdringend an. »O nein! Ich meine, wie beschissen – Verzeihung – sie sich ihnen gegenüber benommen hat. Und was danach passiert ist.«

»So?« fragte Clary. »Was ist denn danach passiert?«

»Hm.« Er blickte über die Veranda hinweg zu Kate, die gerade ein Blumenbeet umgrub. »Nachdem sie diese Leute rausgeschmissen hatte und dann nicht mal bezahlen wollte, was sie ihnen schuldete, darüber wissen Sie doch Bescheid?«

»Ja«, sagte Clary. »Das heißt…« Sie runzelte die Stirn.

»Wissen Sie, die waren nämlich ganz schön aufgeschmissen. Für Mac war's ja nicht so schlimm, er hatte noch ein paar andere Aufträge laufen und auch etwas auf der hohen Kante. Aber Big Bill, der hatte eine Frau und drei kleine Kinder und war auf das Geld angewiesen. Und wie ihn dann dieser Bekannte von ihm fragte, ob er für tausend Dollar eine Ladung – fragen Sie nicht was – zu irgendeiner Adresse in Atlanta bringen will, hat er ja gesagt. Davon haben Sie nie gehört?«

»Nein.«

»Menschenskind, vielleicht sollte ich nicht…«

»Erzählen Sie weiter.«

»Na schön. Also. Big Bill, er hat die erste Tour geschafft, aber auf der zweiten kam er kurz hinter Summerland Key auf eine Polizeikontrolle zu. Da ist er durchgedreht, hat gewendet und wollte zurück, und ein paar von den Bullen hinter ihm her. Ganz schön gerast ist er, und an der Baustelle auf der Brücke hat er die Kontrolle verloren und ist durchs

Geländer gekracht. Ins Keys Memorial Hospital haben sie ihn nur noch tot eingeliefert.«

»Das ist ja entsetzlich.« Clary stellte ihren Eistee ab; ihre Finger fühlten sich an wie hartgefroren. »Das tut mir wirklich leid...«

»Und dann Davy. Haben Sie davon gehört?« Clary schüttelte den Kopf. »Eine Familie hatte er ja nicht zu versorgen, aber er mußte jede Woche über achtzig Dollar für AZT bezahlen. Er wollte ins staatliche Programm, aber die hatten sechs Wochen Wartefrist. Da ist er kribbelig geworden und nach San Francisco abgeschwirrt, weil er gehört hatte, da wär's besser, aber dann war der Bürokratismus dort noch schlimmer. Er hat sein Motorrad verkauft und in Parks geschlafen. Und so um Thanksgiving herum, da hat er's nicht mehr ausgehalten, nur darauf zu warten, daß er krank wird und stirbt, und ist von einem der Hochhäuser gesprungen, die sie dort haben.«

»Das ist ja entsetzlich«, konnte Clary nur wiederholen. »Aber ich kann mir nicht vorstellen, daß June – Mrs. Graber – etwas davon weiß, sonst wäre sie doch nicht so...« Sie verstummte, weil ihr kein neutrales Wort dafür einfiel.

»O doch, sie weiß Bescheid«, sagte Rusty. »Sie weiß genau Bescheid, weil ich's ihr nämlich erzählt habe, als sie kurz vor Weihnachten hierherkam.«

Bei Clarys Ankunft in Key West hatte June angekündigt, eine Cocktailparty für sie geben zu wollen. Clary hatte ihrer Schwiegermutter höflich gedankt, aber jetzt, als das Versprechen erfüllt wurde, hatte sie keinen großen Spaß daran. Unter einem orangefarbenen, schnell verblassenden Abendrot hatten sich zwei Dutzend guterhaltene Senioren in seltsam jugendlicher und bunter Aufmachung eingefunden – feuerwehrroten Hosen, Hawaiihemden, gelben Bermuda-

Shorts und blutroten Strandkleidern – und standen mit ihren Gläsern um den Swimmingpool herum. Als es dämmerte, erstrahlte das Wasser mehr und mehr in einem fast übernatürlichen Türkis, aber sie hatten keinen Blick dafür, so vertieft waren sie in ihren Klatsch über Grundstücksgeschäfte oder ihre jeweiligen Häuser, Pflanzen, Tiere und Krankheiten.

June schritt in ihrem pinkfarbenen seidenen Partyanzug unablässig zwischen den Gästen umher und nötigte sie, von den fritierten Muschelbällchen zu probieren. Clary stand am seichten Ende des Pools und sah ihrer Tochter zu, die Blätter und Hibiskusblüten übers Wasser segeln ließ, während sie selbst einer Unterhaltung über Restaurants auf den Bermudas zuhörte, wo sie nie gewesen war und auch nicht unbedingt hinwollte.

Plötzlich gab es am anderen Ende des Pools einen Tumult. June Graber hatte, wie man es später sah, einen Schritt rückwärts gemacht und war ins Wasser gefallen. Man hörte Schreie und ein wildes Geplansche, das immer lauter wurde, als einige von Junes Gästen – die meisten schon über sechzig und mehr oder weniger beschwipst – zu ihrer Rettung hinterhersprangen, manchmal einer auf den andern drauf.

Fast augenblicklich war das schillernde Trapezoeder angefüllt mit bunten, strampelnden Gestalten und die Luft mit hysterischem Geschrei. Andere Gäste wateten an Kate vorbei ins Wasser oder schleuderten grüne und magentarote Stuhlkissen hinein, die als Rettungsringe gedacht waren, aber als Wurfgeschosse wirkten.

Es war vollends dunkel, bis alle Möchtegern-Retter aus dem Wasser gezogen oder, benommen und mit blauen Flekken, auf eigenen Beinen wieder herausgewatet waren. June Graber wurde als letzte herausgeholt. Wie es aussah, hatte sie sich irgendwo den Kopf angeschlagen und war sofort untergegangen. Zwar versuchten mehrere der Helfer, später auch die Rettungssanitäter, sie wiederzubeleben, aber alle Mühe war umsonst.

Clary sah diese vergeblichen Bemühungen nicht mehr mit eigenen Augen; nach dem ersten Blick auf dieses schwere, nasse, pinkfarbene Ding hatte sie sich Kate geschnappt und war mit ihr ins Haus geeilt.

Wieder daheim in Boston, machten Clary und Ron sich, nachdem der erste Schock abgeklungen war, vor allem Sorgen um Kate. Die erste Begegnung eines Kindes mit dem Tod war von großer Bedeutung und erforderte taktvollen Umgang.

»Siehst du, Schätzchen«, schloß Clary, »deswegen sollst du am Wasser immer deine Schwimmweste tragen, denn du kannst nicht die ganze Zeit daran denken, dich in acht zu nehmen. Omi hat nicht daran gedacht, hat einen Schritt rückwärts gemacht und ist in den Pool gefallen.«

»Nein«, sagte Kate.

»Was heißt hier nein?« Clary nahm Kate besorgt in die Arme.

»Omi hat keinen Schritt rückwärts gemacht. Big Bill hat sie am Bein gepackt und reingezogen, und dann hat Davy sie unters Wasser gedrückt.«

»Aber nicht doch, Schätzchen!« rief ihr Vater.

Die Eltern mochten jedoch sagen, was sie wollten, Kate blieb bei ihrer Version. Wenn sie weiter auf sie einredeten, fing sie nur an zu weinen, und Clary und Ron hatten dann alle Hände voll zu tun, sie wieder zu beruhigen.

»Für Kate ist Tod noch kein Begriff, sie ist einfach zu jung dafür«, sagte Clary später. »Als ich sie heute abend zu Bett brachte, hat sie mir erzählt, daß deine Mutter jetzt in Key West in ihrem Swimmingpool wohnt.«

»So was Ähnliches hat sie auch schon zu mir gesagt«, bestätigte Ron. »Ich glaube, sie verdrängt auf diese Art nur, daß sie June nie mehr wiedersehen wird, weil der Verlust immer noch zu schmerzlich ist.«

»Jaaa.« Schmerzlich für Ron, dachte Clary – viel schmerzlicher, als sie vermutet hätte. Kate aber bedeutete ihre Großmutter eigentlich gar nicht viel. Es hatte auch sein Gutes, daß sie sich nie so richtig miteinander angefreundet hatten.

Clary stellte sich Junes Haus in Key West vor, das jetzt zum Verkauf stand, nachdem Ron erklärt hatte, er werde dort nie wieder hinfahren. Sie sah es deutlich vor sich, von der Gartenseite her: die Läden geschlossen, die Verandamöbel mit Plastikfolie abgedeckt. Aber die Außenbeleuchtung, deren Zweck es war, Einbrecher abzuschrecken, war in der Dämmerung sicherlich automatisch angegangen und übergoß die Palmen und Hibiskusbäume mit ihrem unnatürlichen Licht. Und gewiß war auch der Pool noch voll Wasser; der Immobilienmakler hatte gemeint, das sähe für Kaufinteressenten besser aus.

Das Wasser ist kühl und klar und silbergrün wie immer, dachte Clary; es kommt aus den Einlaßrohren geflossen und brodelt unter der Oberfläche mit demselben weichen Blubbern, demselben unablässigen Summen. Und auf der Oberfläche spiegelt sich wie immer das Laub der Bäume. Und vom Boden herauf schillert dasselbe bewegte Gittermuster – als ob jemand langsam ein Netz hin und her schwenkte, in dem sich am tiefen Ende ein paar schemenhafte blaue Gestalten bewegten.

Der Highboy

Ich hätte dieses Möbel, auch ohne seine Geschichte zu kennen, nicht im Haus haben wollen. Für eine teure Antiquität war es nicht gerade schön. Es wirkte mit seinen vielen Schubladen aus dunklem Mahagoni und den spindeldürren krummen Beinen nicht nur schwer, sondern einfach kopflastig. Aber Clark und ich hatten für Chippendale noch nie viel übrig gehabt; wir bevorzugen schlichte Formen und helle Hölzer. Der geschnitzte Giebel war für meinen Geschmack zu überladen, und die polierte Oberfläche schimmerte in einem tiefen Schwarzbraun, das an eingelegte Zwetschgen erinnerte.

Trotzdem konnte ich verstehen, warum diese Hochkommode Buffy Stockwell, Clarks Schwägerin, soviel bedeutete. Es war ihr wichtig, »gute alte Stücke« zu besitzen, wie sie es nannte; ihre Antiquitäten mußten echt sein und ihr Porzellan von Spode. Sie ritt nicht darauf herum, wieviel kostbarer ihre »Sachen« seien als die der meisten anderen Leute, aber man war sich dessen immer bewußt. Außerdem war der Highboy ein Erbstück; er befand sich schon seit vielen Jahren in ihrer Familie. Ich konnte verstehen, daß sie enttäuscht und gekränkt war, als ihre Tante ihn Buffys Bruder vermachte.

»Ich will ja nicht undankbar erscheinen, wirklich nicht, Janet«, sagte Buffy zu mir beim Lunch im Country Club. »Mir ist klar, daß Jack den Familiennamen weiterträgt und ich nicht. Und ich habe mich natürlich auch gefreut, Tante Betsys Kaffeeservice zu bekommen. Ich nehme an, es ist genausoviel wert wie der Highboy, aber es hat nun einmal kein Vorleben. Keine Persönlichkeit, wenn du verstehst, was ich meine.«

Buffy kicherte. Meine Schwägerin neigte dazu, ihre Besitztümer zu vermenschlichen, so von ihnen zu sprechen, als hätten sie menschliche Eigenschaften. »Dieser liebe kleine Zuckerlöffel von Paul Revere.« – »Sehr lebhaft für einen Blumenständer, fast schon ein bißchen zudringlich, aber ich denke, er wird sich auf der Veranda sehr wohl fühlen.« Wenn ihr Geschirrspüler, Rasenmäher oder Videorekorder einmal nicht funktionierte, sagte sie, er sei »krank«. Ich hatte diese Angewohnheit einmal liebenswert gefunden, aber seit einiger Zeit ging sie mir auf die Nerven.

»Ich verstehe es wirklich nicht«, sagte Buffy, während sie ihre Kuchengabel in die Zitronencremetorte grub, die sie sich im Club immer bestellte, nachdem sie zuvor erklärt hatte, eigentlich sollte sie das ja nicht. »Schließlich war ich es, die nach Tante Betsy benannt wurde, und sie wußte doch, wie sehr ich an der Familiengeschichte interessiert bin. Ich hatte immer gedacht, ich wäre ihr Liebling. Na ja, man lernt nie aus.« Sie kicherte noch einmal, führte noch ein Stück Torte zum Mund und hinterließ einen Klecks Schlagsahne auf ihrer aufgeworfenen Oberlippe.

Sie dürfen mich jetzt nicht falsch verstehen. Buffy und ihr Mann, Clarks Bruder Bobby, waren ganz reizende Menschen und so liebevoll und zuverlässig und nett, wie jemand nur sein konnte. Aber selbst Clark mußte zugeben, daß sie nie richtig erwachsen geworden waren. Bobby war einundsechzig Jahre alt und Vizepräsident seiner Firma, aber sein Leben drehte sich immer noch hauptsächlich um Golf und Tennis.

Buffy, nur wenig jünger als er, trieb wegen ihres Herzens keinen Sport mehr. Aber nach wie vor bevorzugte sie knallige gelbe und pinkfarbene Sportkleidung, färbte sich die Löckchen blond und benahm sich wie ein junges Mädchen. Und mitunter hatte sie eben auch diese kindischen Schrullen: billigte ihren Schoßtieren eigene Ansichten zu und gab ihren Autos Namen. Sie war fest davon überzeugt, daß ihr Pudel Suzy den Briefträger nicht leiden könne, weil er Demokrat sei, und lange Jahre hatte sie immer einen Plymouth Variant namens Prince gefahren.

Das nächste Mal kam der Highboy während einer Dinnerparty bei uns zu Hause wieder zur Sprache; das war etwa einen Monat später, nachdem Buffy ihren Bruder in Connecticut besucht hatte. »Es war kein erfreulicher Besuch«, berichtete sie. »Du weißt doch, daß meine Tante Betsy ihren Newport-Highboy, den ich zu erben gehofft hatte, Jack vermacht hat. Ich glaube, das habe ich dir schon erzählt.«

Ich bejahte.

»Also, jetzt steht er bei ihm in Stonington. Aber er ist dort zwischen all dem pseudoantiken Nußbaumzeug, das Jacks neue Frau sich ausgesucht hat, so völlig fehl am Platz. Er wirkte richtig pikiert.« Buffy seufzte und nahm sich von den Röstkartoffeln, die gerade herumgereicht wurden.

»Das macht mich alles so traurig«, fuhr sie fort. »Ich sah auf den ersten Blick, daß Jack und seine Frau den Highboy gar nicht richtig zu schätzen wissen, so wie sie ihn einfach in eine Ecke neben der Terrassentür gestellt haben. Jack sagt, da steht er nur, weil er überall wackelt, wo man ihn hinstellt, und dauernd klemmen die Schubladen.«

»Vielleicht stimmt das ja«, sagte ich. »Immerhin muß er schon über zweihundert Jahre alt sein.«

Aber Buffy konnte dem nicht zustimmen. Tante Betsy habe derlei Schwierigkeiten nie gehabt, obschon sie Buffy einmal anvertraut habe, daß der Highboy launisch sei. Normalerweise glitten die Schubladen wie geölt, aber hin und wieder steckten sie eben fest.

Das habe doch wahrscheinlich mit der Luftfeuchtigkeit zu tun, warf ich ein. Aber laut Buffy hatte ihre Tante Betsy, die eine ähnlich blühende Phantasie gehabt haben muß wie ihre Nichte, immer gesagt, der Highboy sei schlecht gelaunt; jemand müsse grob mit ihm umgegangen sein, hatte sie gemeint, oder er sei lange nicht mehr poliert worden.

»Ich bin überzeugt, Jacks Frau weiß mit gutem Mobiliar nicht einmal richtig umzugehen«, fuhr Buffy dann beim Salat fort. »Sie geht viel zu sehr in ihrem hochgestochenen Managerjob auf.«

»Wirklich, Janet, das ist wahr«, fuhr sie fort. »Als ich letzte Woche dort war, sah die Politur schon ganz stumpf aus, fast seifig. Tante Betsy hat den Highboy jede Woche einmal mit Bienenwachs eingerieben, damit die Patina erhalten blieb. Das habe ich auch zweimal erwähnt, aber ich sah schon, daß Jacks Frau mir überhaupt nicht zuhörte. Sie hört mir ja auch sonst nie zu.« Buffys kurzes Kichern klang fast wie ein Schluckauf. Die Frau ihres Bruders war nicht die einzige in der Familie, die Buffy für ein geistiges Leichtgewicht hielt, und Buffy war nicht dumm genug, um es nicht zu merken.

»Weißt du, was ich für einen Verdacht habe, Janet? Ich habe den Verdacht, sie läßt ihn von ihrer Putzfrau mit so einem neumodischen chemischen Zeug einsprühen, das man nicht mehr nachpolieren muß«, fuhr Buffy fort, wobei sie mich mit gerunzelter Stirn über das glänzende Damasttischtuch hinweg ansah. »Ich habe nämlich so eine Dose unter ihrer Spüle gefunden. Voll widerlicher Chemikalien, die man gar nicht aussprechen kann. Und überhaupt, das Klima in Stonington, mit all dem Salz und der Feuchtigkeit in der Luft, kann gar nicht gut für alte Möbel sein.«

Die Unterhaltung war gerade ein wenig abgeebbt, und Buffys Mann, der am anderen Tischende saß, hörte Buffy und rief lachend zu meinem Mann hinüber: »Sag mal, Clark, könntest du Buffy nicht klarmachen, daß sie endlich diesen blöden Highboy vergessen soll?«

Clark gedachte natürlich nichts dergleichen zu tun. Vielmehr beugte er sich zu uns herüber, um Buffys Klagelied anzuhören, und meinte dann, sie könne ihren Bruder doch einmal fragen, ob er nicht bereit sei, den Highboy gegen Tante Betsys Kaffeeservice einzutauschen.

Ich fand diesen Vorschlag gut, und Buffy auch. Sie schrieb sofort an ihren Bruder, und ein paar Tage später rief Jack sie an und sagte, er sei einverstanden. Er habe den Highboy satt; er könne ihm unter die Füße legen, was er wolle, das Ding wackle immer noch.

Außerdem habe er, Jack, tags zuvor eine Landkarte aus der oberen Schublade nehmen wollen, weil sie eine Reise planten, und da sei die ganze Kommode völlig verklemmt gewesen. Er hätte gerade den Versuch aufgegeben, die obere Schublade mit einem Schraubenzieher zu öffnen, und sich an einer der unteren zu schaffen gemacht, als er plötzlich einen Mordsschlag auf den Kopf bekommen habe. Irgendwie müsse er die obere Schublade wohl doch losbekommen haben, erzählte er Buffy, und als er dann an der unteren herumwerkelte, müsse sie lautlos über ihm herausgeglitten sein. Und als er sich aufrichtete: Boing!

Da es Samstag war und ihr Arzt keinen Dienst hatte, mußte seine Frau ihn fünfzehn Kilometer weit ins nächste Krankenhaus bringen; er selbst war viel zu benommen und wirr im Kopf, um Auto zu fahren. Die Röntgenaufnahmen hätten keine Gehirnerschütterung gezeigt, aber jetzt habe er eine Beule von Pflaumengröße auf dem Kopf und ein Schädelbrummen von Fußballgröße. Er schicke ihr das verdammte Möbel nur zu gern, sobald es ihr passe, sagte er zu Buffy, und sie könne sich mit dem Kaffeeservice, das sie ihm dafür geben wolle, ruhig Zeit lassen.

Als ich zwei Wochen später zu Buffy zum Tee fuhr, war Tante Betsys Highboy da. Buffy war so selig, daß ich mich in Nachsicht übte, als sie davon zu reden anfing, wie das Ding die Pflege genieße, die sie ihm angedeihen lasse. »Wenn ich das Bienenwachs einreibe, fühle ich ihn förmlich unter meinen Händen schnurren wie ein großer Kater«, behauptete sie. Ich sah mir den Highboy noch einmal an und fand, daß mir noch nie ein unansehnlicheres Möbelstück vor die Augen gekommen war. Sein protziger Giebel glich einem grobgehauenen Napoleonhut aus Mahagoni, und mit seinen Klauenfüßen erweckte er den Anschein, als stände er auf Zehenspitzen. Wenn das ein großer Kater war, dann war es ein Kater mit Vogelbeinen – eine Art Greif.

»Ich weiß, daß er froh ist, hier zu sein«, beteuerte Buffy. »Neulich konnte ich meine Lesebrille nirgends finden; aber auf einmal, wie ich so im Wohnzimmer stand und mit meinem Latein am Ende war, hörte ich ein leises Knarren, oder vielleicht war es mehr ein Schnalzen. Ich sah mich um, und da stand eine der oberen Schubladen des Highboys etwa eine Daumenbreite weit heraus. Und als ich hinging, um sie zu schließen, lag da meine Brille! Na, was sagst du dazu?«

Ich wußte dazu gar nichts zu sagen, aber um Buffy bei Laune zu halten, sagte ich: »So ein Zufall!«

»Oh, das war mehr als Zufall.« Buffys Kichern bimmelte wie ein Glöckchen. »Und er steht jetzt auch vollkommen fest. Überzeuge dich selbst.«

Ich faßte den Highboy an und versuchte ein bißchen zu ruckeln, und es stimmte. Er stand fest und unverrückbar vor der Williamsburg-Tapete, als befände er sich schon seit Jahrhunderten in Buffys Haus. Das schwarzbraune Mahagoni fühlte sich wächsern an und kälter, als ich erwartet hatte.

»Und die Schubladen klemmen kein bißchen mehr.« Buffy schob sie zur Demonstration einmal auf und zu. »Ich weiß, daß er hier glücklich sein wird.«

Der Highboy war zu Beginn des Frühlings angekommen, und ob er nun glücklich war oder nicht, er machte jedenfalls bis zum Sommer keine Schwierigkeiten. Dann hatten wir im Juli eine Gewitterperiode mit Wolkenbrüchen, und die Schubladen begannen zu klemmen. Ich sah es mit eigenen Augen, als Clark und ich eines Sonntags dort waren und Bobby die Dias von ihrer jüngsten Reise nach Quebec herausholen wollte. Er fluchte und begann die Kommode zu schütteln, aber sofort sprang Buffy auf und eilte hin.

»Dem Highboy fehlt gar nichts«, flüsterte sie mir hinterher zu, »Bobby versteht nur nicht richtig mit ihm umzugehen. Man darf die Schubladen nicht so mit Gewalt öffnen; ganz sanft muß man das machen.«

Nachdem wir die Dias hinter uns gebracht hatten, wollte Bobby sie wieder wegtun.

»Vorsichtig, Darling«, warnte Buffy.

»Ja, schon gut«, sagte Bobby, aber man sah, daß er es nicht ernst nahm. Er riß die Schublade ohne weiteres auf, doch als er sie dann wieder zuknallte, gab er ein lautes Jaulen von sich: Er hatte sich den rechten Daumen eingeklemmt.

»Verdammt, nun sieh sich das einer an!« brüllte er und streckte uns seine breite rote Hand hin, damit wir alle sehen konnten, wie tief die Kerbe unter dem Daumengelenk war. »Ich glaube, das blöde Ding ist gebrochen.«

Der Daumen war zwar nicht gebrochen, aber es gab einen bösen Bluterguß. Bobbys Hand war über eine Woche lang so stark geschwollen, daß er nicht am Turnier des Golfclubs teilnehmen konnte, was ihn wirklich hart ankam.

Buffy und ich saßen an diesem Tag auf der Terrasse des Clubhauses, und Bobby schlich in einem babyblauen Golfhemd um den ersten Abschlag herum, die Hand noch immer dick verbunden.

»Der Ärmste, er ist so sauer«, meinte Buffy.

»Sauer?« fragte ich; eigentlich sah Bobby nicht sauer aus, nur komisch, und zu Tode betrübt.

»Er ist sauer auf Tante Betsys Highboy, Janet«, sagte sie. »Und ich habe beschlossen, daß es einfach keinen Sinn hat, ihm beibringen zu wollen, wie man richtig damit umgeht. Seit der Geschichte von letzter Woche ist mir klar geworden, daß es besser ist, die beiden voneinander fernzuhalten. Also habe ich alle seine Sachen aus den Schubladen geräumt, und jetzt benutze nur noch ich sie für mein Schreibpapier und die Stickwolle.«

Diesmal – vielleicht kam es daher, daß es so ein schwüler Tag war und so viele Fliegen auf der Terrasse herumschwirrten – hatte ich mit Buffys Schrullen weniger Nachsicht als sonst. »Nun hör mal, Buffy, du solltest deine Phantasie wirklich nicht so mit dir durchgehen lassen«, sagte ich, während ich mir noch etwas Zitrone in den Eistee träufelte. »Der Highboy deiner Tante hat nichts gegen Bobby. Er ist doch kein Mensch, er ist ein Möbelstück.«

»Aber das ist es ja«, beharrte Buffy. »Darum ist es doch gerade so wichtig. Ich meine, du und ich und alle anderen ...« Sie deutete mit ihrer dicken, sommersprossigen Hand erst auf die anderen Leute unter den rosa und weißen Sonnenschirmen, dann auf die Golfspieler, die auf dem plüschweichen Rasen umherliefen. »Wir alle wissen, daß wir früher oder später sterben werden, egal wie sehr wir uns in acht nehmen. Ist es nicht so?«

»Hm, ja«, mußte ich zugeben.

»Aber Möbel und dergleichen können praktisch unsterblich sein, wenn sie Glück haben. Ein Erbstück wie Tante Betsys Highboy – ich finde wirklich, daß ich eine Verpflichtung habe, es zu erhalten.«

»Du meinst, für die Kinder und Enkel.«

»Ja, gewiß, das auch. Aber die sind ja auch sterblich.« Buffy sandte einen Seufzer in die heiße Sommerluft. »Sieh mal, aus unserer Sicht sind die Dinge unser Eigentum. Aber aus ihrer Sicht sind wir nur vorübergehend ihre Pfleger. Wir sind nichts als Verwalter, wie der arme alte Billy hier im Club.«

»Ich habe gehört, er geht dieses Jahr in den Ruhestand«, warf ich in der Hoffnung auf einen Themawechsel ein.

»Ja. Aber dann wird jemand anders eingestellt, und wenn dieser andere tüchtig ist, spielt es für den Golfplatz keine Rolle. Und mit unseren Sachen ist es genauso, Janet. Sie setzen natürlich alles daran, gut erhalten zu bleiben, und zu diesem Zweck suchen sie sich die bestmöglichen Pfleger. Sie verlangen nicht viel: nur daß man sie regelmäßig poliert und ihre Schubladen nicht mit Gewalt aufreißt und zuknallt. Und natürlich möchten sie es nicht zu kalt oder naß haben, nicht schmutzig werden, und sie mögen es auch nicht, wenn man seine Zigaretten auf ihnen ausdrückt oder Getränke oder Pflanzen auf ihnen abstellt.«

»Mir scheint das ziemlich viel verlangt«, sagte ich.

»Aber Janet, es ist doch für sie so wichtig!« rief Buffy. »Natürlich war es nicht nett von dem Highboy, Bobbys Daumen so einzuklemmen, aber ich finde es verständlich. Bobby ist furchtbar grob mit ihm umgegangen, und da hat er eben Angst bekommen.«

»Jetzt reicht es aber, Buffy.« Ich rührte meinen Eistee um, daß die Eiswürfel zornig klimperten. »Du kannst doch unmöglich glauben, daß wir alle Gefahr laufen, von den Gegenständen, die uns gehören, tätlich angegriffen zu werden.«

»O nein.« Wieder gab sie so ein bimmelndes Kichern von sich. »Die meisten Dinge haben doch gar nicht die Kraft, uns ernstlich zu verletzen. Aber ich brauche mich deswegen sowieso nicht zu sorgen. Ich habe zu allen meinen schönen Dingen ein wunderbares Verhältnis. Sie wissen, daß ich nur ihr Bestes im Sinn habe.«

Ich schalt Buffy nicht weiter; es war zu heiß, und ich sah, daß es keinen Sinn hatte. Meine Schwägerin war sechsundfünfzig Jahre alt, und wenn sie bisher nicht erwachsen geworden war, würde sie es jetzt wohl auch nicht mehr werden. Ich hörte dann nichts mehr von dem Highboy, bis Buffy einen Monat später ihre Enkelkinder bei sich hatte. An einem diesigen, nassen Augustnachmittag fuhr ich mit einem Korb Tomaten und Zucchini, die wir übrig hatten, zu ihr. Die Kinder spielten mit Bauklötzen, und Buffy stickte an einem Kissenbezug nach einem Muster aus dem Metropolitan Museum. Nach einer Weile brauchte sie noch rosa Wolle und bat ihren etwa sechsjährigen Enkel, zum Highboy zu gehen und ihr welche zu holen.

Der Kleine stand sofort auf und lief hin – ein richtig netter Junge. Aber als er an der untersten Schublade zog, ging sie nicht auf, und er versetzte dem Vogelbein einen Tritt. Es war kein Grund, sich aufzuregen, aber Buffy stieß einen Schrei aus, sprang auf wie von einer Wespe gestochen und ließ ihr ganzes Stickzeug fallen.

»Jamie!« Ihre Stimme überschlug sich fast. »Das darfst du nie, nie tun!« Und sie packte den Jungen am Arm und riß ihn grob mit sich fort.

Jamie war natürlich zutiefst erschrocken und völlig fassungslos; er sah Buffy mit angstvollem Blick an und begann zu weinen. Das brachte sie wieder zu Verstand. Sie drückte ihn an sich und erklärte ihm, Großmama sei ja nicht böse; aber er müsse mit dem Highboy sehr, sehr vorsichtig umgehen, da er so alt und wertvoll sei.

Ich fand, daß Buffy maßlos überreagiert hatte, und als sie in die Küche ging, um für uns zwei Gin Tonic und für die Kinder Milch und Erdnußbutterkekse zu holen, »um uns alle zu beruhigen«, ging ich ihr nach und sagte ihr das. Ich sagte, ihre Enkelkinder bedeuteten ihr doch sicher mehr als ihre Möbel.

Buffy sah mich ganz merkwürdig an; dann stieß sie die Tür zu.

»Du verstehst nicht, Janet«, sagte sie leise, als könnte jemand mithören. »Jamie sollte den Highboy wirklich nicht reizen. Er ist in letzter Zeit nämlich ein bißchen schwierig.« Sie versuchte eine Flasche Tonic zu öffnen, schaffte es aber nicht – ich mußte sie ihr abnehmen.

»Oh, danke«, sagte sie abwesend. »Es ist nur so, daß – zum Beispiel hat Betsy Lee sich neulich unter dem Highboy ein Nest aus Sofakissen gemacht und ein paar von ihren Puppen mit hineingenommen. Ich weiß nicht genau, was passiert ist, aber die häßliche Schramme, die du an ihrem Bein gesehen hast, stammt von einem der Klauenfüße.« Buffy warf einen ängstlichen Blick über die Schulter und sprach noch leiser. »Und es sind auch noch andere Dinge vorgefallen – ach, lassen wir das.« Sie seufzte, dann kicherte sie. »Ich weiß ja, daß du das alles für kompletten Blödsinn hältst, Janet. Möchtest du lieber Limone oder Zitrone?«

Das Gespräch hatte mir zu denken gegeben, und das sagte ich abends zu Clark, aber er nahm es auf die leichte Schulter. »Ich würde mir da keine Sorgen machen, Darling. So redet Buffy doch immer.«

»Schon, aber diesmal ist sie zu weit gegangen«, sagte ich. »Sie hat die Kinder erschreckt. Selbst wenn sie nur gescherzt haben sollte, finde ich, daß sie zuviel Getue um ihre alten Möbel macht. Mich hat das richtig in Wut gebracht.«

»Ich finde, daß Buffy dir eher leid tun sollte«, meinte Clark. »Du weißt doch, was wir schon oft gesagt haben: Seit sie ihren Sport aufgeben mußte, hat sie einfach nicht mehr genug zu tun. Ich nehme an, sie versucht nur etwas Abwechslung in ihr Leben zu bringen.«

Ich sagte, da könne er recht haben. Und dann hatte ich eine Idee. Ich würde Buffy zur Schriftführerin der Historischen Gesellschaft wählen lassen, denn die bisherige Amtsinhaberin hatte diesen Posten gerade aufgegeben. Ich wußte, daß es nicht leicht sein würde, denn sie hatte mit so etwas keine Erfahrung, und nicht wenige Leute hielten sie für oberflächlich. Aber ich war überzeugt, daß sie es könnte; sie hatte dieses große Haus immer tadellos geführt und kannte sich in Ortsgeschichte und Genealogie und Antiquitäten sehr gut aus.

Zuerst mußte ich nun den Vorstand der Historischen Gesellschaft überzeugen, daß sie Buffy brauchten, und dann mußte ich dasselbe auch Buffy klarmachen; aber ich schaffte es. Ich war ziemlich stolz auf mich. Und noch stolzer war ich, als die Zeit ins Land ging und Buffy nicht nur ihren Posten sehr gut ausfüllte, sondern auch den ganzen Unsinn mit dem Highboy vergessen zu haben schien. Den ganzen Herbst und Winter erwähnte sie ihn nicht ein einziges Mal.

Erst zu Beginn des darauffolgenden Frühjahrs rief Buffy mich eines Morgens an, hörbar außer sich, und bat mich, zu ihr zu kommen. Sie erwartete mich in ihrer weißen Steppjacke draußen in der Diele. Ihre blondgefärbten Locken waren völlig aus der Fasson, ihre Augen unnatürlich rund und glänzend, ihre Stupsnase ganz rosa an der Spitze. Sie wirkte auf mich wie ein hypnotisiertes Kaninchen.

»Zieh deinen Mantel noch nicht aus, Janet«, sagte sie atemlos. »Komm mit in den Garten; ich muß dir etwas zeigen.«

Ich wunderte mich, denn es war ein kalter, windiger Märztag. Außer ein paar Schneeglöckchen und weißen Krokussen, die sich über den Rasen verteilten und ganz erfroren wirkten, gab es hier nichts zu sehen. Aber es war nicht der Garten, der Buffy auf der Seele lag.

»Du kennst doch diese Abigail Jones aus New York, die gestern in der Gesellschaft über ›Antiquitäten im Haus‹ gesprochen hat?« fragte sie, als wir zwischen zwei frisch umgegrabenen, mit feuchtem Kompost gedüngten Beeten standen.

»Mhm.«

»Also, ich habe mich nach ihrem Vortrag noch mit ihr unterhalten und sie dann eingeladen, heute vormittag zu mir zum Brunch zu kommen und sich mein Haus anzusehen.«

»So? Und wie war's?«

»Schrecklich, Janet. Ich meine nicht...« Buffy zog den Kopf zwischen die Schultern und schluckte, als wollte sie gleich zu heulen anfangen. »Ich meine, Mrs. Jones war die Nettigkeit in Person. Sie hat meinen Hepplewhite-Tisch und die Stühle sehr bewundert; und auch von dem Himmelbett im Blauen Zimmer war sie sehr angetan, obwohl ich ihr sagen zu müssen glaubte, daß einer der Pfosten nicht original ist. Aber was ihr am besten gefiel, war Tante Betsys Highboy.«

»Ach ja?«

»Sie meinte, das sei ja ein richtig schönes Stück. Ich sagte ihr, wir hätte immer geglaubt, daß er aus Newport sei, aber Mrs. Jones tippte eher auf Salem. Ja, und das hat mich natürlich beunruhigt.«

»Wie? Ich meine, warum?«

»Wegen der Hexen, verstehst du?« Buffy gab ihr nervöses Kichern von sich. »Dann hat Mrs. Jones noch gesagt, ich gäbe doch hoffentlich gut auf den Highboy acht. Ich sagte, natürlich, worauf sie meinte, das sehe man, aber ich müsse mir darüber im klaren sein, daß dieses Stück mit seinen kunstvoll geschnitzten Füßen und den offenbar noch originalen Metallteilen einmalig sei. Eigentlich gehöre er in ein Museum, sagte sie. Ich habe sie davon abzubringen versucht, weil ich schon sah, wie der Highboy richtig böse wurde.«

»Böse?« Ich lachte, weil ich immer noch glaubte, es sei alles nur Scherz. »Weswegen sollte er denn böse sein? Er müßte sich doch eher freuen, von einer Expertin so bewundert zu werden.«

»Aber verstehst du denn nicht, Janet?« heulte Buffy fast. »Er wußte doch bis dahin gar nichts von Museen. Er hatte keine Ahnung, daß es Orte gibt, wo gut für ihn gesorgt wird und er sicher aufgehoben ist, bis – nun ja, praktisch bis in alle Ewigkeit. Er konnte davon nichts wissen, weil – sieh mal, wenn ein Möbelstück ins Museum kommt, kann es ja nicht irgendwann wiederkommen und den anderen davon erzählen. Das ist wie mit uns, wenn wir in den Himmel kommen. Aber nachdem er jetzt Bescheid weiß, will er da bestimmt hin.«

»Aber ein Möbelstück kann dich doch nicht zwingen, es in ein Museum zu geben«, begehrte ich auf, wobei ich daran denken mußte, wie idiotisch dieses Gespräch jemandem vorgekommen wäre, der Buffy nicht kannte.

»Kann es nicht?« Sie strich sich ein paar widerspenstige Löckchen aus dem Gesicht. »Du hast ja keine Ahnung, was der Highboy alles kann, Janet. Das ahnen wir alle nicht. Es sind Dinge passiert, von denen ich dir noch gar nichts erzählt habe – aber lassen wir das jetzt. Nur, um ehrlich zu sein, ich kann mir inzwischen einen anderen Grund vorstellen, warum Tante Betsy den Highboy nicht von vornherein mir vermacht hat. Ich glaube nicht mehr, daß es wegen des Familiennamens war. Ich glaube, sie wollte mich schützen.« Sie kicherte, und diesmal klang es wie berstendes Eis.

»Aber wirklich, Buffy...!« Obwohl ich des Spielchens müde war, spielte ich es behutsam weiter mit. »Wenn der Highboy so klug ist, wie du sagst, muß er doch wissen, daß Mrs. Jones nur etwas Nettes sagen wollte. Sie hat ja nicht wirklich gemeint...«

»Aber doch, sie hat. Sie hat gesagt, wenn ich je daran dächte, den Highboy einem Museum zu stiften, wo er wirklich gut aufgehoben sei, würde ich es sie doch hoffentlich wissen lassen. Ich habe versucht, das Thema zu wechseln, aber es ging nicht. Sie redete immer weiter und sprach von Brand und Diebstahl, womit in einem Privatheim ja immer zu rechnen sei. Sie sagte ›Heim‹, nicht ›Haus‹; so eine ist sie.« Buffy kicherte kläglich. »Dann fing sie an, von Steuerersparnis zu reden, und sagte, sie kenne mehrere Einrichtungen, die bestimmt Interesse hätten. Ich wußte nicht mehr, was ich machen sollte. Ich habe ihr gesagt, wenn ich je daran dächte, mich von dem Highboy zu trennen, würde ich ihn wahrscheinlich unserer Historischen Gesellschaft stiften.«

»Klar, das könntest du«, bestärkte ich sie. »Wenn du findest...«

»Aber das ist jetzt nicht mehr wichtig«, unterbrach mich Buffy, wobei sie mir ihre kalte kleine Hand auf den Arm legte. »Ich war einen Augenblick schwach, aber von jetzt an lasse ich mir nicht mehr auf der Nase herumtanzen. Ich habe einen Plan, wie ich mich vor ihm schützen kann. Ich werde mein Testament ändern. Ich habe Toni Stevenson schon angerufen, und sobald du wieder fort bist, fahre ich zu ihr.«

»Du vermachst den Highboy der Historischen Gesellschaft?« fragte ich.

»Letzten Endes vielleicht, wenn ich muß. Aber noch nicht gleich. Um Gottes willen, nein, das wäre verhängnisvoll. Vorerst vermache ich ihn Fred, das ist Bobbys Neffe. Aber nur für den Fall, daß ich eines gewaltsamen Todes sterbe.« Buffy lächelte mich zwischen ein paar derangierten Löckchen hindurch ganz seltsam an.

»Sterben!« Ich mußte schlucken. »Du glaubst doch nicht wirklich...«

»Ich glaube, daß der Highboy zu allem fähig ist. Er hat keine Gefühle und kennt keine Dankbarkeit. Das hängt wohl damit zusammen, daß ich aus seiner Sicht sowieso bald sterben werde.«

»Aber Buffy...« Der heftige Wind verwehte meine weiteren Worte, aber ich glaube, daß Buffy sie so oder so nicht mitbekommen hätte.

»Ich möchte dich jedenfalls um etwas bitten, Janet, nämlich jetzt mit mir ins Haus zu gehen und Zeugin zu sein, wenn ich ihm sage, was ich vorhabe.«

Für mich stand mittlerweile so gut wie fest, daß Buffy übergeschnappt war, aber ich ging natürlich mit ihr ins Haus.

»Ach, was ich dir übrigens sagen wollte, Janet«, begann sie mit unnatürlich lauter, klarer Stimme, als wir ins Wohnzimmer traten. »Nachdem ich jetzt weiß, wie wertvoll Tante Betsys Highboy ist, habe ich mich entschlossen, ihn der Historischen Gesellschaft zu vermachen. Ich setze es noch heute in mein Testament. Aber das gilt selbstverständlich nur, wenn ich eines natürlichen Todes sterbe. Bei einem Unfalltod bekommt ihn der Neffe meines Mannes, Fred Turner.« Sie verstummte und holte laut Luft.

»Aha.« Ich kam mir vor wie in einem absurden Theaterstück.

»Ich weiß, daß der Highboy sich in Freds Haus vielleicht ein bißchen fehl am Platz fühlen würde«, fuhr Buffy unerbittlich fort, »denn er und seine Frau haben lauter so modernes Zeug aus Chrom und Leinen. Aber mich stört das eigentlich nicht. Und Fred ist manchmal auch ein bißchen unachtsam. Einmal, als er hier war, hat er seine brennende Zigarette auf dem Kirschbaum-Spiegeltisch im Arbeitszimmer liegen lassen; daher stammt dieser häßliche Brandfleck. Und mit feuchten Gläsern und Kaffeetassen geht er auch ziemlich unbekümmert um.« Buffy sah dabei zwar immer noch mich an, aber hin und wieder warf sie einen Blick über meine Schulter zu dem Highboy.

Ich drehte mich um und folgte ihrem Blick, und plötzlich, nur eine Sekunde lang, teilte ich ihre Illusion. Der Highboy hatte sich nicht bewegt, aber er kam mir auf einmal ganz bedrückt und mürrisch vor und schien so etwas wie ein Gesicht bekommen zu haben. Die Messinggriffe an den zwei oberen Schubladen bildeten die halbgeschlossenen Augen dieses Gesichts, und die gerillte Säule dazwischen war seine lange dünne Nase; der verzierte Messingbeschlag um das Schlüsselloch der breiten Schublade darunter war ein schmollender, verkniffener Mund. Unter dem Dreispitz aus Mahagoni blickte er böse und berechnend drein, wie so ein scheinheiliger Krämer aus dem kolonialen Neuengland.

»Ich weiß genau, was du denkst«, sagte Buffy, ohne jetzt länger so zu tun, als spräche sie mit mir. »Und wenn du dich nicht benimmst, kann ich dich auch sofort an Fred und Roo weitergeben. Die haben außerdem Kinder. Sehr lebhafte Kinder, nicht so brav wie Jamie und Mary Lee.« Ihr Kichern ging einem durch Mark und Bein; wie Eis, das in winzige Stückchen zersprang.

»Das mit Bobbys Neffen stimmt alles gar nicht«, vertraute Buffy mir auf dem Weg zu meinem Wagen an. »Die beiden sind nicht wirklich achtlos, und rauchen tun sie auch nicht. Ich wollte ihm nur angst machen.«

»Du hast eher mir angst gemacht«, sagte ich.

Und das war, wie ich am Abend auch zu Clark sagte, nicht gelogen. Nicht nur, weil Buffy offenbar so fest an diesen Unsinn glaubte, sondern weil sie auch mich damit angesteckt hatte. Clark lachte und sagte, er habe gar nicht gewußt, daß Buffy so überzeugend sein könne. Und er fragte, ob ich denn sicher sei, daß sie mich nicht nur auf den Arm genommen habe.

Ich mußte zugeben, daß ich da nicht sicher war. Aber Sorgen machte ich mir trotzdem. Ob er nicht meinte, wir sollten etwas unternehmen?

»Unternehmen, was denn?« fragte Clark zurück. Selbst wenn Buffy mich nicht aufgezogen haben sollte, würde es mir wohl kaum gelingen, sie in eine Therapie zu schicken; für sie seien Psychologen doch nichts als Scharlatane. Er meinte, wir sollten einfach mal abwarten, wie es weiterging.

Trotzdem konnte ich mich, als ich Buffy das nächste Mal wiedersah, nicht enthalten, nach dem Highboy zu fragen. »Oh, jetzt ist alles in bester Ordnung«, sagte sie. »Gleich nachdem du hiergewesen warst, habe ich mein neues Testament unterschrieben. Eine Ausfertigung davon habe ich in eine seiner Schubladen gelegt, damit sie ihn immer daran erinnert, und seitdem benimmt er sich mustergültig.«

Ein paar Monate vergingen, und Buffy kam nie mehr auf das Thema zu sprechen. Als ich sie schließlich einmal fragte, wie es dem Highboy gehe, sagte sie: »Wie? Oh, danke, gut«, aber so uninteressiert, daß man glauben konnte, sie habe ihre fixe Idee vergessen – oder sei des Scherzes überdrüssig.

Ärgerlich war nur, daß ich, nachdem ich einmal dieses gemeine Gesicht an dem Highboy gesehen hatte, es jetzt jedesmal wieder sah, wenn ich das Haus betrat. Ich blickte dann von dem Highboy in Buffys rosa Rundgesicht und fragte mich, ob sie sich wohl die ganze Zeit nur über mich lustig gemacht hatte.

Endlich geriet die Geschichte aber auch bei mir in Vergessenheit. Dann kam eines Spätsommertages Roo, die Frau von Clarks und Bobbys Neffen Fred, zu mir ins Haus. Sie ist Fotografin von Beruf, ziemlich erfolgreich, und war gekommen, um ein Bild von mir zu machen.

Roo pflegte während ihrer Arbeit immer eine mehr oder minder geistlose Plauderei mit ihren Objekten in Gang zu halten, was viele Fotografen tun, wahrscheinlich damit man nicht verlegen wird und sich verkrampft.

»Ich muß sagen, dein Haus gefällt mir, Janet«, sagte sie. »Deine Sachen sind schlicht, aber wunderschön. Kannst du dich mal nach rechts drehen?... Gut. Bleib so... Aber bei Onkel Bobby – bleib so –, der Garten ist ja wirklich klasse, aber diesen Möbeln kann ich nicht viel abgewinnen. Das Kinn ein bißchen tiefer, bitte... Du kennst doch diese hohe, düstere alte Kommode, die Buffy Fred zugedacht hat?«

»Den Highboy«, sagte ich.

»Richtig. Stellen wir die Rosen mal etwas weiter weg. So ist es besser... Er soll ja sehr wertvoll sein, aber ich finde ihn häßlich. Ich habe schon zu Fred gesagt, daß ich ihn nicht im Haus haben möchte. Bleib mal so... Gut.«

»Und was hat er gesagt?« fragte ich.

»Wie? Ach so. Fred ist derselben Meinung. Er hat gesagt, wenn er das Ding wirklich einmal erben sollte, würde er es an ein Museum weitergeben.«

»Museum?« Ich muß gestehen, daß meine Stimme lauter wurde. »Wo war Fred, als er das zu dir sagte?«

»Bitte nicht bewegen. Gut so... Wie?... Ich glaube, wir waren in Buffys Wohnzimmer – aber sie war natürlich nicht dabei. Keine Sorge, Janet. Fred würde so etwas nicht vor seiner Tante sagen; er weiß, wie undankbar das klingen würde.«

Also, mein erster Gedanke war, ans Telefon zu eilen und meine Schwägerin zu warnen, sowie Roo wieder fort war. Aber dann dachte ich, wie lächerlich das klingen würde. Es war einfach verrückt, sich vorzustellen, daß Buffy Gefahr von einer Kommode drohte. Zumal sie selbst ja über diesen Wahn hinweg war, falls sie ihm wirklich je verfallen gewesen sein sollte.

Womöglich würde Buffy mich sogar auslachen; sie war doch längst nicht mehr so schrullig wie früher. Sie hatte sich mehr und mehr in der Historischen Gesellschaft engagiert, und wie es aussah, war ihre Wiederwahl im nächsten Jahr nur noch eine Formsache. Und sollte sie mich damals eben doch nicht auf den Arm genommen haben, und nun käme ich und würde sie an diesen alten Wahn erinnern, ihm scheinbar sogar selbst erlegen sein, könnten diese Wahnvorstellungen dann nicht am Ende wiederkommen, und ich wäre schuld daran?

Ich tat also nichts. Ich erwähnte die Sache nicht einmal gegenüber Clark.

Zwei Tage später saß ich in meinem Arbeitszimmer und schrieb Briefe, als plötzlich Clark hereingestürzt kam. Ich brauchte nur sein Gesicht zu sehen, um zu wissen, daß etwas Schlimmes passiert sein mußte.

Bobby habe soeben aus dem Krankenhaus angerufen, sagte er. Buffy liege auf der Intensivstation, und es sehe nicht gut aus. Sie habe einen Hüftgelenksbruch und eine Gehirnerschütterung, aber das eigentliche Problem sei der Schock für ihr schwaches Herz. Allem Anschein nach sei ein großes Möbelstück auf sie gefallen, sagte er.

Ich fragte erst gar nicht, was für ein Möbelstück. Ich fuhr sofort mit ihm zum Krankenhaus; aber als wir dort ankamen, lag Buffy bereits im Koma.

Obwohl Buffy immer eher rundlich als schlank gewesen war, wirkte sie erschreckend klein in diesem Zimmer, auf diesem hohen flachen Bett – ein wenig wie ein verschrumpeltes Kind. Ihr Kopf war dick bandagiert, ihren ganzen Körper überzogen Schläuche und Drähte, die wie künstliche Schlangen wirkten; ihre sommersprossigen kleinen Hände lagen zu kraftlosen Fäusten geballt auf dem weißen Krankenhauslaken. Man sah auf den ersten Blick, daß es mit ihr vorbei war, obwohl es den Leuten im Krankenhaus gelang, sie noch fast drei Tage am Leben zu halten, sofern man das Leben nennen konnte.

Fred Turner schenkte den Highboy, wie versprochen, einem New Yorker Museum. Neulich war ich dort und habe ihn mir angesehen. Er stand hinter so einem kastanienbraunen Absperrseil und sah aus wie immer: groß, schimmernd, kopflastig, vogelbeinig und klauenfüßig.

»Du bösartiges, selbstsüchtiges, undankbares Ding«, sagte ich zu ihm. »Ich hoffe, daß du Termiten kriegst. Ich hoffe, daß irgendein Irrer hier hereinkommt und mit einer Axt auf dich losgeht.«

Der Highboy antwortete mir natürlich nicht. Aber unter dem Napoleonhut aus Mahagoni hatte er, wie mir schien, ein selbstzufriedenes Lächeln aufgesetzt.

Schäfchen zählen

Obwohl sie es sich nicht anmerken ließ, war Janey Francis ebenso überrascht wie erfreut, als man ihr antrug, im folgenden Jahr die Leitung des Wordsworth-Projekts in Grasmere zu übernehmen. Als einzige Frau im Ausschuß hatte sie sich immer ein bißchen übergangen gefühlt. Für die meisten ihrer Kollegen hatte, genau wie für Wordsworth selbst, die Rolle einer Frau eine mitdenkend dienende zu sein. Auch jetzt hatte sie den Verdacht, daß einige durchaus noch ihre Zweifel hegten – nicht an ihrer fachlichen Kompetenz, sondern an ihrer Fähigkeit, das Programm mit der ausreichenden inneren Distanz zu leiten. Sie war von Anfang an als mütterlich überbesorgt um ihre Doktoranden abgestempelt und entsprechend gehänselt worden: eine »ängstliche Glucke«, wie einer es einmal ausdrückte.

Dabei sahen ihre Kollegen nur nicht – oder wollten es nicht wahrhaben –, daß es für junge Leute nun einmal nicht einfach war, ein ganzes Jahr lang in Grasmere zu leben und zu arbeiten. Überhaupt war der Lake District für niemanden, der sich nicht rundum stark fühlte, so recht das Ideale. Eine wunderschöne Landschaft, gewiß, und einmalig beziehungsreich, aber wer am Wandern keinen Spaß hatte, konnte sich nach Feierabend ziemlich verloren vorkommen. Die Wahrheit ist nun einmal, daß viele Gelehrte zwar die romantische Natur in der Literatur sehr lieben, aber draußen im Freien gänzlich hilflos sind und sich langweilen.

Zudem ist Cumbria ja auch ein wunderliches Stück England: teilweise immer noch unglaublich rückständig und abgekapselt, ein Hort alter Legenden und abergläubischer Vorstellungen, die schon zu Wordsworths Zeiten alt waren, zum Teil auch recht unerfreulich. Bei schlechtem Wetter hatte die Gegend etwas Bedrückendes: schwarz bewaldete Bergschluchten gleich dunklen Rissen in der Landschaft, steile, steinige Hänge voller Schafe. Außerdem regnete es für Janeys Geschmack dort viel zuviel, und es konnte sogar im Hochsommer kalt und klamm sein.

Oft zogen die neuen Doktoranden, die Ende August dort ankamen, sich als erstes eine eklige Erkältung zu. Die meisten – man könnte auch sagen, die besten – gewöhnten sich ein und überlebten, blühten sogar auf. Die einen oder anderen aber, vor allem wenn sie an ein wärmeres Klima gewöhnt waren oder hier ihre Bezugspersonen vermißten, wurden reizbar und wehleidig. Im letzten Jahr war eine junge Amerikanerin nach nur einem Monat wieder aus dem Projekt ausgestiegen, hauptsächlich, wie sie angab, weil ihre Unterwäsche drei Tage zum Trocknen brauchte. Um es mit Jim Stephens zu sagen, dem diesjährigen Leiter, schied das Wetter in Grasmere jedenfalls die Schafe von den Böcken.

Um Robbie McEwen hatte Janey sich eigentlich schon von dem Tag an Sorgen gemacht, an dem er aufgenommen wurde, auch wenn sie davon zunächst nichts erwähnte. Er war ein ernster, junger Mann mit langem, blassem Gesicht, dichtem, farblosem Lockenhaar und einer verschwommenen, abwesenden Art. Kurz, er war ein Sonderling, aber mit einer gewissen Sonderlichkeit mußte man bei Literaturwissenschaftlern nun einmal rechnen. Ein Leben der Hingabe an die Worte anderer – auf den Fährten früherer Interpreten zu wandeln, ihre Werke zu prüfen, ihre Irrtümer und Vorurteile zu korrigieren –, das war, wie sie sehr wohl wußte, nicht leicht. Besonders schwer wurde es durch das tägliche, ja stündliche Bemühen, alles Persönliche von sich wegzuschieben, was eine editorische Entscheidung vielleicht beeinflußte – so etwas konnte einen Menschen nur ein bißchen weltfremd und versponnen machen.

Um das auszugleichen, brauchte man ein Privatleben. Man brauchte Freunde und Angehörige, und in Robbies Leben gab es die anscheinend nicht. Er war ein Einzelkind gewesen und, was heutzutage seltsam anmutet, ein Waise, und selbst aus seinen Empfehlungsbriefen, die des Lobes voll waren, gewann man den Eindruck, daß die jeweiligen Verfasser ihn nicht besonders gut kannten.

Hinzu kamen die natürlichen Ängste und Depressionen, an denen viele junge Akademiker in Zeiten litten, in denen die britische Regierung so an der Bildung sparte. Die meisten hatten nahezu keine Aussicht auf eine ordentliche Stelle, sofern sie nicht über Beziehungen verfügten. Robbies derzeitige Situation war nicht vielversprechend. Er hatte an der Londoner Universität nur mit einer mäßigen Note abgeschlossen und lebte und arbeitete jetzt in Grasmere als Mitherausgeber an einem der späteren Bände – einem ziemlich unwichtigen –, während er nebenbei im Dove Cottage als Führer aushalf. Wenn er mit ein paar interessanten Artikeln oder einem Buch aufwarten könnte, würde er vielleicht irgendwo eine Anstellung finden, aber das war eine recht vage Hoffnung.

Als Janey zur herbstlichen Ausschußsitzung eintraf, schien Robbie sich einigermaßen eingelebt zu haben, obschon Jim Stephens sagte, er gebe sich nicht viel mit den anderen Doktoranden ab. Hin und wieder gehe Robbie mit ihnen in den Pub, aber öfter treibe er sich in den Wäldern oder auf den Bergen herum, auch beim schlechtesten Wetter. Obwohl er ein Stipendiat aus Nordlondon war und nie auf dem Land gelebt hatte, entwickelte er eine große Begeisterung dafür.

In nur zwei Monaten hatte er sich erstaunlich kundig gemacht: Er kannte die guten Wege und wußte Sümpfe und Felsstürze zu meiden; er wußte Stechginster von Besenginster und einen Fliegenschnäpper von einem Fink auf zwanzig Meter Entfernung zu unterscheiden. Janey wunderte das nicht allzusehr; sie erinnerte sich, wie Robbie bei seinem Vorstellungsgespräch erklärt hatte, es sei Wordsworths Suche nach Einssein mit der Natur gewesen, die ihn als erstes zu dem Dichter hingezogen habe.

Er machte sich dann auch als Herausgeber recht gut. Jim Stephens sagte, er habe bereits einige Passagen in einem unbedeutenden Brief an Wordsworth gefunden, die ihren Widerhall in den Gedichten zu finden schienen. Das Problem sei, daß einer der anderen Doktoranden mit dieser Entdeckung hausieren ging, als wäre es die seine. Janey vernahm das mit unguten Gefühlen und erbot sich, mit Robbie darüber zu sprechen.

Sie fand ihn oben in der Bibliothek, einem großen, düsteren Raum voller Nachschlagewerke und Manuskriptkästen und der Sorte Computer und Kopiergeräte, bei denen sie immer an Mikrowellenherde denken mußte. Ob nun Lebensmittel oder Texte darin verarbeitet wurden, Janey hatte nichts dafür übrig; sie freute sich, Robbie mit Bleistift und Papier an einem der langen Eichentische arbeiten zu sehen.

Als sie ihm sagte, daß sie gekommen sei, um sich den Brief einmal anzusehen, den er entdeckt hatte, sprang er beflissen auf und brachte ihr eine schwere Klarsichthülle.

»Wenn Sie sich einmal Seite drei ansehen, da verwendet er die Formulierung: ›Ich glaube, daß derselbe Geist alle erschaffenen Wesen und alle Gegenstände ihres Denkens bewegt.‹ Wordsworth hat das fast wörtlich in *Tintern* geschrieben.« Wie die meisten Mitarbeiter an dem Projekt bezeichnete Robbie die Hauptwerke mit Schlagwörtern:

Erschrecken, Egel, Schnitterin, Sieben und so weiter. Dennoch sprach er in ehrfürchtigem Ton, als er die Klarsichthülle hochhielt wie ein kleiner Priester die Reliquie eines kleinen Heiligen.

Behutsam zog Janey die gelben, brüchigen Blätter heraus und sah auf die krakelige Schrift, die stellenweise schon tabakbraun verfärbt war. Sie wußte, daß in der Literaturgeschichte die Worte zählten, nicht die Stückchen Papier oder Pergament, auf die sie zum erstenmal geschrieben wurden; dennoch konnte sie eine Originalhandschrift nie ohne eine gewisse Bewegung anfassen. Wordsworth selbst hatte diesen Brief in der Hand gehalten, sein Siegel erbrochen (der dunkle Wachsfleck war noch zu sehen), die Zeilen gelesen, die sie jetzt las...

»Ja. Ich verstehe«, sagte sie leise. Dann riß sie sich aus ihren Träumen, tat den Brief wieder in die Hülle und wandte sich ihrem eigentlichen Vorhaben zu. »Jim Stephens sagte mir, Sie hätten das gefunden, nicht jemand anders«, sagte sie zu Robbie. »Ich hoffe, Sie schreiben so bald wie möglich etwas darüber, damit das Verdienst auch Ihnen angerechnet wird.«

»Ich weiß nicht«, antwortete er abwesend, wobei er sich mit der Hand durch den farblosen Lockenfilz fuhr. »Ich glaube, Horace Blow hat schon damit angefangen.«

»Dann sagen Sie ihm eben, er soll wieder aufhören«, sagte Janey. »Es war Ihre Entdeckung, nicht seine.« Sie hielt Robbie die Klarsichthülle unter die Nase und schüttelte sie, erzielte aber damit nur einen besorgten Blick ob der darin hin und her rutschenden Blätter.

»Ich weiß nicht«, brummelte er. »Ich meine, ich habe Horace schon gesagt, wenn er möchte – ich meine, für das Projekt ist es doch völlig ohne Belang, wer den Artikel schreibt, oder?«

»Schon, aber für Sie könnte es durchaus von Belang sein«, antwortete Janey in ziemlich scharfem Ton. In diesem Beruf, das wußte sie sehr gut, mußte man schon ein wenig die Trommel für sich rühren, und Robbie schien ein solches Instrument nicht einmal zu besitzen. »Für ihre Karriere.«

»Ach, die ist mir doch egal«, sagte er.

Janey seufzte. Robbie war offenbar in die Rolle des Wordsworthschen demütigen Bauern geschlüpft, der immer alles hinnahm. Aber was für einen älteren Blutegelsammler ein angemessenes Verhalten sein mochte, war für einen jungen Mann, der eine Anstellung in der akademischen Welt benötigte, einfach lächerlich. »Sollte Ihnen aber nicht egal sein«, schalt sie.

Robbie antwortete nicht, er sah nur an ihr vorbei, die dunklen, leicht vorstehenden Augen in die mittlere Ferne gerichtet. Janey blickte sich um, sah aber niemanden. »Denken Sie wenigstens einmal darüber nach«, sagte sie und gab ihm den Brief zurück.

»Hm, ja«, entgegnete er in einem Ton, den sie als Mutter von vier Kindern als das Ja erkannte, das Nein bedeutete.

Janey verließ die Bibliothek einigermaßen verstimmt. Sie war sich darüber im klaren, daß jetzt entweder Jim Stephens oder sie selbst, vielleicht auch beide, ein Wörtchen mit dem anmaßenden Horace reden müßten. Robbie würde nicht für seine Entdeckung kämpfen und sich nicht beklagen, wenn sie ihm geklaut wurde, wie er sich ja zuvor auch nicht über seine schäbige Unterkunft beklagt hatte. Man hatte ihm auf der anderen Seite des Sees zwei feuchte Zimmerchen in einem Cottage zugeteilt, hinter dem ein kalter, lärmender Bach vorbeifloß. Strom war vorhanden, aber kein Gas, und die sanitären Einrichtungen befanden sich draußen. Jim pflegte solche Unterkünfte bei den Doktoranden damit zu entschuldigen, daß sie immerhin eine historisch authentische Erfahrung böten. Wordsworth und seine Schwester Dorothy hätten so oder noch schlimmer im Dove Cottage gehaust. Was wahrscheinlich sogar stimmt, dachte sie; vielleicht wäre Dorothy für Robbies elektrisches Licht und die Kochplatte und das Heizöfchen dankbar gewesen.

So irritiert Janey von dieser Episode auch war, richtig Sorgen begann sie sich um Robbie erst nach der Frühjahrssitzung des Ausschusses zu machen. Bei dieser Gelegenheit versuchte der jeweilige Projektleiter immer ein formloses Gespräch mit jedem der Doktoranden zu führen und sich mit ihnen über ihre Zukunftspläne zu unterhalten, nötigenfalls für entsprechende Empfehlungsschreiben zu sorgen. Janey wurde darin einbezogen, weil jetzt endgültig feststand, daß sie sich von ihrer Universität beurlauben lassen und im nächsten Jahr das Projekt leiten würde. Sie freute sich darauf: einmal etwas anderes als Ausschußsitzungen und Fakultätspolitik, dazu das Erlebnis, volle zwölf Monate in Grasmere zu verbringen. Immerhin schwebte darüber eine Art *genius loci,* was Gelehrten ja durchaus etwas bedeutet.

Janey hatte Robbie im Pub nicht auftreiben können – Jim sagte, er gehe da nur noch selten hin –, also fing sie ihn eines Nachmittags ab, als er von seinem Dienst im Dove Cottage zurückkam. Sie fragte ihn, ob er vielleicht Lust zu einem Spaziergang habe, und schlug ihm eine gemeinsame Wanderung einmal um Grasmere herum vor. Sie sah ihm an, daß er eigentlich keine Lust hatte, aber er willigte ein.

Es war Ende Mai, ein kühler, diesiger Tag. Soeben war eine längere Regenperiode zu Ende gegangen, und das Land war sattgrün und moosig. Als sie die Straße verließen und den Weg durch den Wald zum See einschlugen, blühte es dort überall – gelb glänzende Sumpfdotterblumen, hellblaue

Vergißmeinnicht, die aussahen wie Häkelkissen, und das Zwitschern und Tschilpen unsichtbarer Vögel.

Janey hatte sich schon darüber informieren lassen, wie der Robbie zugeteilte Band der *Werke* und sein Artikel vorankamen: ersterer durchaus zufriedenstellend, letzterer – trotz Jims und ihrer eigenen Bemühungen – jetzt unter der Mitautorschaft von Horace Blow. Am Seeufer angekommen, erkundigte sie sich nach Robbies Plänen für den Herbst. Damit hätte er rechnen müssen; aber er gab nur so eine Art Würgelaut von sich und sagte dann, darüber habe er sich eigentlich noch keine Gedanken gemacht.

»Hm«, machte sie, um einen Ton zwischen Leutseligkeit und Ernst bemüht, »dann sollten Sie aber jetzt mal damit anfangen.«

Es war, als hätte Robbie sie gar nicht gehört.

»Da, sehen sie mal«, sagte er, den Blick auf dem schimmernden See, in dem die darüberhinschwebenden Flaumwölkchen sich spiegelten: Silbergrau in Silberblau.

»Ja, sehr hübsch«, sagte Janey, für den Augenblick gewillt, ihn gewähren zu lassen. Es war vollkommen natürlich, daß die jungen Doktoranden – wie auch oft die reiferen Semester – zu irgendeinem transzendentalen Wordsworthschen Gegenstand eine romantische Zuneigung entwickelten. Ihr war es vor Jahren einmal mit dieser Eibe im Tal von Lorton so ergangen. Meist waren das harmlose Schwärmereien – ein bestimmter Weg über die Berge, der in den Tagebüchern erwähnt war, die Frühlingsflut der Narzissen in den Wäldern um Grasmere. Es war aber auch schon vorgekommen, daß der eine oder andere Kunst und Leben miteinander verwechselte und sich allzu intensiv mit einem hiesigen Mädchen befaßte, das so einfältig und schlicht war, wie Janey sich im stillen immer Wordsworths Lucy vorgestellt hatte.

Sie hielt also an sich und zählte bis zwanzig, dann nahm

sie den Faden wieder auf: »Wie gesagt, Sie sollten einmal darüber nachdenken…«

Robbie antwortete nicht; er machte nur rüde kehrt und setzte den Weg an dem schilfigen Ufer fort, wobei er einen raschen Schritt anschlug.

»Wirklich!« rief sie, während sie bei dem Versuch, ihn einzuholen, mit einem Fuß in eine Pfütze trat. »Sie sollten sich sehr wohl Gedanken darüber machen. Ihre Zeit hier läuft im August ab; Sie sollten *jetzt* für Ihre Zukunft planen, solange wir Ihnen noch helfen können.«

Robbie blieb stehen und sah über die Schulter seines flaumigen Dufflecoats mit mißtrauisch feindseligem Blick zu ihr zurück. »Mein Wunsch ist nämlich hierzubleiben«, erklärte er.

»Tut mir leid, aber das ist völlig ausgeschlossen«, sagte Janey. Es war keineswegs völlig ausgeschlossen, das wurde ihr noch in dem Moment klar, als sie es sagte. Da war doch vor drei Jahren dieser junge Mann aus Kansas gewesen…

»Ich kann mir nicht vorstellen, von Grasmere wegzugehen«, sagte Robbie, als spräche er zu sich selbst. »Ich gehöre hierher.« Er schüttelte kurz den Kopf und ging dann weiter.

»Solche Gefühle verstehe ich ja, besonders an so einem schönen Tag wie heute«, rief Janey, während sie ihm durch den gelbgrünen Vorhang einer Trauerweide folgte und sich um Beherrschung bemühte. »Aber Sie müssen jetzt mal erwachsen werden und den Tatsachen ins Auge sehen.«

Robbie mußte sie gehört haben, aber er gab weder eine Antwort, noch schaute er sich um; er ging einfach mit großen Schritten weiter, als wäre er allein. Janey, kaltes Schlammwasser in dem einen Schuh, stapfte hinter ihm drein. Vielleicht könnte er ja doch bleiben, dachte sie; völlig ausgeschlossen war es nicht; man könnte Jim Stephens fragen. Aber sie sah schon jetzt dieses herablassende Lächeln in Jims Gesicht. »Ja, klar möchte er bleiben, da braucht er sich nämlich keine Stelle zu suchen«, würde Jim sagen. Und wenn sie nicht lockerließ und sich weiter für Robbie einsetzte, würde er sie mit einem Blick bedenken, der klar wie ein Sonnentag sagte: Du bist eben eine schwache, leicht zu beeinflussende Frau.

Außerdem bin ich Robbie nichts schuldig, dachte Janey, während sie stumm hintereinander hergingen. Sie war schon ganz außer Atem, so sehr bemühte sie sich, mit ihm Schritt zu halten. Unterwegs war ihr ein Zweig gegen die Wange geschlagen, und das brannte, während in ihrem Schuh noch immer das kalte Wasser quatschte. Er war ein unbesonnener, rücksichtsloser junger Mann, und wenn er nächstes Jahr noch hier wäre, würde sie sich täglich mit ihm abzugeben haben.

Der Uferpfad endete. Keuchend und wutschnaubend stapfte Janey den steilen Grashang hinauf, wo Robbie an einem Zaundurchstieg wartete. Sie blieb einen Moment stehen, um wieder zu Atem zu kommen und ihren Gleichmut zurückzugewinnen, dann zwängte sie sich durch den Zaun hindurch auf den Feldweg, der zu seinem Cottage führte. So wütend sie war, entging ihr doch nicht der Zauber der Szenerie. Den schmalen Feldweg säumten Gräser und Kräuter, wie grüne Wellen, auf deren Kronen weißer Bärenklau schäumte, und unten an der Biegung graste ein Schaf, das sich selbständig gemacht hatte.

Janey wunderte sich nicht, hier ein Schaf zu sehen. Schafe gehörten im Lake District zur Landschaft, aber sie waren auch eine öffentliche Plage. Sie brachen durch Hecken in die Gärten ein – auch in den Garten von Dove Cottage – und fraßen die Blumen und das Gemüse ab; und dauernd blieben sie in Zäunen hängen oder fielen in Sumpflöcher.

Als Robbie ihr durch den Zaun folgte, sah auch er das

Schaf. Er stieß einen leisen Fluch aus, dann rief er laut: »Schon wieder draußen!« und lief auf das Schaf zu.

»Unartiges Ding!« schalt er im Nähergehen. »Mäh!« Er machte einen Satz auf das Tier zu und scheuchte es, mit beiden Armen fuchtelnd, auf ein halboffenes Gatter zu. Es trottete mit diesen etwas komischen, spielzeugartigen Bewegungen, die Schafe an sich haben, vor ihm her, blieb dann plötzlich stehen und wollte sich seitlich davonmachen. »O nein, mein Mädchen, das machst du nicht!« rief Robbie, dann scheuchte er das Tier durchs Gatter und gab ihm einen Klaps.

»So ist es recht«, sagte er abschließend und schloß das Gatter, dann lehnte er sich daran und sah zu der steil ansteigenden Wiese hinauf, wo noch drei, vier Schafe, alle mit dem gleichen roten Klecks auf der Hinterbacke, im stacheligen, goldblühenden Ginster standen und weideten.

»Sind sie nicht köstlich?« meinte er.

Janey antwortete nicht. Sie war noch immer sauer und außer Atem, und anderer Meinung war sie auch. Die Tiere mochten sich aus der Ferne ja schön malerisch ausmachen, aber aus der Nähe fand sie Schafe unansehnlich. Zum einen waren sie schmutzig – diese flauschigen weißen Bettvorleger in den Läden am Ort waren das Ergebnis ausgiebiger Wäsche. Ein Schaffell auf Beinen war ein weißer Verhau aus langen, fettigen Dreadlocks, verfilzt mit Stroh und Kletten, und am Hinterende mit angetrocknetem Kot verklebt. Wann immer man im Lake District eine Wanderung unternahm oder ein Picknick machen wollte, waren die Schafe schon vorher dagewesen. Wo immer man sich hinsetzen wollte, überall war der Boden von ihren dreckigen Hufen zerwühlt und mit ihren Hinterlassenschaften verunziert, die aussahen wie schmutzigbraune Trauben.

»Man sollte diese dummen Viecher doch wirklich von den

Straßen weghalten können«, schimpfte sie, während Robbies Schaf den Hang hinauftrabte, wo die anderen waren.

»Das da nicht«, meinte Robbie, der immer noch dem Tier nachsah und gedankenverloren auf einem Grashalm kaute. »Es bringt sich immer wieder in Schwierigkeiten. Ganz schön ungezogen, ja, du!« rief er. »Mäh!«

Die Imitation gelang ihm recht gut, und nicht nur sein Schaf, sondern auch noch ein oder zwei andere hoben die Köpfe und antworteten: »Mäh!«

»Kennen Sie dieses Schaf persönlich?« fragte Janey.

»Ziemlich gut.«

»Ach – ist es etwa das Tier, das Sie letzten Winter gerettet haben?«

»Genau.«

Janey kannte die Geschichte; alle kannten sie. Eines eiskalten Februarabends hatte Robbie auf dem Nachhauseweg von der Bibliothek ein Schaf jämmerlich blöken gehört. Die meisten Leute wären da einfach weitergegangen, aber Robbie hatte die Straße verlassen, war dem Blöken gefolgt und hatte ein junges Schäfchen gefunden, das durch das Eis eines Entwässerungsgrabens gebrochen war. Da er das Tier allein nicht vom Fleck bewegen konnte, war er zur nächsten Farm gelaufen und hatte dem Farmer Bescheid gesagt, und zusammen hatten sie das Tier aus dem Graben gezogen und nach Hause getragen.

Das Wordsworth-Projekt hatte durch diese gute Tat viel Ansehen gewonnen, Robbie selbst auch. Es gab, wie Jim Stephens seinerzeit sagte, sogar ein Vorbild dafür in Wordsworths Gedicht »Die faulen Hirten«, wo ein Schaf in eine Schlucht stürzt und von einem Dichter gerettet wird. Nun hatte das Projekt zwar keine Dichter zu bieten, aber Robbie hatte eine Tradition gewahrt. Nur natürlich, daß er seitdem Anteil am Schicksal dieses Tieres nahm, dachte Janey.

Am folgenden Nachmittag ging Janey mit Jim die Liste der Doktoranden durch. Auch er hatte mit Robbie gesprochen und ihm ein paar Gymnasien genannt, bei denen er sich um eine Stelle bewerben könne, sowie noch eine Organisation, die Lehrer nach Afrika und Indien entsandte. Jim war der Meinung, daß sie zusammen nun genug für Robbie getan hätten.

Janey stimmte dem zu, aber im stillen fragte sie sich, ob sie nicht doch noch etwas hartnäckiger hätte sein können oder vielleicht taktvoller. Wahrscheinlich war das der Grund, warum sie Robbie ein paar Tage später einlud, sich ihr und zwei Bekannten aus Amerika anzuschließen, Julian und Mary Ann Fenn, die zum erstenmal den Lake District besuchten. Sie hatten ein Auto gemietet und wollten in Richtung Derwentwater und Buttermere fahren. Die Einladung würde Robbie zeigen, daß sie sich immer noch Gedanken um ihn machte, überlegte sie; außerdem konnten seine guten Ortskenntnisse für die Fenns vielleicht von Interesse sein.

Sie hatten unbeständiges Wetter für die Fahrt: windig, mit tiefhängenden dicken Wolken. Und Robbie, in ebenso unbeständiger Gemütsverfassung, war abwechselnd geschwätzig und dann wieder stumm. Er machte auf landschaftliche Besonderheiten aufmerksam und wußte interessant über die örtliche Geschichte und Geologie zu sprechen, aber seine ganze Art machte Janey unruhig. Er kam ihr nicht nur bedrückt vor, sondern auch aggressiv – weniger gegen sie als gegen Wordsworth. Einige Male wies er darauf hin, daß der Dichter durch ein bestimmtes Tal nie gegangen sei oder den Namen eines Vogels oder Strauches verwechselt habe. Und ziemlich oft, wenn Julian oder Mary Ann ihn etwas fragten, schien er gar nicht zugehört zu haben.

Es ging trotzdem alles ganz gut, abgesehen von einem kurzen Moment auf dem Honister Pass, als Mary Ann meinte, wie traurig und langweilig es doch sein müsse, ein dummes Schaf zu sein, das den ganzen Tag nichts anderes zu tun habe, als Gras zu kauen und darauf zu warten, daß es zu Lammkoteletts verarbeitet würde, oder kahlgeschoren wie ein Sträfling.

Robbie beugte sich über ihre Rückenlehne weit nach vorn. »Das war eine sehr unverständige Bemerkung«, erklärte er. »Diese Bergschafe sind nicht dumm, sie sind in Wirklichkeit sogar ziemlich intelligent. Sie können mehrere Tage unter zweieinhalb bis drei Metern Schnee überstehen. Und sie haben ein sehr schönes Leben. Sie werden nicht zum Schlachten gehalten, und das Scheren ist ihnen nicht unangenehm; sie haben es sogar gern, besonders bei Hitze. Das würden Sie sofort glauben, wenn Sie je dabei zugesehen hätten«, fuhr er jetzt etwas weniger aggressiv fort. »Sie wehren sich gar nicht; sie verfallen in eine Art Trance.« Er würde nichts dagegen haben, selbst ein Schaf zu sein, fügte er hinzu, vielleicht weil ihm klargeworden war, daß er sich schlecht benommen hatte, und es nun mit einem Scherz wiedergutmachen wollte.

»Na ja, es könnte sogar ein paar Vorteile haben«, meinte Julian. »Keine Verantwortung dafür, wie die Welt vor die Hunde geht, und immer die freie Auswahl unter den Schafdamen.«

Alle lachten darüber, nur Robbie nicht. Janey konnte das verstehen. Einer der großen Nachteile für die männlichen Projektteilnehmer war der Mangel an holder Weiblichkeit. Aus irgendeinem Grund war Wordsworth bei jungen Literaturwissenschaftlerinnen nicht sonderlich beliebt; pro Jahr gab es immer nur zwei oder höchstens drei. Die Folge war, daß jeden Herbst als erstes eine heftige Balz einsetzte, bei der die weniger resoluten jungen Männer, solche wie Robbie, offenbar immer den kürzeren zogen.

Den Fenns konnte Robbies Schweigen nicht entgangen sein, aber alles renkte sich wieder ein. Sie tranken einträchtig Tee in Keswick, obschon Robbie dabei nicht viel redete und nicht einmal antwortete, als Julian ihn nach seinen Plänen für das kommende Jahr fragte.

Anschließend fuhren sie auf einer anderen Route zurück, damit die Fenns auch noch den Steinkreis von Castlerigg zu sehen bekamen. Er soll von den Druiden angelegt worden sein, aber etwas Besonderes zu sehen gibt es da nicht: nur einen Kreis aus wuchtigen grauen Steinen auf einer schlecht gemähten Wiese. Aber die Szenerie ist einmalig: ein natürliches Amphitheater aus offener flacher Landschaft, umgeben von eindrucksvollen Bergen.

Julian Fenn parkte den Wagen an der Straße neben dem Eingangstor, und sie stiegen den flachen Hang zu den Steinen hinauf. Diese wirkten größer, als Janey sie in Erinnerung hatte, und der schnelle Wechsel von Sonne und Schatten über dem Tal gab ihnen ein sonderbares Aussehen – als ob sie sich bewegten, in den Grasstoppeln umherstapften.

Es liefen noch ein paar andere Touristen dort herum, und außerhalb des Steinkreises campierten ein paar ungepflegt aussehende Gestalten, Wanderer oder Hippies. Einer der letzteren, ein schlaksiger junger Mann mit blondem Zopf, saß mit untergeschlagenen Beinen und geschlossenen Augen hinter dem größten umgekippten Stein.

»Was macht denn der da?« frage Mary Ann.

»Scheint zu meditieren«, antwortete Janey. Sie ging etwas näher hin. Der Stein war grob quaderförmig und von winzigen Flechtenblütchen rötlich und gelblich gemustert; in einer flachen Mulde an seiner Oberseite lagen ein kleines Häufchen Modeschmuck und ein paar Münzen.

»Das ist der Wunschstein«, sagte eine Stimme hinter ihnen. Es war eine ungepflegte, dickliche junge Frau in einem langen, schmuddeligen Zigeunerrock, eine von den Hippies.

»Wirklich, ein Wunschstein?« Mary Ann drehte sich um. »Und wie funktioniert er?«

»Ganz einfach. Man legt nur irgendwas Wertvolles auf den Stein und wünscht sich was.«

»Von dem Brauch habe ich noch nie gehört«, sagte Janey skeptisch. »Sie, Robbie?«

Robbie schüttelte den Kopf.

»Also, ich werde mir jetzt jedenfalls etwas wünschen«, erklärte Mary Ann und begann in ihrer Gobelintasche zu kramen.

»Na hör mal, Schatz.« Julian senkte die Stimme. »Das ist doch nicht dein Ernst.«

»Warum nicht?« Mary Ann hielt ein Fünfzigpencestück in die Höhe. »Ich wünsche uns gutes Wetter für die restliche Zeit im Lake District.«

»Weil es doch Schwindel ist, Schatz. Das ist hier gar kein Volksbrauch, sonst hätte Robbie schon davon gehört. Und selbst wenn – du glaubst doch nicht, daß eine große Hand vom Himmel herunterfährt und sich deine fünfzig Pence nimmt. Der Kerl da wird sich ein Bier davon kaufen.«

»Meinetwegen«, sagte Mary Ann. »Es ist ein hübscher Gedanke.« Sie schlurfte über die Wiese und warf ihre Münze auf den Stein. Man hörte sie in der Stille laut klimpern. Der meditierende Hippie regte sich nicht.

Als Mary Ann zurückkam, wollte Julian etwas sagen, wurde aber – wie alle anderen – durch Robbie abgelenkt, der soeben durch das rauhe Gras auf den Stein zuschritt und dabei etwas in der Hand zu halten schien. Als er es in die Mulde legte, sah Janey, daß es seine Digitaluhr war. Kein teures Stück, aber gemessen an dem, was das Projekt ihm bezahlte, eine ansehnliche Investition.

Einen Augenblick blieb Robbie dort stehen, dann kam er zurück. Hinter ihm und um ihn herum schienen die hellgrauen Steine noch immer in Bewegung zu sein, wenn die dunkleren grauen Schatten der Wolken über sie hinweghuschten. Sie huschten auch über Robbie und veränderten sein Gesicht und seine Kleidung so, daß er für einen Augenblick ganz in sich zusammengeschrumpft aussah, richtig mißgestaltet. Janey hatte das Gefühl, daß irgend etwas nicht stimmte, daß Robbie soeben etwas Ungebührliches getan hatte, etwas Gefährliches sogar. Sie machte schon den Mund auf, um zu protestieren, ermahnte sich dann aber, nicht albern zu sein, und schloß ihn wieder. Wenn Robbie sich etwas wünschen wollte – bestimmt eine Arbeitsstelle fürs kommende Jahr –, ging sie das nichts an.

Am nächsten Morgen fuhren die Fenns weiter nach Carlisle und zur Küste; sie wollten drei Tage später auf dem Rückweg wieder durch Grasmere kommen und Janey nach London mitnehmen. An diesen drei Tagen herrschte das herrlichste Wetter, das sie im Lake District je erlebt hatte, aber niemand schenkte dem große Beachtung. Die ganze Projektgruppe war in Aufruhr: Robbie McEwen war verschwunden.

Hinterher erinnerte sich Janey, daß er ihr auf der Rückfahrt nach Grasmere besonders gedankenabwesend und in sich gekehrt vorgekommen war, und wie sich jetzt herausstellte, hatte ihn niemand mehr gesehen, seit sie ihn an seinem Cottage abgesetzt hatten. Die Polizei durchsuchte die Gegend, nahezu alle Amateurbergsteiger waren auf den Beinen, und schließlich zog sogar ein Hubschrauber seine Kreise über den Hochmooren.

Alle nahmen an, daß Robbie nach dem Abendessen noch spazierengegangen war, wie er es an den meisten Abenden tat. Und dabei war er wohl verunglückt – hatte vielleicht auf einem Geröllhang den Halt verloren oder war in ein Kaninchenloch getreten und hatte sich ein Bein gebrochen.

So dachten jedenfalls die meisten. Janey dachte etwas anderes, wovon sie zwar nichts sagte, aber es lag ihr schwer auf der Seele. Sie dachte, daß Robbie vielleicht irgendwohin gegangen war und sich umgebracht hatte, damit er nicht von Grasmere fortmußte. Sie sagte sich, daß es in diesem Fall logischer gewesen wäre, bis August zu warten, aber Selbstmörder denken nun einmal nicht logisch. Das würde erklären, warum man ihn nicht fand: Er kannte die Gegend so gut, daß er sich irgendein Moor oder eine Felsschlucht hätte aussuchen können, die seine Leiche für immer verbergen würde. Sie fand kaum Schlaf; immer wieder sah sie Robbie ertrunken und aufgedunsen im Schlamm und Schilf eines kleinen Bergsees liegen, oder zerschmettert in einer düsteren Felsschlucht zwischen den Geröllbrocken.

Janey versuchte sich diese Visionen mit Argumenten auszureden, dennoch war sie sehr erleichtert, als die Fenns wieder nach Grasmere kamen und Julian mit einer anderen Erklärung aufwartete: daß Robbie McEwen »die Mücke gemacht« hätte, wie er sich ausdrückte.

Sie sagte, sie halte das nicht für wahrscheinlich, denn Robbie habe alles zurückgelassen, was er besaß, einschließlich Kleidung, Brieftasche und Scheckkarte. Nicht daß er viel auf dem Konto gehabt hätte – wie sich herausstellte, war es sogar um fast tausend Pfund überzogen.

»Na bitte, das ist doch so gut wie ein Beweis«, sagte Julian. »Ist doch klar, daß er alles zurückgelassen hat. Alle sollen glauben, er sei tot. Und inzwischen ist er über die Berge gewandert, irgendwohin, wo er sich in einem anderen Dorf unter anderem Namen schon längst ein neues Bankkonto eingerichtet hat.«

»Ich glaube nicht, daß es so ist«, sagte Mary Ann. »Ich glaube, daß Robbie noch hier ist, wir erkennen ihn nur nicht. Erinnert ihr euch an den Nachmittag bei dem Steinkreis? Also, ich denke mir, daß er sich da gewünscht hat, in Grasmere bleiben zu können, was er ja so gern wollte, wie du sagst; und da hat ihn der Wunschstein in ein Schaf verwandelt.«

»Darling!« protestierte Julian.

»Er hat doch gesagt, daß er gern ein Schaf wäre, ich erinnere mich genau«, beharrte Mary Ann und begann zu kichern. »Und der Wunschstein hat ja auch bei mir funktioniert. Wir hatten das herrlichste Wetter.« Sie zeigte zum Himmel, der den ganzen Tag wolkenlos und azurblau gewesen war und sich jetzt zu einem wolkenlosen Indigo verfärbte. »Ich bin überzeugt, so ist es ihm ergangen.«

Daraufhin lachten alle und wandten sich anderen Themen zu, aber irgendwie hatte Mary Anns alberne Idee sich in Janey festgefressen. Als sie dann in der Nacht nicht schlafen konnte, fiel ihr in diesem wirren und leichtgläubigen Zustand, in den man oft gerät, eine Bemerkung ein, die diese eine Doktorandin voriges Jahr gemacht hatte, bevor sie so urplötzlich abreiste. Sie hatte gemeint, hier begegne man auf Schritt und Tritt Gelehrten und Schafen, und manchmal könne man die einen nicht mehr von den anderen unterscheiden.

Janey dachte daran, daß man auch den betagten Wordsworth einmal mit einem alten Schaf verglichen hatte – und irgendwie schien das zu dieser mitternächtlichen Stunde alles zusammenzupassen. Sie glaubte sogar zu wissen, wo Robbie jetzt sein würde, wenn er ein Schaf geworden war.

Sie wußte, wie lächerlich solche Gedanken waren, aber sie wollten ihr nun einmal nicht aus dem Kopf, und einschlafen konnte sie auch nicht. Sie befreite sich aus dem Gewirr von Laken und Decken, stand auf und nahm eine Schlaftablette, aber davon wurde ihr nur schwindlig und noch wirrer im Kopf. Sie versuchte es mit Schäfchenzählen, aber das machte es noch schlimmer, denn die Schafe hatten alle die Gesichter von Wordsworth und seiner Familie, oder von Projektteilnehmern; und dann hatte eines sogar ihr eigenes Gesicht.

Sowie es hell zu werden begann, zog Janey sich an und ging nach draußen. Sie nahm den direkten Weg durchs Dorf, und als sie an das Gatter kam, das Robbie geschlossen hatte, blieb sie stehen und sah durch den kalten, grauen Nebeldunst zu dem Berghang hinauf, und da wollte es ihr so vorkommen, als ob dort mehr Schafe wären als letztes Mal. Aber das bewies natürlich gar nichts.

Sie lehnte sich an die oberste Stange des verwitterten, splittrigen Gatters und rief: »Mäh!« Es klang bei ihr lange nicht so überzeugend wie bei Robbie, und die Schafe antworteten ihr auch nicht, sie sahen nicht einmal auf.

»Mäh!« versuchte sie es noch einmal. »Mäh!«

Die meisten der Tiere rupften weiter Gras mit diesen typischen, ruckartigen Kopfbewegungen, aber ein junger Bock, der etwas weiter oben stand, wandte den Kopf und blickte über die verfilzte Schulter zu Janey herunter, ganz starr und unbeweglich, wie sie es bei einem Schaf noch nie gesehen hatte.

»Mäh!« machte er einmal kurz.

Janey blickte ebenso starr zu ihm hinauf und fragte sich dabei, was er dort verloren hatte; normalerweise hielt man die Böcke und Schafe bis zur Paarungszeit im November voneinander getrennt. Er sah genauso aus wie die anderen Schafe: dichte, schmutziggelbe Wolle, einwärtsgebogene, geriffelte graue Hörner, langes, schmales, blasses Gesicht und lakritzschwarze Augen; aber er hatte keinen roten Farbklecks auf dem Rumpf.

»Ja, ja, ich bin's«, glaubte sie ihn blöken zu hören. »Und was willst du jetzt dagegen machen?«

Hier ist die Geschichte zu Ende, nur daß Robbie McEwen nie gefunden wurde, weder lebend noch tot; und daß Janey im Laufe dieses Morgens beim Packen irgendwann beschloß, das Wordsworth-Projekt weder im nächsten Jahr noch überhaupt jemals zu leiten. Und vielleicht sollte auch noch erwähnt werden, daß es genau in dem Moment, als die Fenns aus Cumbria hinaus- und nach Yorkshire hineinfuhren, mit Mary Anns schönem Wetter vorbei war und es den nächsten Monat in ganz Nordengland nichts als kalt und regnerisch und neblig war.

Im Schatten

Celia Zimmern war so ziemlich die letzte, der irgendein Mensch, geschweige sie selbst, je zugetraut hätte, daß sie Gespenster sähe. Die anderen Frauen, die zur gleichen Zeit wie sie in der amerikanischen Botschaft in London arbeiteten, hielten sie für geradezu unnatürlich kalt und rational. Nichts vermochte sie je aus der Ruhe zu bringen oder – soweit sie es beobachten konnten – wenigstens sehr zu freuen.

Nicht einmal über ihre unbezweifelbare Wirkung auf Männer schien Celia sich zu freuen – was sie eigentlich hätte tun sollen, fanden die anderen, denn dafür gab es nun wirklich keine Erklärung. Celia war nicht schön, nur einigermaßen hübsch: klein und zierlich, mit einem Kranz von eichenholzbraunem Kraushaar um den Kopf und eichenholzbraunen Augen, darüber so lange und dichte Wimpern, daß manche sie für falsch hielten. Sie gab sich nie kokett oder verführerisch und kleidete sich immer sehr dezent. Die meisten merkten nicht, daß Celias rehbraunes Wollkostüm ein Schnäppchen von Chanel und ihre marineblaue Seidenbluse von Jean Muir war; sie sahen nur, daß sie immer dieselben Sachen trug.

Diese Einförmigkeit zog Celia jedoch ihrer Alternative vor. Sie wußte, wenn sie einen Fehler hatte, dann den, daß immer nur das Beste für sie in Frage kam. Dummerweise ist das Beste meist auch teuer, und so war nicht nur Celias Kleiderschrank, sondern auch ihre geschmackvolle kleine Wohnung in Chelsea nahezu leer. Lieber hätte Celia den ganzen Tag gefroren als einen billigen Synthetikpullover angezogen, lieber auf einem Afghankissen oder gleich auf ihrem gutgebohnerten Parkettfußboden gesessen als im bequemsten Kunstledersessel. Ihr Erwerbssinn zeigte sich von einer so wählerischen Seite, daß er schon eher wie Entsagung aussah. Doch jeder, der Celia schon einmal in einem Laden über einen beigefarbenen Wildlederrock streichen oder einen makellosen Pfirsich aus grünem Seidenpapier wickeln gesehen hatte, wußte es besser.

Celia stellte ihren guten Geschmack – oder ihre sonstigen Vorlieben – nicht öffentlich zur Schau. Vor allem im Beruf spielte sie sich nie in den Vordergrund; lieber hörte sie zu, als daß sie ihr eigenes Wissen weitergab. Sie hatte noch nie verstanden, warum die meisten Menschen sich so danach drängten, Fakten oder Anekdoten oder Meinungen wiederzugeben, die sie schon kannten. Wogegen man durch Zuhören manch Interessantes erfahren konnte, mitunter sogar etwas, was sich für einen als nützlich erwies.

Da Celia so bescheiden auftrat, hielten Leute von der Straße sie gern für eine kleine Sekretärin in der Botschaft. Dabei war sie in Wirklichkeit Berufsdiplomatin und hatte einen verantwortungsvollen Posten in der Informationsabteilung. Bei der Arbeit zeigte sie sich immer höflich interessiert an den jeweils anstehenden Fragen; darunter aber verbarg sich ein schon fast beängstigendes Organisationstalent und eine ebensolche Entschiedenheit.

Zwar hielten einige von Celias Kolleginnen sie für ebenso arm an Geist wie an Garderobe, aber die meisten mochten sie gern und bewunderten sie sogar. Aus ihrer Sicht war Celias einziger Fehler, daß sie so viele Männer anzog und auch mit solchen ausging, an denen sie gar kein ernsthaftes Interesse hatte; dauernd ging sie mit ihnen zum Essen, ins Konzert, Theater oder Kino. Sie sei doch schon fast dreißig, sagten sie zueinander; ob sie sich denn nicht endlich für einen entscheiden könne, damit auch andere noch eine Chance hatten? Es war einfach unfair. »Ich glaube nicht einmal, daß sie mit denen allen schläft«, versicherte eine erboste junge Frau aus der Visumsabteilung und nannte Celia dann noch einen Neidsack.

Celia selbst sah ihren gesellschaftlichen Erfolg eher nüchtern und ein bißchen zynisch. Sie wußte, daß es vor allem ihre Gabe des Zuhörens war, mit der sie Männer für sich einnahm und an sich band oder erzürnte Amtspersonen beschwichtigte und ungeduldige Journalisten besänftigte. Sie brachte es eben immer fertig, dem jeweiligen Gesprächspartner ihre ganze Aufmerksamkeit zu widmen und ihn lange und ausführlich reden zu lassen, ohne sich mit ihrer eigenen Meinung vorzudrängen. »Das ist ja sehr interessant«, sagte sie, wenn der Monolog einmal ins Stocken geriet, »erzählen Sie mir mehr darüber« oder: »Na so was, das wußte ich ja noch gar nicht!«

Es wunderte sie nur immer noch ein wenig, daß keiner der Männer, die sie kannte, ihr auf die Schliche kam. Sie nahmen ihre Bereitschaft, auf sie einzugehen, für so selbstverständlich wie bei einem besseren Computersystem. Ja, manchmal verglich sie sich insgeheim selbst mit so einem Computerprogramm, das einen Psychotherapeuten imitierte und mitunter sogar eine Übertragung bewirken konnte. So eine Übertragung stellte sich für gewöhnlich bei jedem Mann ein, mit dem Celia öfter als ein- oder zweimal ausging: eine Form von Liebe und Vertrauen – nebst der festen Überzeugung, daß sie allen seinen Ansichten größte Sympathie entgegenbrachte. Diese Überzeugung war so stark, daß der Betreffende sich oft auch dann noch weiter mit Celia treffen und ihre Aufmerksamkeit ein Leben lang für sich in Beschlag nehmen wollte, wenn sie ihn nicht in ihr Bett ließ.

Celia war sich bewußt, daß alle ihre weiblichen Bekannten wünschten, sie würde sich endlich für einen entscheiden, und ebenso bewußt war sie sich, daß sie schon neunundzwanzig war. Auch in beruflicher Hinsicht wäre eine Heirat von Vorteil. In diesem Zusammenhang wanderten ihre Gedanken am häufigsten zu einem Volkswirtschaftler namens Dwayne Mudd. Er war ein großer, gutaussehender junger Mann, zu dessen zahlreichen Vorzügen gute Manieren, sexuelle Energie, Tüchtigkeit im Beruf und ein erklärter Wunsch nach Kindern gehörten. Wenn sie Freundinnen anvertraute, daß Dwayne vom Heiraten spreche, sagten sie ihr, sie könne gar nicht besser fahren. Er sei der perfekte Kandidat, fanden sie.

Ja, auch Celia sah, daß Dwayne Mudd ein Rhodes-Stipendiat war, einer bekannten Politikerfamilie aus dem Mittelwesten entstammte, als Student ein großer Sportstar gewesen war, am Dartmouth College mit *summa cum laude* abgeschlossen, dann an der Universität Yale noch Jura studiert hatte und wahrscheinlich zu einer glänzenden Karriere bestimmt war. Wie kam es dann, daß sich jedesmal, wenn sie sich ausmalte, mit ihm verheiratet zu sein, bei ihr vor allem ein Gefühl banger Bedrückung einstellte? Lag es nur an seinem lächerlichen Namen?

Oder hatte es damit zu tun, daß Dwayne anzunehmen schien, es sei für Celia das große Los, von ihm umworben zu werden? Wenn er ihr sagte, wie hübsch sie doch sei oder daß sie die ideale Diplomaten- oder Politikerfrau abgeben werde, hatte sie immer das dumme Gefühl, daß er nur sich selbst gut zuredete. Er suchte eine Entschuldigung dafür, daß er sich keine Reichere oder Schönere ausgesucht hatte; vor allem keine, die ebenfalls aus einer bekannten Familie im Mittelwesten stammte, denn wie er einmal hatte fallenlassen, ist es in der Politik sehr von Vorteil, eine Frau mit Beziehungen zu haben.

Als Celia ihm eröffnete, daß sie eigentlich nicht gern seine Frau werden wollte, schien Dwayne das gar nicht zu hören. »Das kann doch nicht dein Ernst sein, Darling«, sagte er. Und obwohl sie es wiederholte, blieb er dabei, ihr Widerstreben als weibliche Koketterie abzutun. »Du besinnst dich schon noch«, sagte er lächelnd. »Ich kann warten.«

Aber obwohl auch Celia sich sagte, daß sie kaum besser fahren könnte, war sie doch mehr und mehr entschlossen, sich keineswegs zu besinnen. Im stillen nannte sie Dwayne nur noch den Wombat; nicht nur wegen seiner Liebe zu Australien, wo er zuletzt stationiert gewesen war, sondern auch wegen seines pelzigen kurzen Haars, seiner breiten, behaarten Hände, seiner gedrungenen Gestalt und dieser sturen Beharrlichkeit.

Meist behielt Celia ihren zunehmenden Unwillen gegenüber Dwayne für sich, aber hin und wieder rutschte ihr doch etwas heraus. Einmal rief er zum Beispiel viermal an einem einzigen Tag in ihrem Büro an, hauptsächlich um ihr zu sagen, daß er immerzu an sie und »letzte Nacht« denken müsse, wie er sich ausdrückte.

»Er muß Sie ja sehr lieben«, sagte Crystal, die Sekretärin ihres Chefs, die ein süßes Gesichtchen und eine romantische Ader hatte.

»Dwayne Mudd ist ein Gefühlsdusel«, antwortete Celia. »Wahrscheinlich hat er mal irgendwo gelesen, daß Frauen es lieben, ständig gestört und belästigt zu werden.«

Ein paar Tage später landete zur Mittagszeit ein üppiger Strauß rosaroter Rosen auf ihrem Schreibtisch.

»O wie schön!« rief Crystal.

»Mag sein«, meinte Celia. »Meiner Ansicht nach sollte man zum Blumenkaufen aber in ein Blumengeschäft gehen. Was man an diesen Ständen vor der U-Bahn-Station kriegt, ist doch schon tot, bevor man damit zu Hause ankommt.«

Sie streckte den knitterigen Papierkegel waagrecht von sich, so daß die schlaffen Stengel mit den schrumpligen rosa Köpfen sich nach unten bogen.

»Was zählt, ist doch die gute Absicht, oder sehen Sie das anders?« fragte Crystal.

Celia sah das anders, aber sie widersprach nicht. »Wissen Sie, woran solche Blumen mich immer erinnern? An diese klapprigen billigen Schirme, die sie ebenfalls dort verkaufen, draußen vor der U-Bahn Bond Street. Die gehen auch nie richtig auf, und ziemlich bald fallen sie ganz in sich zusammen.«

»Aber sie sind doch irgendwie süß.«

Crystal sah die Rosen mit einem Blick an, der Celia fragen ließ: »Hätten Sie sie gern?«

»O ja, danke!« Crystal drückte den Papierkegel an ihre Spitzenbluse und grub ihre Nase in den schwachen Duft.

»Ich nehme an, Dwayne möchte Sie immer noch heiraten«, meinte sie, als sie endlich wieder ausatmete.

»Ja.« Celia lachte verlegen. »Aber das geht natürlich absolut nicht. Ich könnte keinen Mann heiraten, dessen Name – Mudd – schon so unappetitlich klingt. Bedenken Sie, was das heißt – ein Leben lang diese dummen Witze ertragen zu müssen.«

»Sie könnten doch Ihren eigenen Namen behalten. Das tun heute viele Frauen«, schlug Crystal vor.

»Trotzdem wäre man mit ihm verheiratet und müßte die Witze über sich ergehen lassen«, sagte Celia. »Zum Beispiel hat Dwayne mir einmal erzählt, daß sie ihm in der Grundschule immer ›Matsch-Schwein‹ nachgerufen haben.«

Crystal kicherte. »Er scheint sich aber noch Chancen auszurechnen«, sagte sie. »Immerhin gehen Sie nach wie vor mit ihm aus, und die goldene Uhr seiner Mutter haben Sie auch noch.«

»Ja«, räumte Celia ein. Sie hob ihre schmale Hand und bewunderte wieder einmal die herrliche Armbanduhr, ein Stück von Cartier aus den dreißiger Jahren, mit geflochtenem Goldband und rechteckigem kleinen Zifferblatt mit fein ziselierten römischen Ziffern. »Aber es ist ja nur eine Leihgabe. Ich habe versprochen, sie ihm zurückzugeben, sobald Dwayne eine andere zum Heiraten findet.«

»Er wird nie eine andere finden, solange Sie ihm weiter Hoffnung machen«, prophezeite Crystal.

»Ich mache ihm keine Hoffnung«, widersprach Celia nachsichtig.

»Anscheinend aber doch, sonst würde er Ihnen nicht immer noch nachlaufen. Er würde sich eine andere Freundin suchen. Ich finde, Sie sollten ihm die Uhr zurückgeben und ihm sagen, daß Sie ihn nicht mehr sehen wollen.« Crystals Stimme bebte ein wenig.

»Aber ich will ihn doch sehen«, versetzte Celia lächelnd und kein bißchen beleidigt – überhaupt hatte Crystal sie noch nie beleidigt gesehen. »Er ist ein angenehmer Gesellschafter und versteht eine Menge von Volkswirtschaft und dem Gemeinsamen Markt. Ich möchte ihn nur nicht heiraten. Das ist ihm auch klar.«

»Den Eindruck habe ich nicht«, sagte Crystal, die schon den schwierigen Nachnamen Freeplatzer hatte und sich mit einem Leben voll schlechter Witze durchaus anfreunden zu können glaubte, wenn daraus Mudd würde. »Aber er wird es wohl mit der Zeit noch begreifen.«

Entweder irrte sich Crystal, oder Dwayne Mudd blieb einfach nicht mehr die Zeit. Er machte Celia immer noch unverdrossen den Hof, als er zwei Monate später auf der Heimfahrt von einer Party mit einem Blutalkoholspiegel von 1,2 Promille, wie man später feststellte, in Belgravia falsch durch eine Einbahnstraße fuhr und tödlich mit einem schweren Lastwagen zusammenstieß.

Manche fanden, Celia nehme das nicht so schwer, wie man hätte erwarten sollen – wie es sich gehören würde, sagte jemand beim Lunch in der Kantine.

»Das kann ich nicht bestätigen«, protestierte Crystal loyal. »Ich weiß, daß Celia über Dwaynes Unfall sehr, sehr schockiert war.«

»Das waren wir alle. Ich sage ja nicht, daß sie es nicht genauso tragisch nimmt wie wir. Aber sie sollte es eigentlich tragischer nehmen. Immerhin ist sie mit ihm gegangen.«

»Schon, aber sie geht auch noch mit einigen anderen Männern aus. Mit dreien mindestens.«

Crystals Freundinnen nickten. O ja, das wüßten sie, sagten sie verstimmt.

»Ich verstehe nicht, wie sie einfach so weiterleben kann, als wäre nichts gewesen«, beschwerte sich eine. »Als ob es ihr im Grunde gar nichts ausmachte.«

Doch, es *macht* ihr etwas aus, dachte Crystal. Sie trägt noch immer die goldene Uhr von Dwayne Mudds Mutter; ist das nicht Beweis genug?

Es stimmte, daß Celia nach wie vor die Uhr trug. Nach Dwaynes Tod hatte sie überlegt, ob es nicht besser wäre, sie zurückzugeben – aber wem? Dwayne hatte keine Geschwister. Sie würde sich in der Botschaft erkundigen müssen, wer seine gesetzlichen Erben waren, und das würde bedeuten, daß sie öffentlich in der ebenso peinlichen wie falschen Rolle der trauernden Geliebten auftreten müßte. Möglicherweise hatte Dwayne irgendeine Kusine, die das gute Stück vielleicht gern haben wollte, aber wahrscheinlich war das nicht. Die meisten Leute – besonders in Iowa, schoß es Celia durch den Kopf, doch sie drängte den Gedanken rasch als snobistisch beiseite – würden an der Uhr von Dwaynes Mutter keinen Gefallen haben. Sie würden sie altmodisch und unpraktisch finden; lieber wäre ihnen die neueste glitzernde Rolex, die nie aufgezogen werden mußte und das Datum anzeigte und ihnen auch noch sagte, wie spät es jetzt in Hongkong war. Und überhaupt: Hätte Dwayne nicht gewollt, daß sie die Uhr behielt, wenn er gewußt hätte…?

Einen Monat später nahm Celia, als hätten die Nornen endlich auf Crystals Freundinnen gehört, sich urplötzlich selbst aus der Konkurrenz; nicht indem sie einen ihrer anderen derzeitigen Beaus erhörte, sondern indem sie ihre Versetzung beantragte und gewährt bekam. Worüber sich alle wunderten, war der Zielort: ein kleines, heißes, westafrikanisches Land ohne jede politische Bedeutung.

»Stimmt schon, es ist ein ziemlich verantwortungsvoller Posten: Kulturattaché«, berichtete eine Sekretärin aus der damit befaßten Abteilung später in der Kantine ihren Freundinnen. »Und ein gutes Gehalt, denn es gibt Erschwerniszulage.«

»Aber Menschenskind, nein – Goto!« rief Crystal.

»Ich weiß. Kein Mensch hat je davon gehört. Mein Chef hat zu Celia gesagt, wenn sie noch ein Weilchen wartet, kann er wahrscheinlich etwas viel Besseres für sie finden. Aber Celia hat gemeint, sie will nur so schnell wie möglich fort. Ich verstehe das nicht.«

»Vielleicht ist es wegen Dwayne Mudd«, mutmaßte eine andere junge Dame. »Vielleicht kann sie ihn nicht vergessen, solange sie hier in London ist. Könnte sogar sein, daß sie ein schlechtes Gewissen hat.«

»Ich weiß nicht«, meinte Crystal. »Ein schlechtes Gewissen sähe ihr nicht gerade ähnlich.«

Trotzdem mußte irgend etwas Celia auf der Seele lasten,

dachte sie später. Sie hatte neuerdings so etwas Abwesendes, fast Gedankenverlorenes – konnte sie zu guter Letzt vielleicht gemerkt haben, daß sie doch in Dwayne verliebt gewesen war?

»Ich glaube, ich kann mir denken, warum Sie um Versetzung gebeten haben«, sagte Crystal, als Celia sie zu einem Abschiedsessen ins Wheeler ausführte. »Es ist wegen Dwayne Mudd.«

Celia zuckte zusammen, als hätte sie ein defektes elektrisches Gerät angefaßt. »Woher wissen Sie das?« fragte sie halb im Flüsterton, wobei sie sich in dem Restaurant umsah, als wimmelte es hier von Geheimagenten. »Ich meine, wie kommen Sie darauf?« korrigierte sie sich, nachdem sie ihre Fassung wiedergewonnen hatte.

»Weil – nun, seit er tot ist, wirken Sie immer so ein bißchen verkrampft«, sagte Crystal. »Da habe ich mir vorgestellt, Sie denken immer noch an Dwayne und bilden sich vielleicht ein, ihm hier in London überall zu begegnen.«

»Ja«, sagte Celia nach längerem Schweigen. Sie senkte die Gabel langsam auf ihren Teller, spießte ein Stück Gurke auf und hob sie wieder. »Nicht überall«, sprach sie weiter, jetzt an die Gurke gerichtet. »Ich sehe ihn nur in bestimmten Situationen... immer wenn ich – Sie wissen schon – mit jemand anderem zusammen bin.«

»Sie meinen, Sie sehen ihn im Geiste vor sich«, meinte Crystal, während sie in ihrem Salat nach versteckten Krabbenstückchen stocherte.

»Wie?« Celia ließ ihre Gabel wieder sinken.

»Ich meine, Sie – äh – sehen Dwayne doch nicht wirklich, oder? Nicht wie eine Geistererscheinung.« Crystal beugte sich mit halboffenem Mund über den Tisch.

»Aber nein, natürlich nicht«, log Celia. Ihr war eingefallen, daß Crystal zwar einigermaßen diskret, aber doch immerhin die Tochter kleinstädtischer Spiritisten war und sich von deren Überzeugungen noch nicht ganz gelöst hatte.

Aber es war nun einmal die Wahrheit, daß Celia tatsächlich Dwayne Mudd sah oder zumindest etwas, was große Ähnlichkeit mit ihm hatte. Meist erschien er ihr als ein flimmerndes, schemenhaftes graues Bild über der jeweiligen Szene, etwa wie ein schwacher Durchschlag, wenn jemand das Kohlepapier lange nicht mehr gewechselt hat. Er war auch nicht immer da, nur ganz gelegentlich – und zwar, wie sie nach der ersten Woche klar erkannte, nur wenn sie mit einem anderen Mann zusammen war.

Das erstemal war Dwayne ihr erschienen, als Celia mit einem gutaussehenden, aber etwas beschränkten Investmentbanker in einem Taxi saß. Als dieser sich zu ihr herüberlehnte und sie küßte, glaubte sie so etwas wie Dwayne Mudd auf dem Notsitz zu sehen. Sie richtete sich ruckartig auf, und die Erscheinung verschwand.

Es war dämmrig, und es regnete, und Celia schob die Illusion auf einen reinen Lichteffekt. Aber es gelang ihr nicht mehr, sich auf ihren Investmentbanker richtig einzulassen, und als sie nach Knightsbridge kamen und vor ihrer Wohnung hielten, sah sie auf ihre kleine goldene Uhr, stellte mit einem erschrockenen kleinen Aufschrei fest, wie spät es schon war, und bat ihn nicht mehr zu sich hinauf.

Als Dwayne Mudd ihr das nächste Mal erschien, war es schlimmer, denn da war hellichter Tag. Celia hatte mit einem amerikanischen Rechtsexperten namens Mark einen Sonntagsausflug gemacht. Sie saßen in einem Wäldchen hoch oben über Hampstead Heath und blickten zwischen den alten Buchenstämmen hindurch auf eine wie von Constable gemalte Landschaft aus Kumuluswolken, Wiesen und Blumen. Celia hatte gerade einen vorzüglichen Lunch verzehrt und einiges Nützliche über die Gesetze gegen üble Nachrede erfahren; sie war guter Dinge und ganz gelöst.

Doch als Mark den Arm um sie legte und ihre nackte Schulter zu streicheln begann, erschien unter den Ästen eines nahen Baumes der graue Schemen des Wombats. Diesmal ließ die Erscheinung sich nur schwer als Lichteffekt erklären: Es war eindeutig das zweidimensionale Abbild eines Mannes, jetzt auch nicht mehr grau, sondern schwach getönt wie ein koloriertes Schwarzweißfoto.

»Was ist los?« fragte Mark, als er sie erschrecken und gebannt zu der Stelle hinstarren sah.

»Ich hab's irgendwo donnern gehört«, sog Celia sich rasch aus den Fingern. »Wir sollten lieber zurückgehen, wenn wir nicht pitschnaß werden wollen.«

Nachdem Mark, der sichtlich enttäuscht und auch ein bißchen verstimmt war, Celia vor ihrer Wohnung abgesetzt und sie ihn nicht hineingebeten hatte, schenkte sie sich einen Wodka mit Grapefruitsaft ein und setzte sich erst einmal hin, um sich mit der Situation zu befassen.

Von vornherein schloß sie Crystals Idee aus, es könne sich bei dem, was sie gesehen oder zu sehen geglaubt hatte, um eine »Geistererscheinung« handeln, das heißt ein Gespenst. Gespenster gab es nicht, und darüber auch nur nachzudenken war geschmacklos; es fiel in dieselbe Kategorie wie wolkige New-Age-Musik, abgegriffene Tarotkarten und die Suche nach früheren Inkarnationen, in denen die Leute ja immer irgend jemand Großes oder Berühmtes gewesen waren.

Nein, Gespenster gibt es nicht, sagte sich Celia. Eher konnte es sein, daß ihre Psyche nicht ganz von Dwayne Mudds Tod loskam, über den sie im Bewußtsein nur mäßige Trauer empfunden hatte, sogar – weil Dwayne in den letzten Wochen richtig lästig geworden war – eine gewisse Erleichterung.

Aber, dachte sie, da scheint sich im Unterbewußtsein wohl doch etwas mehr abzuspielen. Vielleicht bilde ich mir ein, wenn ich ihm nur mein Jawort gegeben hätte, wäre er jetzt nicht tot. Irgend etwas Irrationales, Kindisches in mir glaubt, ich hätte nur mit ihm zu dieser spießigen Dinnerparty gehen müssen, dann hätte er nicht zuviel getrunken und der Unfall wäre nicht passiert. Wenn er noch lebte, würde er wahrscheinlich wollen, daß ich das denke.

»Sei nicht albern!« wies sie sich scharf zurecht, und bei diesem Wort mußte sie sofort wieder daran denken, wie man ihren Namen, als sie noch ein Kind war, immer zu »Silly« verballhornt hatte, was eben »albern« heiß. Wahrscheinlich nach dem Prinzip der Gegensätzlichkeit. Celia war nämlich lange Zeit alles andere als albern gewesen. – Das mit Dwayne ist jedenfalls totaler Blödsinn, sagte sie sich jetzt; das bildet irgendein neurotischer Teil in dir sich nur ein. Vielleicht solltest du doch einmal zu einem Klapsdoktor gehen.

Aber fast so schnell, wie Celia diesen Gedanken faßte, verwarf sie ihn wieder. Eine private Therapie konnte sie sich nicht leisten, also würde sie die Gesundheitsfürsorge der Botschaft in Anspruch nehmen müssen, und wenn jemand das tat, kam es in seine Personalakte und blieb darin. Natürlich hatte von Rechts wegen niemand zu wissen, was in den Personalakten stand, aber in der Praxis sah das anders aus, denn irgendwer mußte es ja erst einmal in die Akte hineintun.

Wenn man dann zur Beförderung anstand, kam so etwas für gewöhnlich heraus. Und selbst wenn es sich nur um etwas ganz und gar Unbedeutendes handelte, Schlaflosigkeit zum Beispiel oder Angst vorm Fliegen, konnte es doch der Karriere schaden. Zudem war es bei ihr eben nichts Unbedeutendes. Ein Klapsdoktor würde ihr Leiden als Wahnvorstellungen bezeichnen. Vielleicht litt sie ja wirklich an einer ausgewachsenen Psychose.

Celia, die bisher immer ganz selbstverständlich auf ihre geistige Normalität gebaut hatte, bekam jetzt Depressionen, sogar Angstzustände. Aber sie war eine couragierte junge Frau von großer Willensstärke. Und so entschied sie schließlich, daß sie diese Halluzinationen nur ignorieren und hoffen konnte, sie würden mit der Zeit wieder vergehen.

Eine Gelegenheit, diese Theorie auf die Probe zu stellen, ergab sich am darauffolgenden Wochenende. Celia war zu Hause und bereitete den Lunch für einen früheren Liebhaber aus Amerika vor, einen Maler namens Nat. Sie wußte, und er wußte, daß dieser Lunch wahrscheinlich im Bett enden würde, schon um der alten Zeiten willen. Doch als sie gerade frische Sahne an ihre Crème vichyssoise tat, näherte Nat sich ihr von hinten und schlang die Arme um sie; und schon waren sie wieder da, die grauen Umrisse Dwayne Mudds: Sie glitten über die sonnenbeschienene Wand zwischen den Schatten des Hängeefeus. Und als Nat ihr über den rechten Busen strich, schien die Gestalt dunkler zu werden.

»Nein!« sagte sie laut.

»Entschuldigung.« Nat grinste. »Na gut, dann werde ich dich beim Kochen mal in Ruhe lassen.«

Der Schatten begann zu flimmern und wurde blasser. Aber sowie Celia nach dem Lunch aufstand, um den Tisch abzuräumen, erschien er wieder.

»Du hast mir gefehlt«, sagte Nat, ebenfalls im Aufstehen, und sah ihr tief in die Augen.

»Ja.« Sie fielen sich in die Arme, und als sie sich engumschlungen in Richtung Schlafzimmer begaben, folgte ihnen Dwaynes Bild, über Wände und Möbel gleitend, von Zimmer zu Zimmer.

Als sie aufs Bett sanken, schloß Celia bewußt die Augen. »Wenn du zugucken willst, Wombat, nur zu«, sagte sie stumm zu ihm, aber eben nur in Gedanken, denn dort war er ja.

Als hätte sie laut gesprochen, antwortete eine Stimme – Dwayne Mudds Stimme, wenngleich jetzt stumpfer, ausdrucksloser, eben tot: *Ein Dreckskerl, mit dem du dich da einlassen willst. Im wahrsten Sinne des Wortes; er hat seit Donnerstag nicht mehr geduscht.*

Celia mußte sich sehr beherrschen, um nicht den Kopf zu wenden oder auch nur die Augen zu öffnen. Nat hatte jedenfalls nichts gehört, denn er küßte sie immer weiter und war voll bei der Sache. Sie machte mit und zog ihn ganz fest an sich, obwohl sein hellbraunes Haar jetzt einen – eingebildeten? – Geruch nach altem Terpentin verströmte.

Wenn dir Dreck und Farbe gefallen, guck dir nur mal seine Hände an, sagte Dwayne Mudds Stimme. *Und warte, bis du riechst, wie lange er seine Socken nicht mehr gewechselt hat.*

Du lügst, dachte Celia, konnte sich aber nicht enthalten, einen Blick auf Nats Hände zu werfen, als diese an ihrem grauen Seidenjersey von Nicole Farhi zu nesteln begannen. Auf den Fingerknöcheln waren kränklich-grüne Kleckse, und die gerade abgeschnittenen Fingernägel waren schwarz. Als sie entgegen ihrem festen Vorhaben doch den Blick hob, saß der Schatten von Dwayne Mudd auf dem Drehstuhl. Wider alle Vernunft, denn er war doch nur ein Ausfluß ihrer Phantasie, war es ihr zutiefst peinlich, daß er voll angekleidet dasaß und sie nackt hier liegen sah.

Was folgte, war für Nat zwar offenbar ein Hochgenuß, für Celia aber höchst unbefriedigend. Sie konzentrierte sich völlig darauf, ihre Augen geschlossen zu halten, aber sie konnte nicht umhin, die Stimme zu hören.

Bitte, nun sieh dir das an. Er trägt noch immer keine Unterhosen. Ein bißchen abstoßend, wie? sagte Dwayne, während Nat stöhnte und »O du!« schrie.

Und schnupper mal, was da unter seinen Armen rauskommt. Deswegen hast du doch mal mit ihm Schluß gemacht, oder?

»Celia, Darling«, flüsterte Nat. Dann ließ er sich neben sie fallen und sah sie von der Seite an. »Sag mal, fehlt dir was?« fragte er. »Ich meine, stimmt irgendwas nicht? Du bist gar nicht... sonst hast du doch...«

»Alles bestens«, beteuerte Celia. »Es war wunderbar. Aber ich glaube – also, die Sache ist die«, fuhr sie fort, »daß ich zur Zeit eigentlich mit einem anderen liiert bin.«

»Ach ja? Mist!« sagte Nat.

So hatte es angefangen; und es ging rapide weiter bergab. Bald war es so, daß Celia einem Mann nur die Hand zu geben brauchte, sofort erschien das wacklige Bild Dwayne Mudds und fing an zu reden. Im Leben hatte der Wombat sich immer sehr gewählt ausgedrückt; jetzt redete er unflätig.

Der Junge hat Pickel am Arsch.

Ist dir aufgefallen, wie er nach abgestandenem Rauch stinkt, bloß von seiner widerlichen Pafferei? Scheiße, klar riechst du's, du bist nah genug dran.

Wie erträgst du nur diesen Schnauzbart, so rot und stachlig? So was habe ich in Iowa mal bei einem Schwein gesehen. Und ein Gesicht wie ein Schwein hat er auch, findest du nicht?

Du weißt doch sicher, daß er mit der Frau des Abgeordneten aus seinem Wahlkreis in Surrey vögelt.

Letztere Bemerkung bezog sich auf den Investmentbanker, mit dem Celia in letzter Zeit am häufigsten ausging –

nicht weil er ihr am besten gefallen hätte, sondern weil er von allen ihren Verehrern der begriffsstutzigste war und darum am wenigsten ihre Zerstreutheit bemerken würde. Aber als sie diskrete Erkundigungen einzog und feststellte, daß Dwayne mit der Frau dieses Abgeordneten recht hatte, strich sie den Banker von ihrer Liste. Irgendwer muß die Affäre wohl mal erwähnt haben, sagte sie sich, und das ist mir im Unterbewußtsein hängengeblieben. Aber sicher war sie nicht; sie konnte sich bei gar nichts mehr sicher sein.

Ich gehe vor die Hunde, dachte Celia. Ich muß raus aus London, bevor ich ganz verrückt werde. Nein, raus aus England.

Als Celia zum erstenmal von Goto hörte, hatte sie sich eine Dschungellandschaft wie aus dem Comicbuch vorgestellt: Sümpfe voller Krokodile und Riesenschlangen, politische Gewalt, Hitze und Malaria. Aber in Wirklichkeit war es gar nicht so schlimm. Obwohl sie im Juli dort eintraf, war die Temperatur erträglich. Die Regenzeit war vorbei, und das Land war sattgrün und gleich einem Gemälde von Henri Rousseau ganz überwuchert von Palmen, Bananenstauden und hohem Gras, gespickt mit roten und weißen Blüten. Die Atmosphäre in der Botschaft war angenehm lässig, und auf dem Gelände befand sich ein Swimmingpool von olympischen Ausmaßen, gesäumt von blühendem Gesträuch.

Popti, die Hauptstadt, entpuppte sich als ein Seebad mit breiten Boulevards und Gäßchen aus rotem Sand. Die niedrigen Häuser und Geschäfte waren in allen erdenklichen Gelb- und Brauntönen gehalten, dazwischen blinkte hier und da ein Hotel- oder Bankhochhaus. Goto war jahrelang französische Kolonie gewesen; Französisch war auch immer noch die Amtssprache, und es gab sichtbare Überbleibsel französischer Küche und französischer Mode.

So ein Land könnte auch Vorteile haben, sagte sich Celia. Sie konnte ihr Französisch üben und sich eine gewisse Landeskunde zulegen. Außerdem hatte sie sich beruflich enorm verbessert. Sie hatte ihr eigenes Büro, eine Sekretärin und durfte gelegentlich den chauffierten Dienstwagen in Anspruch nehmen. Auch hatte sie hier etwas zu sagen, konnte etwas bewegen. In nur einem Monat brachte sie zwei Filmprojekte auf den Weg, veranlaßte eine Umorganisation der Bibliothek und stand schon mit dem United States Information Service in Washington in Verhandlungen um interessante Vortragsredner.

Überdies hatte man ihr eine klimatisierte Fünfzimmervilla mit Köchin, Putzfrau, Teilzeitgärtner und vierundzwanzigstündiger Bewachung zugewiesen. Es war von dort nicht weit zur Botschaft, und gleich daneben hatte die vornehmste Schneiderin der Stadt, Madame Miri (für manche ihrer europäischen Kundinnen Madame Marie) ihr Geschäft nebst Wohnung.

Meist war es in Celias Haus sehr still, abgesehen von dem leisen, fast heimeligen Summen des Funkgeräts, das in Notfällen eine sofortige Verbindung zu den Marines im Wachlokal der Botschaft herstellte. Um so mehr Betrieb herrschte zu allen Tageszeiten auf Madame Miris unüberschaubarem, baumbestandenem Anwesen, auf dem sich außer ihrem Laden noch fünf weitere Häuser befanden und ein großes, ständig wechselndes Ensemble von Verwandten und Beschäftigten aus und ein ging, vom Säugling im Tragetuch bis zur zahnlosen Großmutter. Celia freundete sich recht gut mit Madame an, die in bezug auf Kleidung ebenfalls eine Perfektionistin war; sie hatte für Celia schon aus einem einheimischen Batikstoff mit ungewöhnlichem schwarzem und blaugrauem Muster ein anspruchsvolles Issey-Miyake-Kleid nachgeschneidert.

Das Erholsamste aber war, daß Celia seit ihrer Ankunft Dwayne Mudd nicht mehr gesehen hatte. Allerdings bewies das nichts, denn sie war bisher auch noch keinem Mann näher gekommen als zu einem Händedruck. Nachdem ihr Leben also jetzt in geordneten Bahnen verlief, sah sie die Zeit gekommen, einmal auszuprobieren, wie es hier um ihre Sicherheit – oder eigentlich mehr um ihren Geisteszustand – bestellt war. Denn was blieb ihr anderes übrig? Die Alternative war ein vielleicht lebenslanges, ängstliches Zölibat.

Als einfühlsame Zuhörerin hatte Celia sich in der Europäergemeinde nicht nur rasch Sympathien erworben, sie hatte auch schon zwei Verehrer an Land gezogen. Als erstes wollte sie nun mit dem ausgehen, den sie am wenigsten mochte, einem Geschäftsmann aus Oklahoma – wahrscheinlich verheiratet, argwöhnte sie, obwohl er es leugnete – namens Gary Mumpson. Sie ließ sich von Gary in das teuerste französische Restaurant führen und nach dem Essen an den Strand fahren. Pechfinster war es dort, darüber ein Himmel von intensiver tropischer Schwärze, mit Sternen übersät. Als Gary sich – reichlich verschwitzt – herüberlehnte, um sie zu küssen, hielt Celia den Atem an. Zuerst passierte nichts. Dann glaubte sie aus dem lauten, trügerischen Rauschen der Brandung eine unverkennbare Stimme herauszuhören.

Ja, drück ihn nur mal schön fest an dich, den Kotzbrocken, sagte die Stimme, *damit du seinen Schmerbauch fühlst.*

Du hast Halluzinationen, sagte sich Celia; aber schon hatte sie die Arme um Gary geschlungen und folgte widerstrebend den Anweisungen des Wombats.

Und überhaupt vertust du nur deine Zeit, schien die Stimme fortzufahren. *Nicht nur, daß er verheiratet ist, sein Schwanz ist auch höchstens acht Zentimeter lang.*

Nein, es war sinnlos. »Komm, laß uns zurückfahren«, sagte Celia kläglich, während sie sich mühsam hochrappelte.

»Aber wieso – au ja, klar, prima Idee!« keuchte Gary, der das (irrtümlich) für eine Einladung in Celias Wohnung hielt.

Der nächste Tag war ein Samstag. Celia verließ nach einer schlaflosen Nacht ihr Haus, um eine Runde zu joggen und sich, wie sie hoffte, so ihre Depressionen aus dem Leib zu rennen. Es war ein frischer, kühler Morgen, die Straßen fast leergefegt, doch als sie an das Tor zum Nachbaranwesen kam, wurde sie von Madame Miri begrüßt.

Die Hausherrin bot im strahlenden Sonnenlicht einen imposanten Anblick. Ihre Haut schimmerte wie poliertes Mahagoni, und sie trug ein leuchtend orangefarbenes, sehr weites Gewand und einen mit blauen Paradiesvögeln bedruckten Turban.

»Aber *chérie*, was ist los?« erkundigte sie sich in ihrem ausgezeichneten Französisch, wobei sie eine breite Hand mit zinnoberrot lackierten Fingernägeln auf Celias Arm legte.

»Wie?« fragte Celia einfältig. »Was soll denn los sein?«

»Sie sind ganz bedrückt heute.«

»Aber nein, überhaupt nicht.« Celia versuchte ihre Stimme so unbeschwert und sorglos wie möglich klingen zu lassen.

Madame schüttelte den Kopf. »Ich sehe es doch. Ich sehe es in der Luft um Sie herum. Kommen Sie mit herein, *s'il vous plaît.*« Sie hob einen mit großen goldenen Blüten bedruckten Vorhang an.

Celia folgte ihr wie im Schlaf in den Laden. Madame Miri bedeutete ihr, neben dem großen Zuschneidetisch Platz zu nehmen, auf dem sich Modezeitschriften und etliche Ballen bunter Tücher türmten, und brachte ihr eine Tasse brühheißen französischen Kaffee.

»Sie schlafen nicht gut, letzte Nacht«, sagte Madame Miri. Es war mehr Feststellung als Frage.

»Nein, nicht besonders«, gab Celia zu.

»Sie haben vielleicht Alptraum?«

»Hm, ja, manchmal«, sagte Celia, denn Dwayne Mudds Erscheinungen konnte man durchaus einen Alptraum nennen, dachte sie.

»Ich gebe Ihnen etwas.« Madame Miri erhob sich und entschwand durch einen anderen Vorhang im düsteren hinteren Teil des Raums, wo sie, begleitet von einem ständigen leisen Singsang, offenbar Schubladen öffnete und Flaschen aufschraubte.

Ich werde auf keinen Fall irgendeine unbekannte Medizin schlucken, schwor sich Celia.

»*Voilà.*« Madame kam zurück und legte einen kleinen Beutel aus rötlichem Homespun, der mit einem Lederriemen zugebunden war, vor Celia hin.

»Nehmen Sie das, *chérie*. Nicht aufmachen, aber Sie legen es heute nacht unter Ihr Kissen, *oui*?«

»*Oui*«, versprach Celia erleichtert. Sie wußte oder konnte sich zumindest denken, was in diesem Beutel war: eine Auswahl von Zauber- und Heilkräutern und ein paar Stückchen Knochen, wie man sie auf den Dorfmärkten, sogar hier in der Hauptstadt, an Straßenbuden kaufen konnte. Die Einheimischen nannten das *gris-gris*, einen Schutzzauber.

»Es ist gut«, redete Madame lächelnd auf sie ein, während sie ihr den Beutel zuschob. »Gut gegen Angst.«

Natürlich glaubt Madame Miri an Geister, dachte Celia; das tun ja hier fast alle. Schließlich war Animismus in Goto die vorherrschende Religion: die Verehrung der Ahnen sowie bestimmter Bäume, Flüsse und Berge. Geister bevölkerten die Landschaft, und auf Feldern und Wiesen sah man statt Vogelscheuchen oft Bündel mit Laub, Pülverchen und

Knochen, denen durch Zaubersprüche Macht verliehen war, an Bäumen hängen oder in Astgabeln stecken. Die Einheimischen glaubten, daß sie die Ernte nicht nur gegen Vögel und Nager schützten, sondern auch gegen Diebe und böse Geister.

»Danke«, sagte Celia.

Wann immer es ging, hielt Celia ihre Versprechen. Sie legte also das *gris-gris* am Abend unter ihr Kissen, und ob der Zauber nun wirkte oder nicht, sie schlief den Rest der Woche jedenfalls etwas besser. Dadurch ein wenig ermutigt, beschloß sie, das Wagnis einzugehen und es jetzt einmal mit dem zweiten ihrer Verehrer zu versuchen, dem Master Sergeant der Marines, dem die Bewachung der Botschaft anvertraut war. Jackson war ein amüsanter junger Südstaatler mit viel Mutterwitz. Er sah in seiner Uniform sehr gut, in der Badehose geradezu umwerfend aus. Auf der Minusseite stand, daß er vier Jahre jünger war als Celia, kaum Bildung besaß und haarsträubende politische Ansichten hatte.

Das wunderte Celia nicht. Nach ihrer Auffassung hatten viele Menschen sonderbare Meinungen. Aber auch wenn sie noch so gegenteiliger Ansicht war, versuchte sie nicht, ihnen zu widersprechen oder sie zu korrigieren. Sie hatte noch nie etwas für Diskussionen übrig gehabt, denn nach ihrer Erfahrung überzeugten sie niemanden – das vermochten nur Fakten, und selbst diese nicht oft. Immer wenn sie mit irgend jemandes Anschauung überhaupt nicht einverstanden war, sagte sie einen Satz, den ihr Vater ihr beigebracht hatte, als sie vierzehn war: »Vielleicht haben Sie ja recht.« (»Ich habe fünfundfünfzig Jahre gebraucht, das sagen zu lernen«, hatte er ihr erklärt. »Es könnte dir manchen Ärger ersparen.«)

Im allerletzten Moment, bevor Jackson in seinem roten Corvette angebraust kam, steckte Celia in einer abergläubischen Anwandlung, für die sie sich ein bißchen schämte, Madame Miris *gris-gris* in ihre Handtasche. Aber schon als ihr Verehrer ihr ins Auto half – genauer gesagt, sie beim Einsteigen betatschte –, glaubte sie für einen Augenblick an der gekalkten Grundstücksmauer Dwaynes Bild zu sehen, ein bißchen wacklig, aber doch deutlich. Es verwandelte sich dann umgehend in den bewegten Schatten eines Banyanbaums, und Celia schalt sich, daß sie sich von ihren Nerven einen Streich hatte spielen lassen.

Im Gegensatz zu Gary wartete Jackson mit seinen Avancen nicht bis nach dem Essen. Kaum hatten sie vor dem Gartenrestaurant angehalten, aus dem ihnen laute, stampfende einheimische Musik entgegendröhnte, drehte er sich zu Celia um. »He, du siehst heute abend super aus«, sagte er und packte sie mit geübtem Griff.

Sofort war Dwayne Mudd wieder da, saß diesmal auf der Kühlerhaube des Corvette: seltsam grau und halb durchsichtig vor dem sonnenüberfluteten tropischen Gesträuch, als wäre das Licht, das ihn beschien, immer noch das feuchtgraue Licht Londons. *Bei dem sieh dich besser vor*, sagte er.

Ach, halt den Mund, gab Celia ihm stumm zur Antwort. Ich habe soviel auf mich genommen, und jetzt werde ich mich gefälligst amüsieren, wenn mir danach ist.

Er treibt's mit Nutten, fuhr Dwayne erbarmungslos fort, wobei er sein graues Gesicht gegen die Windschutzscheibe drückte. *Du solltest dich mal erkundigen, wann er zuletzt beim Aidstest war. Und prüf mal nach, ob er eine Narbe an der Lippe hat.*

Unwillkürlich fuhr Celia mit der Zungenspitze über Jacksons breiten Mund. Der verkannte die Absicht, begann sogleich zu keuchen, zog sie noch fester an sich und flüsterte: »O Baby!«

In dieser Nacht schlief Celia, von Ängsten bedrückt und sexuell frustriert, schlechter denn je – was Madame Miri ihr sofort ansah, als sie am nächsten Morgen vor ihrer Tür erschien.

»Aber es ist noch nicht gut, *ma petite*«, erklärte sie, nachdem sie in einem Sessel Platz genommen und eine Tasse Kaffee akzeptiert hatte.

»Nein«, gestand Celia. »Ich nehme an, daß Ihr Zauber bei Europäern nicht wirkt.« Sie lachte nervös.

Madame nahm das nicht zur Kenntnis. »Ihnen liegt etwas schwer auf der Seele, ist es nicht so?« fragte sie.

»Nein – das heißt ja.« Celia gab ihren Widerstand auf und erzählte Madame Miri nach und nach alles. Jetzt weiß sie, daß ich verrückt bin, dachte sie, während die ungeheuerlichen Worte ihr wie die Kröten und Schlangen im Märchen aus dem Mund purzelten. Sie wird mir raten, zu einem Arzt zu gehen.

»Armes Kind«, sagte Madame statt dessen, als Celia ängstlich verstummte. »Ich sehe schon, was los ist. Dieser Mann, er ist eifersüchtig. Weil er Sie nicht haben kann, will er alle anderen Männer von Ihnen fernhalten. Das kenne ich doch, *eh oui.*« Sie seufzte, dann verwendete sie zum erstenmal die vertrauliche zweite Person Singular. »Und nun hast du die ganze weite Reise umsonst gemacht. Aber vielleicht war sie doch nicht ganz umsonst«, fuhr sie fort, fast wie zu sich selbst.

»Ich dachte, wenn ich nur weit genug von London fort wäre…«

»*Chérie*, was sind denn ein paar tausend Meilen? Für einen Geist soviel.« Sie schnippte mit den Fingern. »Für ihn sind Entfernungen nicht, was sie für uns sind.«

»Ein Geist?« echote Celia.

»*Exactement.*« Madame Miri lächelte, und Celia mußte

an einen Vers aus einem Eingeborenenlied denken, das der stellvertretende Missionschef ihr einmal aufgesagt hatte:

Jene die tot sind, sie sind nicht fort.
Sie sind im Schatten, der sich hellt,
sie sind im Schatten, der verblaßt,
sie sind im Schatten, der da zittert.

»Und wie hat diese *personnage* im Leben geheißen?« fragte Madame.

»Dwayne Mudd«, antwortete Celia.

Madame runzelte die Stirn. »Mudd. *C'est la boue, n'est-ce pas?* Matsch, Dreck.«

»Ja, stimmt wohl«, räumte Celia ein.

»Ein böser Name. Schlechtes Omen.«

»Wie man sieht«, sagte Celia. Sie versuchte ein gezwungenes Lachen, aber Madame ignorierte das klägliche Ergebnis.

»Es braucht einen Geist, um einen Geist zu fangen«, sagte sie mit leiser Stimme, wobei sie sich über den Tisch zu Celia herüberbeugte, als könnte Dwayne Mudd sie belauschen. »Vielleicht kennst du eine sehr mächtige Frau, die hinübergegangen ist in die andere Welt, deine Mutter, deine Großmutter *peut-être?*«

Celia schüttelte den Kopf. »Leider nein. Beide leben noch. Und meine andere Großmutter, die Mutter meines Vaters – da weiß ich nicht recht. Ich habe sie nie besonders gemocht, und ich glaube, sie mich auch nicht.« Sie sah zu Madame Miri auf, die immer noch geduldig wartete, dann hinunter auf den dunklen Spiegel ihres Kaffees.

»Ich wüßte jemanden«, sagte sie nach einer Weile. »Ich habe sie zwar nie gekannt, aber meinen Namen habe ich von ihr. Sie war die Stiefmutter meines Vaters.«

»*Une belle-mère, mais sympathique.*«

»Ja. Behauptet mein Vater jedenfalls. Er gebraucht nie das Wort ›wunderbar‹, für nichts und niemanden, aber von ihr hat er einmal gesagt, sie sei eine wunderbare Frau gewesen – ich soll ihr ähnlich sein, und dabei sind wir nicht einmal verwandt.«

»Das macht nichts. Vielleicht hast du ihre Seele.«

»Kann sein«, sagte Celia, der einfiel, daß nach dem Glauben der Eingeborenen die Geister der Ahnen nach ihrem Tod wiederkehrten und in den Körpern ihrer neugeborenen Nachfahren wohnten.

»*En tout cas*, zweifellos wacht sie über dich, sonst hättest du jetzt nicht an sie gedacht.« Madame Miri lächelte.

»Da bin ich mir nicht so sicher«, sagte Celia. »Ich meine, wenn sie es tut, kann sie nicht sehr oft über mich gewacht haben, sonst säße ich jetzt nicht in diesem Schlamassel.«

»*Pas certain, chérie*. Diese *belle-mère*, sie war vielleicht eine sehr taktvolle Frau?«

»Wie?« meinte Celia, die nicht mehr so recht wußte, wo sie war. Schlafmangel, dachte sie. »O ja. Mein Vater sagt, sie hätte vollkommene Manieren gehabt.«

»Das ist die Erklärung. Sie wacht über dich, *oui*, aber immer wenn du und irgendein Mann, wenn ihr euch nahekommt« (Madame Miri begleitete dies mit einer etwas obszönen Geste), »*elle est bien élevée*, dann wendet sie den Blick ab. Und, *tu me l'as raconté*, nur dann erscheint ja der böse Geist.«

»Stimmt«, pflichtete Celia ihr bei. Bin das wirklich ich, die hier dieses Gespräch führt? dachte sie.

»Also. Dann sage ich dir jetzt, was du tun mußt. Wenn du ihn das nächste Mal siehst, mußt du nach deiner *belle-mère* rufen. Du brauchst ihren Namen gar nicht laut zu sprechen, du mußt nur ganz leise bei dir flüstern: ›*Venez, venez à moi, aidez-moi.*‹«

»Gut«,versprach Celia.

Nachdem Madame Miri gegangen war, fühlte Celia sich ein paar Minuten lang etwas wohler. Vielleicht war sie ja doch nicht verrückt, nur von einem Geist besessen. In Goto erschien einem die Existenz übernatürlicher Wesen gar nicht so unmöglich. Draußen auf dem Land wurde nahezu jedes Dorf von einer oder mehreren Fetischgestalten bewacht, die wie große graue, steinerne Hydranten aussahen, behängt mit bunten Tüchern und Blumengirlanden. Sie hatten breite Gesichter, starre Augen und riesengroße Geschlechtsteile, und selbst für eine Skeptikerin wie Celia verströmten sie eine bedrohliche Aura von Macht.

Sogar hier in der Hauptstadt ehrte man das Totemtier des dominierenden Stammes, die Taube, durch die monumentale Skulputur eines großen weißen Vogels, der in den Broschüren für Touristen als »Friedenstaube« bezeichnet wurde. Weniger weit entfernt, nämlich gleich hier, in einer schattigen Ecke auf Madame Miris Anwesen, saßen auch zwei Hausgötter, kleinere Ausgaben der dörflichen Fetischfiguren. Sie trugen hell leuchtende Girlanden aus roten und orangefarbenen Blüten, die regelmäßig erneuert wurden, und jeden Tag brachte Madames Köchin ihnen Speisen und fütterte sie damit: Die offenen Steinmünder waren immer mit getrocknetem Blut und Reis und Obstbrei verschmiert.

Aber Celias Euphorie währte nur kurz. Sie mußte sich sagen, daß es um ihren Geisteszustand schlimmer bestellt wäre denn je, wenn sie erst anfinge, das alles ernst zu nehmen; dann hätte sie nicht nur Wahnvorstellungen, sondern würde auch noch an Gespenster glauben und sich einbilden, sie dadurch vertreiben zu können, daß sie den Namen einer Ahne anrief, die sie nicht nur nie gesehen hatte, sondern die auch nicht einmal ihre wirkliche Ahne war. Ich würde so wie die Eingeborenen, dachte sie. Immerhin hatte sie schon Geschichten über Leute gehört, Anthropologen zumeist, die am Anfang das Glaubenssystem der Eingeborenen allzu ernst nahmen und am Ende ganz oder teilweise verrückt wurden.

Einige dieser Geschichten und den größten Teil ihres Wissens über den Aberglauben in Goto hatte Celia von einem Mann, für den sie sich ernsthaft zu interessieren begann: Es war der stellvertretende Missionschef persönlich, ein Berufsdiplomat und vormaliger Anthropologe namens Charles Fenn. Er war um die Vierzig, ein schmaler, hagerer, hochintelligenter und etwas verschroben wirkender Mann mit langem Gesicht, schrägstehenden Augenbrauen, Hakennase und einer spöttisch-melancholischen Art. Sie hatte ihn von Anfang an nett gefunden, ohne ihn als potentiellen Beau zu sehen. Aber alle fanden Charles nett, angefangen vom Botschafter selbst (einem dicken alten Magnaten aus Texas, dem dieses Ehrenamt aufgrund seiner Zuwendungen an die Republikanische Partei verliehen worden war) bis hinunter zu dem zwölfjährigen gotolesischen Untergärtner.

Wenn man dem Botschaftsklatsch glaubte, war Melancholie eigentlich gar nicht Charles' Natur, sondern die Folge von Ereignissen, die sich seiner Kontrolle entzogen. Er lebte seit neuestem von seiner Frau getrennt, und die Scheidung war eingeleitet; seine Exfrau war nach übereinstimmender Aussage aller, die sie kannten, ein süßes und liebenswertes Dummchen gewesen, allerdings von verheerender Indiskretion und völlig außerstande, sich in Westafrika einzugewöhnen. Seit sie ihn verlassen hatte, war Charles unentwegt in gedrückter Stimmung, wobei er aber unverändert fleißig arbeitete und freundlich zu seinen Leuten war. »Er hört einem wirklich zu«, sagte man oft über ihn.

»Ja, ich weiß«, antwortete Celia darauf immer mit einem leisen Unbehagen, denn genau das sagten die Leute ja auch oft von ihr.

Ihr Unbehagen steigerte sich zur Panik, als sie das nächste Mal mit Charles unter vier Augen sprach und sie ihn durch ihr gekonntes Zuhören dazu brachte, ihr aus seiner Zeit als Anthropologe zu erzählen.

»Diese Wissenschaft ist regelrecht überlaufen«, sagte er, »und zwar in mehr als einem Sinne. Sie haben bestimmt schon einmal diesen Spruch gehört, daß die durchschnittliche Navajofamilie aus einem Großelternteil, den Eltern, dreikommazwei Kindern und einem Anthropologen besteht. Ungefähr so war es auch da, wo ich war. Ich merkte, daß ich dort nicht nur nicht benötigt wurde und nichts erreichen würde, sondern daß ich rundweg überflüssig war.«

»Erzählen Sie mir mehr darüber«, sagte Celia aufmunternd, als er einmal eine Pause einlegte und zum Fenster hinaus in die schimmernde grüne Krone eines Avocadobaums auf dem Botschaftsgelände blickte.

Charles wandte wieder den Kopf und sah sie an. »Das sagen Sie immer, nicht wahr?« bemerkte er mit einer Beiläufigkeit, die Celia gefährlich vorkam. »Dieses ›Erzählen Sie mir mehr darüber.‹«

»Nein – das heißt, nicht immer«, stammelte sie.

Charles lächelte. »Oder Sie sagen: ›Das ist ja sehr interessant.‹ Nur damit der andere weiterredet und Sie etwas über ihn erfahren, ohne daß er etwas über Sie erfährt. Sie sehen, ich kenne diese Taktik, denn ich wende sie selbst an.«

»Nein, das…«, begann Celia, aber den Rest der Notlüge schluckte sie hinunter.

»Jetzt finde ich aber, daß Sie an der Reihe sind. Erzählen

Sie jetzt einmal *mir* etwas mehr.« Er wandte den Blick nicht von ihr. Seine Augen hatten eine sonderbare Farbe, zwischen dunklem Gold und Grün.

»Mehr worüber?«

»Das ist mir gleich. Ihre Kindheit, Ihre Ansichten, Ihre Ziele, Ihre Träume, was Sie wollen. Solange es die Wahrheit ist, versteht sich.« Charles lächelte.

»Ich – äh.« Celia stockte; ihr Herz begann in ihrer Brust herumzuzappeln wie ein Fisch.

»Ich weiß was. Erzählen Sie mir von Ihrer Zeit im Friedenskorps, was Ihnen daran am besten gefallen hat.« Er sah zur Wanduhr. »Sie haben zehn Minuten, einverstanden?«

»Gut.« Celia schluckte. »Ich glaube, das waren die Dörfer, wie sie bei Nacht aussahen«, hörte sie sich zu ihrer eigenen Überraschung sagen. »Vor allem bei Mondschein ...« Warum habe ich eingewilligt? fragte sie sich. Warum habe ich es nicht einfach mit einem Lachen abgetan und gesagt: Nein, heute nicht, mir ist nicht danach. Ich könnte es immer noch sagen. Aber statt dessen hörte sie sich weiter erzählen, von Dingen reden, über die sie noch mit niemandem gesprochen hatte, nicht weil sie privater Natur oder schockierend gewesen wären, sondern weil ihr nie jemand wirklich zugehört hatte, weil statt dessen alle nur darauf warteten, selbst wieder zu Wort zu kommen.

Es ist seine Art, mich anzusehen, dachte sie mit einem Seitenblick zu Charles. Er weiß, daß ich hier bin. Gebe ich den Leuten auch dieses Gefühl?

»Das ist ja sehr interessant«, sagte Charles, als sie eine Pause einlegte. Er blickte zur Uhr und dann wieder zu Celia. »Weiter.«

»Gut. Wissen Sie, das kommt nämlich daher, daß die Wüste gar nicht still ist bei Nacht. Da raschelt und quiekt und stöhnt es in den Büschen und Bäumen ums ganze Dorf herum, und man selbst ist mittendrin, ist Teil davon … man hat das Gefühl …« Sie sah Charles Fenn an. Er hörte immer noch zu, hörte jedes ihrer Worte. Das könnte wichtig sein, dachte sie. Es ist wichtig.

Dasselbe dachte sie wieder, als sie Charles' Büro verließ, und dann noch einmal abends zu Hause. Sie dachte, daß Charles ein sehr ungewöhnlicher Mensch war. Daß er es ohne seine wankelmütige Frau weit bringen würde; mit Celia sogar noch weiter – wenn sie je wieder sie selbst wäre. Wenn nicht, würde sie lediglich seine Karriere verpfuschen, ganz zu schweigen von der ihren, dachte sie unglücklich. Dann rief sie sich in Erinnerung, daß für solche Befürchtungen kein Anlaß bestand, denn nichts, was Charles bisher getan oder gesagt hatte, ließ darauf schließen, daß er es mit ihr überhaupt zu etwas bringen wollte. Aber das machte Celia aus irgendeinem Grund noch mißmutiger.

So standen die Dinge immer noch, als Charles sie einlud, ihn und noch einen Botschaftsangehörigen zu einem Empfang in der französischen Botschaft zu begleiten. Der Handelsattaché saß auf dem Beifahrersitz; Charles und Celia saßen im Fond, und während sie durch die Straßen fuhren, die im Nachglanz eines tropischen Sonnenuntergangs von violettem und zinnoberrotem Licht übergossen waren, erklärte Charles ihr die Ränge, Vorgeschichten und persönlichen Eigenheiten der Leute, die sie kennenlernen würde.

»Im hiesigen diplomatischen Korps«, schloß er, »begegnet man einigen seltsamen Charakteren, fürchte ich. Trotzdem hoffe ich, daß es Ihnen hier gefallen wird.« Der Wagen kratzte plötzlich eine Kurve und schleuderte Celia in ihrem hauchdünnen malvenfarbenen Musselinkleid unvermittelt gegen ihn.

»Danke, das wird es wohl«, antwortete sie abwesend,

während sie die Luft anzuhalten versuchte, aber ohne von ihm wegzurücken.

»Freut mich zu hören.« Auch Charles rückte nicht weg; vielmehr legte er im Schutz der Diplomatentasche, die er auf dem Schoß hatte, seine Hand auf die ihre.

Du machst schon wieder einen Fehler, sagte Dwayne Mudds ausdruckslose, tote Stimme. Zuerst sah Celia ihn nicht; dann erkannte sie ihn, wie er grau und zusammengequetscht zwischen Charles und der Wagentür kauerte.

Du findest ihn ja wunders wie toll. Dabei hat er...

Ich will nichts hören, dachte Celia verzweifelt, wobei sie den stetigen, beunruhigenden, angenehmen Druck von Charles' Schulter, Arm und Hand fühlte.

... Fußpilz und...

Da fiel ihr Madame Miri ein, und stumm schrie sie nach der anderen Celia Zimmern. *Venez à moi, aidez-moi!* Wie albern das klang. Als riefe sie sich selbst zu Hilfe.

Wie durch ein Wunder erstarb die scheußliche, tote Stimme. Mein Gott, es wirkt! dachte Celia. Aber Dwayne Mudds Schatten verschwand nicht; er blieb im Wagen sitzen und bewegte stumm die grauen Lippen, bis sie vor der französischen Botschaft hielten.

»Nun, wie steht es?« fragte Madame Miri, die Celia am nächsten Morgen auflauerte, als sie zu einer frühen Joggingrunde das Haus verließ. Sie blinzelte gegen die funkelnde Sonne und fuhr fort: »Noch nicht ganz gut, vielleicht?«

»Er ist noch immer da«, gab Celia zu. »Ich höre ihn nicht mehr, aber er ist da und versucht zu reden, macht unentwegt den Mund auf und zu. Gestern im Auto, den ganzen Weg zur französischen Botschaft und zurück – also, immer wenn ich – Sie wissen schon. Ich halte das nicht mehr aus!« schrie sie plötzlich. »Ich glaube, ich werde verrückt.«

»*Ah non, chérie*. Komm, komm mit zu mir. Wir müssen weiter darüber nachdenken.«

Völlig benommen, noch geschwächt von einer neuerlichen schlaflosen Nacht, folgte Celia ihr in den Laden und wurde dort zum erstenmal durch den anderen Vorhang ins Hinterzimmer geführt. Es war ein niedriges, dämmriges Zimmer, verhängt mit dicken, bestickten Stoffen und beherrscht von einer Art Altar mit einem bestickten roten Tuch. Er war mit Blumen und Statuen überladen; eine davon sah aus wie ein geflügelter Löwe.

»Nimm bitte Platz.« Madame Miri zeigte auf ein flaches, kunterbuntes ledernes Sitzkissen.

»Da muß noch etwas sein«, sagte sie, als sie nach einigen Sekunden stummer Konzentration wieder die Augen öffnete. »Ich glaube, dieser matschige Geist hat etwas gegen dich in der Hand.«

»Ich weiß nicht«, sagte Celia. »Vielleicht habe ich nur ein schlechtes Gewissen.«

»Schlechtes Gewissen, das heißt nichts. Er ist nicht dein Mann, nur ein dummer, eifersüchtiger Geist. Aber ich denke mir, er hat dir vielleicht etwas gegeben, was ihm die Macht gibt, zu dir zu kommen, wann immer er will.«

Celia blickte unwillkürlich auf ihr linkes Handgelenk, die goldene Uhr von Dwaynes Mutter. Madame Miri folgte dem Blick. »Das also?« fragte sie.

»Hm, ja. Sie gehörte seiner Mutter.«

»Um so schlimmer. Dann vereinigt sich darin ihre Macht mit seiner. Jetzt verstehe ich genau.« Sie nickte ein paarmal.

»Sie meinen, ich soll die Uhr lieber nicht tragen, wenn ich mit jemandem ausgehe?«

»Nie solltest du sie tragen«, sagte Madame feierlich. »Sie ist dir immer gefährlich. Gib sie mir; ich kümmere mich darum.«

Von dieser Entwicklung etwas überrumpelt, rührte Celia sich zunächst nicht.

»Du mußt an Menschen festhalten, nicht an Dingen«, sagte Madame Miri, indem sie die Hand ausstreckte.

Langsam löste Celia das goldene Armband und legte ihre Cartier-Uhr auf Madames große, innen aprikosenfarbene, außen schwarze Handfläche, wo sie merkwürdig klein wirkte.

»Aber wenn sie so gefährlich ist«, sagte sie, als sie die Uhr, die sie inzwischen als ihr Eigentum betrachtete, in Madames Faust verschwinden sah, »ich meine, wenn Sie die Uhr haben, wird er dann nicht zu Ihnen kommen?«

Madame Miri lachte. »Soll er nur kommen. Er wird sehr überrascht sein, *n'est-ce pas*?« Sie lachte wieder, jetzt noch lauter. »Zerbrich dir nicht den Kopf, *ma petite*«, sagte sie sanft. »Mit solchen wie ihm weiß ich fertig zu werden, *je te le jure*.«

Fünf Monate später heirateten Celia Zimmern und Charles Fenn im Garten der amerikanischen Botschaft von Goto. Weit über hundert Gäste waren gekommen; bunte Lampionketten – rubinrot, saphirblau, topasgelb und jadegrün – rahmten den tropischen Abend ein, und neben dem Swimmingpool wurde ein Feuerwerk gezündet. Madame Miri, die Celias aufsehenerregendes Hochzeitskleid aus weißem Tüll und Spitzen nach einer Vorlage von Givenchy kreiert hatte, saß am Ende der langen Tafel, prächtig anzusehen in zinnoberroter, golddurchwirkter Seide und einem dazu passenden, kunstvoll geschlungenen Kopfputz.

»Ein Tag der Freude«, sagte sie, als Celia, die zwischen ihren Gästen umherging, einmal neben ihr stehenblieb. »Ich sehe, daß jetzt alles gut ist für dich.«

»O ja.« Celia sah wieder Madame an. Sie trug an beiden

dicken, mahagonischwarzen Armen Goldreifen über Goldreifen, und dazwischen befand sich die goldene Cartier-Uhr. Aber das ist doch meine, wollte Celia schon sagen, dann stockte sie, denn ihr wurde klar, daß diese Behauptung so nicht stimmte, und überhaupt war dafür jetzt die falsche Zeit und der falsche Ort. Vielleicht würde es ja nie eine richtige Zeit und einen richtigen Ort dafür geben.

Madame Miri war völlig ungeniert der Richtung ihres Blicks gefolgt. »Der ist dir nicht wieder erschienen, *n'est-ce pas*?«

»Nein, nie mehr, seit...« Celia warf einen Blick auf ihr eigenes schlankes Handgelenk, an dem jetzt nur noch ein schmaler Streifen ungebräunter Haut zu sehen war. Aus reiner Notwendigkeit hatte sie sich im Kommissionsladen der Botschaft eine Timex gekauft, aber die trug sie für gewöhnlich in ihrer Handtasche. »Ist er *Ihnen* erschienen?« fragte sie, als sie im nachhinein die Betonung in Madames Frage wahrnahm.

»*Ah oui*! Ich habe ihn gesehen, mit Schnurrbärtchen und allem«, antwortete Madame Miri. »Gute Erscheinung, dieser Mann. Aber nicht interessant, nein. *Jamais*. Kein Vergleich mit dem da, wie?« Sie lachte vertraulich, ein bißchen champagnerselig auch, als sie zu Charles zeigte, der ebenfalls zwischen den Gästen umherging.

»Nein«, sagte Celia; dabei versuchte sie sich zu erinnern, ob sie Madame Miri je erzählt hatte, daß der Wombat ein Schnurrbärtchen trug. Sie wußte, daß sie es Charles gesagt hatte; ja, ihm hatte sie vor einem Monat, ohne es sich eigentlich vorgenommen zu haben, alles über Dwayne Mudd erzählt.

Seine Reaktion war, wie immer, interessiert und mitfühlend gewesen. »Ich glaube, die meisten Menschen sehen hin und wieder ihre Verflossenen, wenn auch nicht annähernd so deutlich wie du. So habe ich auch immer meine Frau gesehen, oder wenigstens fast. Und wenn man eine Zeitlang an einem Ort wie diesem lebt, wundert einen gar nichts mehr.«

Danach war es Celia irgendwie gelungen, Dwayne Mudd zu vergessen. Jetzt aber, trunken vor Glück und Champagner, stellte sie ihn sich als einen ruhelosen Geist vor, der für alle Zeit an Goto gebunden war, ein Land, das er wahrscheinlich geschmäht und verabscheut hätte – er haßte »den Busch«, wie er sich auszudrücken pflegte. Sie fragte sich, ob er vielleicht sogar an diesem Abend hier zugegen war, unsichtbar und unhörbar, außer für Madame Miri.

»Glauben Sie denn, daß Dwayne auch hier auf der Party ist?« fragte sie mit einem unbehaglichen Blick in die Runde, bevor sie wieder Madame Miri ansah. Im bunten Licht der Lampions wirkte Madame noch größer und eindrucksvoller als sonst. Celia fand, daß sie eigentlich dem weiblichen Teil dieses überlebensgroßen Figurenpaars im örtlichen Museum glich. Mit schweren Gliedern, schweren Lidern hatte man sie vor über einem Jahrhundert aus Mahagoni geschnitzt. Die dazugehörigen Schildchen wiesen sie als *Gardes des portes de l'enfer* aus – Wächter der Höllentore.

»Nein.« Madame Miri schüttelte langsam den beturbanten Kopf, daß ihre schweren Ohrringe hin und her schaukelten. »Er ist nicht hier.« Sie lachte jetzt nicht mehr. »Er ist da, wo er hingehört.« Dabei zeigte sie nach unten, zum Erdmittelpunkt. Doch dann lächelte sie wieder und hob ihr Glas. »Denk nicht mehr an ihn, *chérie*«, sagte sie zu Celia. »Er wird dich nicht mehr belästigen.«

Warten aufs Baby

Während sie hier in Neu-Delhi, am Ende ihrer langen Odyssee, Tag um Tag darauf warteten, daß der International Adoption Service ein Baby für sie fände, verlor Aster schließlich den Mut. Daheim in Amerika hatten sie und Clark über die bevorstehende Reise noch so gesprochen, als ob sie nicht nur eine notwendige Mission, sondern zugleich auch eine Chance wäre, das Land zu bereisen und mehr über den kulturellen Hintergrund ihres künftigen Kindes zu erfahren.

Aber keines der Bücher, die sie gelesen hatte, keiner der Zeitungsartikel hatte Aster wirklich auf Indien vorbereitet, dieses Land mit seinen wahnwitzigen Gegensätzen von Schönheit und Häßlichkeit, Luxus und Armut, freundlicher Aufrichtigkeit und undurchdringlicher Verlogenheit. Auch hatte niemand ihnen gesagt, daß der Mai unerträglich heiß war, die schlimmste Zeit zum Reisen. Einkaufsbummel und Besichtigungstouren konnte man nur vormittags machen, und wenn sie und ihr Mann nach dem Lunch nicht in die Vermittlungsagentur mußten, blieben sie in ihrem klimatisierten Zimmer oder legten sich, wie jetzt, an den großen Hotelswimmingpool.

Ihre Reisen nach Dschaipur, Dschodhpur, Agra und Benares hatten sie schon nacheinander abgesagt. Es war ja nicht nur die Hitze, hinzu kam auch die finanzielle Ungewißheit. Der International Adoption Service hatte ihnen noch immer keine verbindliche Summe, noch immer kein festes Datum genannt; vielleicht mußten sie hier länger bleiben als geplant und wesentlich mehr Geld ausgeben. Mrs. Bannerjee und ihre Kolleginnen waren unbeirrt freundlich, mochten sich aber nicht festlegen. Vielleicht wollte die Vermittlungsagentur sie ja nur auf die Probe stellen, dachte Aster manchmal; um zu sehen, ob sie die Geduld und Gelassenheit aufbrachten, die man von guten Adoptiveltern erwartete.

Aber mit jedem Tag fühlte sie sich weniger geduldig und gelassen, dafür immer ausgelaugter – und Clark vermutlich auch. Sie gaben es voreinander nicht zu, kritisierten nie den IAS, außer einmal, als Clark ihn als Internationalen-Armleuchter-Service bezeichnete. (Aster hatte müde gelächelt, dabei aber einen kleinen Angstschauer verspürt, als könnte jemand sie belauscht haben und sie nun denunzieren.) Stattdessen mäkelten sie über die feuchte, bleierne Hitze in der Stadt, den grauen Smog darüber, den lauten, halsbrecherischen Verkehr, das überwürzte und vielleicht verdorbene Essen – seit Tagen war Aster jetzt schon ein wenig übel – und die erschreckende Armut. Den ganzen Dschanpath entlang schimmerten hohe Bank- und Bürogebäude in der Sonne, und seidig glänzende tropische Blüten ergossen sich über ihre Mauern; darunter aber lagen Lumpenbündel, die sich bei näherem Hinsehen als Menschen entpuppten, hustend und sterbend in Staub und Erbrochenem.

Zuerst hatte Aster das Rote Fort und die anderen altertümlichen Monumente und Tempel noch faszinierend gefunden; nach und nach erschienen sie ihr aber nur noch verstaubt und abgenutzt, als hätten allzu viele gaffende Touristenaugen ihre Oberflächen angefressen. In den schmutzigen engen Gassen von Alt-Delhi hatte ihr einmal ein Hund an den Rock gepinkelt; und als sie den neuen Seidenschal, über den sie Kaffee verschüttet hatte, auswaschen wollte, zerliefen seine Farben zu einem lehmigen Braun.

Wahrscheinlich lag es an ihrer Erschöpfung, ihrer Überdrehtheit, daß Aster sich vor ein paar Tagen in einer der örtlichen Sehenswürdigkeiten so zum Narren gemacht hatte. Sie war dort spätnachmittags spontan hingegangen, weil es nicht weit von der öffentlichen Bibliothek war, in der Clark sich in alte amerikanische Zeitungen vertieft hatte.

Der Birla-Mandir-Tempel stand nicht auf der Liste der Sehenswürdigkeiten, die sie unbedingt aufsuchen wollten. Er war erst 1938 erbaut worden, und Aster hatte schon ihrem Reiseführer entnommen, daß er eher abgeschmackt als schön war: ein Bauwerk wie eine orientalische Filmkulisse, bestehend aus lauter Balkonen und Galerien und Marmortreppen, deren Farbe und Maserung an Bananeneis erinnerten.

Wie üblich mußte sie ihre Schuhe in einem Regal neben dem Eingang lassen. Aber diesmal hatte sie keine Socken an, und die gelben Marmorstufen glühten unter ihren nackten Füßen und waren zudem schmutzig und mit den welken, schleimigen Überresten orangefarbener und gelber Ringelblumengebinde und mit klebrigen rosa Bonbons übersät.

Dank ihres Reiseführers konnte sie inzwischen die bekanntesten hinduistischen Gottheiten identifizieren: die Dreieinigkeit von Brahma, Wischnu und Schiwa; den elefantenköpfigen Ganesch, der alle neuen Unternehmungen begünstigte; die anmutige Saraswati, Schutzpatronin der Künste; und den blauen, fröhlichen jungen Krischna. Das Ganze machte auf sie den Eindruck eines gütigen alten Pantheons – eines, das die Macht des Weiblichen anerkannte.

Doch hier in diesem hellen, modernen Gebäude, das Aster an die indischen Palasthotels erinnerte, die sie sich nicht leisten konnten, waren die Gottheiten keine museumswürdigen Skulpturen, auf denen die Patina der Zeit lag. Sie waren vielmehr allesamt neu und grellbunt wie Disneyfiguren, alle viel zu prunkvoll gekleidet und mehr als geschmacklos mit Blattgold und allerlei Tinnef verziert. Manche hatten so etwas künstlich auf hübsch Gemachtes, ganz im Stil indischer Reklamebilder; andere hatten Tierköpfe, wieder andere trugen Halsbänder aus Blumen und Schädeln, oder ihre Gesichter waren schwarz vor Wut; sie zeigten spitze Zähne und schwenkten mit überzähligen Armen die Waffen des Krieges. Und wie die lebensgroßen Figuren von Mickey und Minnie Mouse in Disneyland suggerierten sie nur ordinären Kommerz.

Der Spätnachmittag ist in Indien die traditionelle Zeit der Andacht, und diese halb komischen, halb bedrohlichen Gottheiten badeten im Schein zahlreicher Kerzen; dichter, betörender Weihrauch hüllte sie ein, und vor den Heiligtümern standen oder knieten immer mehr Andächtige. Einige bedachten Aster mit strengen Blicken, wenn sie sich zwischen ihnen hindurchzuschlängeln versuchte, um einen besseren Blick auf Lakschmi zu erhaschen, der dieser Tempel (laut Reiseführer) geweiht war, und eine Frau stieß sogar so etwas wie eine Verwünschung aus.

»Göttin des Glücks und des Reichtums«, las Aster in ihrem Reiseführer. »Lakschmi gewährt Wohlstand, Fruchtbarkeit und viele Kinder.« Ich will mich schon mit dem einen begnügen, das man uns versprochen hat, dachte sie. Lakschmi, die vier Arme hatte und zwischen zwei Elefanten saß, war reich mit Schmuck behängt und von fülliger Gestalt; sie hatte die schwellenden Brüste und den vorspringenden Bauch einer Frau in den ersten Schwangerschaftsmonaten. Ihre Mandelaugen waren dunkel gerändert, ihr Teint elfenbeinfarben, und in ihrem Gesicht stand ein verschlagenes Lächeln. »Ätsch, ätsch«, schien sie zu Aster zu sagen. »Ich weiß etwas, was du nicht weißt.«

Die Inderin neben Aster kniete soeben vor diesem Heiligtum nieder, dann sank sie schwer atmend ganz auf den Boden, bis sie lang ausgestreckt in der roten Pfütze lag, die ihr seidener Sari bildete, die dick beringten Hände und Arme über dem Kopf verschränkt.

Wie kann sie das nur tun, wie kann sie sich einfach so in diesen Dreck legen? dachte Aster. Da ertönte in ihrem Kopf die Antwort wie ein leises Mückensirren: »Weil sie sich sehnlicher ein Kind wünscht als du.«

Niemand wünscht sich sehnlicher ein Kind als ich, dachte Aster zornig, niemand. Und plötzlich, ohne es bewußt zu wollen, ließ sie sich auf den schmierigen, schmutzigen Boden sinken, kniete nieder, legte sich schließlich sogar lang hin, die Beine linkisch nach hinten ausgestreckt. Lärm und Weihrauch hüllten sie ein; die Zeit schien im Kreis zu wirbeln.

»Bitte, gib uns jetzt unser Kind«, hörte sie sich flüstern. Dann erhob sie sich schwindlig und verlegen und schaute sich um, glaubte die schockierten rosa Gesichter anderer Weißer im Meer der dunkleren goldbraunen Gesichter zu sehen.

Wie kann man nur so etwas Dummes tun, so etwas Unhygienisches, dachte sie, als sie sich von der Göttin abwandte und ins Freie eilte, wobei sie sich den Unrat von der verschmutzten Hose klopfte und auf die Uhr sah. Es war viel später, als sie geglaubt hatte, und hinter dem Tempel ging bereits die Sonne unter. Rosa und blutrote Wolken mit geschmacklosen Goldrändern strähnten den rauchigen Himmel.

Aster erzählte Clark nichts von den Vorgängen im Tempel der Lakschmi; auch dieses Erlebnis ging in die immer länger werdende Liste der Dinge ein, über die sie nicht redeten. Angefangen hatte das vor zwei Jahren, nachdem sie zu ihrer ersten Adoptionsvermittlung gegangen waren, dachte sie; nachdem ihnen klargeworden war, daß sie nicht nur das vollkommene angehende Elternpaar zu sein hatten, sondern diese Rolle auch allen vorspielen mußten. Natürlich waren sie es ja auch wirklich: zwei gebildete, erfolgreiche, gesunde, attraktive und achtbare Leute.

Doch diese Wahrheit war durch das lange, bewußte Zurschaustellen allmählich zur Lüge geworden, jedenfalls für Aster. Würde man einem von ihnen je einen Makel nachsagen können, so wäre das sie, das wußte sie von Anfang an. Es machte sie ängstlich und unsicher; unentwegt mußte sie daran denken, wie ihre Mutter einmal mit sanftem, einfältigem Lächeln gemeint hatte: »Vielleicht soll es ja nicht sein.« Aber als sie das Clark erzählte, hatte er nur gelacht und es »esoterisches Geschwätz« genannt.

Also schob Aster ihre Zweifel und Fragen von sich, verheimlichte sie zuerst vor den Leuten im Jugendamt, dann vor Freunden und Familie, schließlich sogar vor Clark. Und nach einer Weile hatte sie das Gefühl, wenn sie auch nur einen zuvor nicht erwähnten Zweifel zugäbe, käme dies schon dem Eingeständnis gleich, daß sie alle Welt bewußt getäuscht habe.

So war es mit ihrer Schlaflosigkeit. Und mit ihrer Angst vor Clarks Eltern, die einmal – bevor sie wußten, daß sie und Clark ein Kind würden adoptieren müssen – gesagt hatten, sie könnten nicht verstehen, wie jemand einem Enkelkind, das nicht die eigenen Gene habe, die gleichen Gefühle entgegenbringen könne. Aster gab nie zu, daß diese Einstellung ihr Sorgen bereitete; und immer öfter sagte sie Clark auch nichts davon, wenn sie krank oder wegen irgend etwas aufgebracht war.

Hier sind wir nun den ganzen Tag zusammen, dachte sie, mehr als wir es in Jahren je gewesen sind, und trotzdem reden wir nicht mehr richtig miteinander; schon lange nicht mehr.

So hatte sie es vor kurzem auch aufgegeben, sich über die Geräusche zu beklagen, die sie jede Nacht wach hielten. Das unregelmäßige Schnarren und Rattern der Klimaanlage, das monotone Scheppern und Bimmeln der asiatischen Musik, das Rumpeln und Knarren des Hotelaufzugs. Und manchmal kam ein anderer, leiser Ton hinzu: ein kurzatmiges Wimmern und Heulen.

Beim erstenmal hatte sie Clark aufgeweckt. »Hast du das gehört?« rief sie.

»Wie?« Ihr Mann, der gut und fest schlief, hob im Dämmerlicht halb den Kopf.

»Da weint ein Kind.«

»Das ist nur Luft in der Wasserleitung.« Damit war er in seine Bewußtlosigkeit zurückgesunken.

Aber das Heulen dieses geisterhaften Kindes – oder der Wasserleitung – ging weiter. Aster hörte es fast jede Nacht. Sie weckte Clark nicht noch einmal auf, weil sie fürchtete, er würde wieder, wie so manches Mal schon, lächelnd sagen: »Aster hört immerzu Dinge, die andere nicht hören.« Was nicht nur ein Kompliment für ihre guten Ohren war, sondern auch eine leise Anspielung auf die südkalifornische Subkultur, aus der sie kam. Das war nicht fair, denn sie hatte das alles lange hinter sich gelassen, mitsamt ihrem anstößigen Vornamen Astarte.

Im Grunde waren es doch genau diese Dinge, für die der Name Astarte stand, vor denen sie ihr künftiges Baby bewahren wollte. Ihr Kind sollte, auch wenn es indischer Herkunft war, nicht in so einer konfusen, ärmlichen, unsauberen Welt aufwachsen wie sie, umgeben von wirrköpfigen Spiritisten und zu vielen Geschwistern, zwischen Mantras, Meditation und gedankenlosen Umarmungen, mit farblosen, aus alten Bettlaken zusammengenähten Röcken und scharfgewürzten Gemüseeintöpfen, die so lange auf dem Herd standen, bis sie eingetrocknet und schal waren, inmitten eines mehr oder minder gutartigen Egoismus, den man »Selbstverwirklichung« nannte.

Beim erstenmal, als Aster sich über die nächtlichen Geräusche beschwerte, hatten sie und Clark davon gesprochen, in ein besseres Hotel zu ziehen. Jetzt, da ihre Reiseschecks immer weniger wurden, war Aster für ein billigeres.

»Du erinnerst dich doch an dieses schwedische Ehepaar, das wir letzte Woche in der Vermittlungsagentur kennengelernt haben«, begann sie, als sie nebeneinander an dem lauwarmen Hotelswimmingpool lagen, auf dem lauter tote exotische Insekten schwammen.

»Du meinst, die mit dem ziemlich dunkelhäutigen Baby?« In Clarks Stimme lag wieder dieselbe Mischung aus Amüsement und Bestürzung wie schon letzte Woche, als er sie auf die beiden sehr großen, sehr blonden jungen Leute mit ihrem winzigen, fast schwarzen Kind aufmerksam gemacht hatte. (»Man sollte doch meinen, der IAS könnte sich etwas mehr bemühen, ein Kind zu finden, das zu den Eltern paßt«, hatte er dazu bemerkt.)

»Ja, die. Sie wohnen in einem Dreisternehotel, und wie die Frau mir gesagt hat, ist es ganz in Ordnung. Ich dachte, wir könnten dort mal anrufen und fragen, ob sie noch ein Zimmer frei haben.«

»Hm – ich weiß nicht.« Clark sprach wieder in dieser merkwürdigen Art, die er sich neuerdings zugelegt hatte: ein paar rasche Worte, dann eine lange Pause. Irgendwie mußte Aster dabei an diese explosionsartigen Geräusche von neulich denken, als er nach dem Essen in einem Gartenrestaurant vierundzwanzig Stunden lang die Lauferei gehabt hatte – als wäre auch das Sprechen so eine schmerzhafte Form der Entleerung. »Wir müßten dem IAS aber den Umzug melden.«

»Ja, natürlich.«

»Dann denken die vielleicht, daß wir – daß uns das Geld ausgeht.«

»Aber das stimmt doch auch«, sagte Aster. »Es könnte uns jedenfalls ausgehen, wenn wir noch recht lange in Delhi bleiben müssen.«

»Es ist nur so – wenn die glauben –, wir hätten ihnen etwas vorgemacht ...«

»Haben wir aber nicht.« Asters Erwiderung war fast eine Frage. Clarks Einkommen als freier Planungsberater war weniger durchschaubar und nicht so geregelt wie ihr Gehalt als Museumsverwalterin. »Oder etwa doch?«

»Nein – aber ich möchte lieber nichts riskieren.« Clark sah beim Sprechen nicht seine Frau an, sondern blickte in die fransigen Kronen der welken Palmen.

Aber ich muß hier ausziehen, dachte Aster, ich muß raus aus diesem teuren Spukhotel. Sie machte schon den Mund auf, um ihm das zu sagen, schloß ihn aber wieder. Wir dürfen uns nicht streiten, sagte sie sich, das könnte alles verderben. Keine Adoptionsvermittlung würde einem Ehepaar, das sich dauernd streitet, ein Kind geben. Und wenn sie jetzt Streit bekämen, würde es ein ernster Streit sein, den man ihnen heute nachmittag bei ihrem Gesprächstermin noch anmerken könnte.

»Na gut«, gab sie ohne Überzeugung nach.

Du mußt durchhalten, dachte sie, während sie sich unter der dunstigen Sonne auf den Rücken drehte. Es wird schon klappen. Hatte Mrs. Fogel zu Hause ihnen das nicht so gut wie garantiert? »Sie dürften mit dem IAS keine Schwierigkeiten haben«, hatte sie gemeint und das »Sie« so betont, als trügen Aster und Clark ein Transparent mit der Aufschrift »Ideale Adoptiveltern« über den Köpfen.

Ihr Kind würde ein Mädchen sein, da war sich Aster so gut wie sicher; es waren doch die kleinen Mädchen, die man in Indien fortgab, vernachlässigte oder an Fieber und Unterernährung sterben ließ. Oder die man schon vor der Geburt abtötete, wenn ihr Geschlecht erst bekannt war. Aster war sehr dafür, daß Frauen über ihre Schwangerschaften selbst entscheiden sollten, aber manchmal konnte sie nicht umhin, an die täglichen Verluste, die Morde an gesunden, liebenswerten indischen Kleinkindern zu denken.

Und auch an amerikanischen, seit dem Prozeß Roe gegen Wade. Sie und Clark waren in ein historisches Luftloch gefallen: Vor dreißig Jahren hätten Leute wie sie sich noch die Adoptivkinder aussuchen können. Eines Tages würde der Oberste Gerichtshof diese Entscheidung vielleicht revidieren. Aber so lange konnten sie nicht warten. Aster war jetzt schon vierzig, Clark einundvierzig, zu alt für jede amerikanische Adoptionsvermittlung. Denn das war ja die Methode, nach der diese Stellen arbeiteten. Erst ließen sie einen warten, vier Jahre, fünf Jahre, sechs; und dann sagten sie einem, man sei zu alt. Dies hier war die letzte Chance.

Aster war foh, daß es ein Mädchen sein würde. Sie sagte das aber nicht, wie auch Clark nicht mehr sagte, daß er sich einen Jungen wünsche. Das hatte er nämlich gesagt, als er noch annahm, es werde bei ihnen genauso gehen wie bei anderen Ehepaaren. »Zuerst Clark Stockwell IV, danach alles, was du willst«, hatte er gescherzt, als sie über solche Dinge noch zu scherzen pflegten. Vielleicht hoffte er ja auch jetzt noch auf einen Jungen.

Wie grauenhaft das war, wie unfair, daß sie in Ämtern herumsitzen und Fremde um eine Gunst anbetteln, ihr Einkommen offenlegen, sich begutachten und beurteilen lassen mußten, während auf der anderen Seite Leute, die offenkundig unreif und verantwortungslos, sogar grausam oder verrückt waren, ein Kind nach dem anderen bekamen. Aster konnte zu Hause nicht einkaufen gehen, ohne irgendeiner übellaunigen, ungeeigneten Mutter mit ein paar beklagenswerten, ungepflegten Kindern zu begegnen, die sie offenbar gar nicht wollte. Nicht verdiente.

Hier war es genauso. In Delhi wimmelte es von zerlumpten, ausgelaugten Frauen, die ein halbnacktes Baby auf dem Arm trugen und ein zweites hinter sich herzerrten. Und fast noch schlimmer diese Bettelkinder: mager, schmutzig, barfüßig, manche erst vier oder fünf Jahre alt. Wo man hinkam, bedrängten sie einen von allen Seiten, faßten einen am Arm, zerrten einem an den Kleidern und schrien »Bakschisch, Bakschisch!« Man wußte nicht, ob und welche von ihnen simulierten; die einzige Lösung war, keinem etwas zu geben.

»Vergiß nicht, Clark, was im Reiseführer steht, wir dürfen ihnen nichts geben«, hatte sie ihn an ihrem ersten Tag in Delhi ermahnt, als sie aus dem Flughafen in die erdrükkende Hitze traten und sich von spindeldürren, lärmenden Straßenkindern umringt sahen.

»Entschuldigung«, hatte er gesagt, während er hinter ihr ins Taxi einstieg und die Tür zuschlug. »Es waren doch nur ein paar von diesen kleinen Blechmünzen – nein, verdammt noch mal, mehr gibt's nicht!«

Aber immer mehr zerlumpte Kinder waren wie aus dem Nichts erschienen, schrien mit ihren schrillen Stimmen und streckten ihre mageren dunklen Hände aus. Auch nachdem Aster das Fenster hochgekurbelt hatte, drückten die Kinder noch ihre schmutzigen Hände und Gesichter gegen die Scheibe und starrten mit ihren wäßrigen schwarzen Augen zu ihr herein, bis das Taxi anfuhr und sie abschüttelte.

»Ich verstehe nicht, warum es nicht irgendeine Stelle gibt, die solchen Kindern ein Zuhause vermittelt«, hatte sie an diesem ersten Abend zu Clark gesagt, als sie am Dschanpath spazierengingen und sich vor den Bettlern in einen Souvenirladen flüchten mußten – es waren nicht nur Kinder, auch runzlige Großmütter in verschlissenen Saris, zwittrige zahnlose Gnome mit von Lepra zerfressenen Nasen und Händen, drohende Heranwachsende mit Schnittnarben in den Gesichtern.

»Das ginge gar nicht«, hatte Clark geantwortet. Im gleißenden Licht des Ladens, umgeben vom Flitter der bronzenen Tablette und Schalen und Kerzenhalter, hatte er ganz erschöpft gewirkt. »Solche Kinder würde niemand haben wollen. Sie haben chronische Krankheiten, schlechtes Erbgut, könnten geistig behindert sein. Außerdem haben die meisten wahrscheinlich Eltern oder zumindest jemanden, zu dem sie gehören. Jemanden, der sie zum Betteln anhält und von ihnen lebt.«

Er machte dabei genau so ein Gesicht wie zu Hause, wenn bei einem Auftrag etwas schiefgegangen war: die Lippen zusammengepreßt, die Augen zugekniffen. Immer öfter trug er diese Maske, dachte Aster; auch jetzt, als er hier im Liegestuhl am Swimmingpool lag, die leinene Cricketmütze über die Augen gezogen, die langen blassen Beine mit einem blaugestreiften Hotelhandtuch vor der Sonne geschützt.

Aber es macht nichts, sagte sie sich. Gewiß würden sie bald ihr Kind haben. Sie würden es mit nach Hause nehmen, wo das Zimmer schon eingerichtet war, mitsamt dem großen weißen Teddybär und einem Mobile aus Vögeln über dem Bettchen. Dann würden sie auch wieder miteinander reden.

»Es wird klappen«, erklärte Aster drei Stunden später, als sie wieder ihr Hotelzimmer betraten. »Ich bin ganz sicher.«

»Hoffentlich hast du recht.« Clark seufzte. »Mein Gott, jetzt muß ich aber unter die Dusche.«

»Ich auch«, sagte sie, während sie ihm ins Bad folgte. »Mrs. Bannerjee hat heute viel mehr gelächelt als sonst, fandest du nicht?«

»Sie lächelt doch immer«, sagte Clark.

»Und sie hat versprochen, später anzurufen und uns endgültig Bescheid zu sagen.« Aster schälte sich aus ihrem feuchten Baumwollkleid und dem engen, feuchten BH.

»Mhm. Geh du zuerst.«

Clark ist immer so vorsichtig, dachte sie, als sie nackt unter dem lauwarmen Nieselregen stand. Aber ich weiß, daß wir unser Baby bekommen. Wenigstens ein Kind wird damit aus dem Lärm und Schmutz, der Gewalttätigkeit in diesem Indien gerettet werden; sein Leben wird sich entscheidend verändern, seine Zukunft gesichert sein.

»Du bist dran«, rief sie und griff nach dem Badetuch.

Im Zimmer war es warm, obschon etwas kühler als draußen. Ohne sich erst groß einen Bademantel überzuziehen, streckte Aster sich auf der geblümten Bettdecke aus.

»Schon besser.« Clark, ebenfalls nackt, setzte sich neben sie, dann rückte er näher. »Aster? Wie wär's?«

»Warum nicht?« Sie lächelte. Ein Gutes an Neu-Delhi war, wie es sich auf ihre körperlichen Beziehungen auswirkte. Vor sechs Jahren, als sie merkten, daß Aster nicht gleich schwanger würde, war Sex zuerst eine Sache von übergroßer Bedeutung geworden, dann eine Frage von Berechnungen, Tabellen und Thermometern. Und als schließlich alle Mühe nichts fruchtete, waren sie erschöpft, ihre Zärtlichkeiten zur Routine geworden, gelegentlich sogar zu einem Mittel des Spannungsabbaus verkommen.

Aber in Neu-Delhi hatten sie Zeit und Muße und Erholung; Zeit zum Experimentieren.

»O Darling«, flüsterte Aster zwanzig Minuten später. Trotz Klimaanlage war sie wieder naß am ganzen Körper. »Ich fühle mich so gut.«

»Freut mich.« Clark lächelte.

»Es ist, als ob – ich weiß nicht – mich prickelt's überall, vor allem in den Brüsten.«

»Mhm... o verdammt!« Neben dem anderen Einzelbett hatte das Telefon zu klingeln begonnen; Clark tapste hin.

»Clark Stockwell... ja?« Eine lange Pause, in der er sich die Bettdecke über die Beine zog, als wollte er sich vor dem neugierigen Blick des Telefons schützen. Aster stützte sich auf einen Ellbogen. Sie hatte jetzt so ein mulmiges Gefühl im Magen, fast wie Übelkeit.

»Ja, aber ich hatte Sie doch so verstanden...« Wieder eine lange Pause, so lang diesmal, daß Aster sich aufsetzte, dann zu ihm ging und sich neben ihm hinkniete.

»Nein, ich dachte, Sie hätten schon Ihre Zustimmung gegeben...«, sagte Clark in diesem neutralen, förmlichen Ton, den er immer anschlug, wenn ein Kunde, dem es an guten Geschäftsmanieren mangelte, ihn zu Hause anrief. »Nein, das haben wir nicht.«

»Was ist denn?« rief Aster, als er den Hörer auflegte.

»Es tut mir so leid, Darling.« Clark räusperte sich harsch. »Der IAS hat uns abgelehnt.«

»Nein! Warum denn?«

»Einen Grund nennen sie nicht. Sie sagen, es sei gegen ihre Prinzipien.« Er räusperte sich wieder. »Ich weiß nicht – es könnte sein, was uns schon einmal Sorgen gemacht hat, daß sie uns zu alt finden.«

»Aber so etwas Idiotisches! Mrs. Fogel hat doch gesagt, das spiele keine Rolle... und überhaupt ist Amerika nicht Indien, unsere durchschnittliche Lebenserwartung liegt bei – ich weiß es nicht genau – fünfundsiebzig? Ein jetzt geborenes Kind wäre dann schon über dreißig. Wir müssen ihnen das erklären, ihnen sagen...«

»Ich glaube, das wird nichts mehr nützen. Mrs. Bannerjees Ton war sehr entschieden.«

»Ist mir egal. Ich rufe dort an.«

Clark sagte dazu weder ja noch nein. Er saß stumm dabei, während Aster sich durch den Dschungel der Hotelvermittlung und des Telefonsystems von Neu-Delhi kämpfte. Ohne jetzt noch darauf Rücksicht zu nehmen, daß man sie für eine hysterische, aufdringliche, zur Mutter ungeeignete Person halten könnte, verlangte sie jeden zu sprechen, den sie je beim IAS kennengelernt hatten – protestierte, argumentierte, flehte, versuchte ohne Erfolg den Schleier höflichen Bedauerns zu durchdringen.

»Die sind alle unmöglich, so begriffsstutzig!« schrie sie, nachdem sie aufgelegt hatte. »Wie ich diese fette Mrs. Bannerjee hasse, überhaupt alle miteinander.« Sie unterdrückte ein Schluchzen. »Hör mal, Clark, ruf du doch mal den Direktor an. Männer zählen in diesem Land mehr als Frauen, vielleicht hört er dir zu.«

Ihr Mann schüttelte den Kopf. »Es würde nichts nützen«, wiederholte er.

Clark versteht mich nicht, dachte sie. Und als wir vorhin miteinander schliefen, hat er auch nicht gesagt, daß er mich liebt. Und wenn wir uns nicht lieben, können wir von jetzt an nicht mehr zusammenbleiben. Niemand könnte das.

Den ganzen Abend blieb Clark wie versteinert, während Aster tobte und heulte. Er nahm vor dem Abendessen zwei Drinks zu sich und trank dann noch fast die ganze Flasche Wein, aber man merkte ihm nichts davon an. Aster, die viel weniger trank, fühlte sich schon bald ein wenig wacklig auf den Beinen. Um zehn stand sie weinend und noch ganz benommen vor Wut unter der Dusche, die ihr Wasser auf sie tröpfeln ließ, als weinte auch sie.

»Ich kann es noch immer nicht glauben; ich ertrage das nicht«, schluchzte sie, als sie sich aufs Bett fallen ließ.

»Ich weiß, Darling, es tut mir so leid«, murmelte Clark vom anderen Bett herüber. Seine Stimme klang ganz gepreßt vor Alkohol und Erschöpfung. Ein paar Minuten später atmete er tief und regelmäßig – schnarchte fast. Aster lag wach und beobachtete das unstete Licht durch die Jalousien, hörte das mißtönende Durcheinander der Hotelgeräusche, das sinnlose unmelodische Bimmeln und Scheppern der indischen Musik, das Knarren und Rumpeln des Aufzugs. Und diesen leisen, höhnischen Ton, der sich anhörte wie ein weinendes Kind.

Endlich schlief sie doch ein, und als sie aufwachte, fühlte sie sich erschöpft und krank. Vom Anblick der wabbeligen Spiegeleier auf ihrem Frühstücksteller wurde ihr übel. Als Clark sich erbot, allein zum Reisebüro zu gehen und sich nach den Amerikaflügen zu erkundigen, taumelte sie auf ihr Zimmer und sank in einen resignierten Halbschlaf.

Eine halbe Stunde später war Clark zurück. Sie hätten Glück und könnten noch heute abend nach Hause fliegen, berichtete er; aber warum sollten sie ihren Rückflug nicht noch etwas hinausschieben und sich etwas mehr von Indien ansehen, wenn sie schon einmal hier seien? Warum nicht irgendwohin in die Berge fahren, wo es kühl und malerisch sei?

»Sieh mal, hier wären ein paar Möglichkeiten.« Clark streckte ihr einen Packen bunter Prospekte hin. »Ich finde, wir sollten noch irgendwohin fahren, damit die Reise nicht ganz umsonst war.«

Aster fegte die Prospekte mit der Handkante auf den Teppich. »Aber sie war umsonst!« rief sie. »Alles war umsonst, alles, was wir die ganzen letzten Jahre gemacht haben, war umsonst. Indien ist mir zuwider.«

»Dann könnten wir es mal mit Nepal versuchen. In Katmandu soll es ein sehr gutes Hotel geben, und um diese Jahreszeit...«

»Ich will überhaupt nirgendwohin.« Aster begann wieder zu weinen, doch es waren die trockenen, leeren Schluchzer der Erschöpfung. »Ich will nur noch nach Hause.«

»Darling, es tut mir so leid«, sagte Clark, jetzt vielleicht schon zum fünftenmal innerhalb von vierundzwanzig Stunden. »Wie du möchtest.«

Warum entschuldigt er sich immerzu bei mir? dachte sie, nachdem ihr Mann wieder zum Reisebüro gegangen war.

Weil es für dich schlimmer ist als für ihn, sagte die dünne Stimme in ihrem Kopf. Weil Clark in Wahrheit gar kein dunkelhäutiges indisches Kind zur Tochter haben will, nie haben wollte. Er ist wie seine Eltern: Was er wollte, war ein Sohn, der ihm ähnlich sieht.

Aber Clark kann ja noch bekommen, was er will, dachte Aster, während sie Sachen in ihren Koffer zu packen begann. Einundvierzig ist nicht alt für einen Mann. Er könnte wieder heiraten und Kinder haben. Sie sah auch schon die Braut, auf die seine Wahl sicher fallen würde: eine dieser gescheiten jungen Anwaltsgehilfinnen in seinem Büro. Er war ein gutaussehender und wohlerzogener Mann, erfolgreich und intelligent. So manche junge Frau würde ihn mit Freuden heiraten und ihm Clark Stockwell IV schenken.

Das hätte er längst haben können, dachte Aster dann, während sie eine weitere Schublade öffnete und einen Stapel T-Shirts herausnahm. Statt dessen ist er bei mir geblieben, auch als er schon wußte, daß es nie einen echten Clark Stockwell IV geben würde. Er ist mit mir zu all diesen Vermittlungsagenturen gegangen, zu all diesen Gesprächen, und er ist mit mir nach Indien gekommen, weil ich ein indisches Kind haben wollte. Er ist meinetwegen mitgekommen, weil er mich liebt.

Ja, und ich liebe ihn auch, dachte sie. Aber was nützt das? Sie kam jetzt an die unterste Schublade, in der sich außer den warmen Sachen, die sie seit ihrer Abfahrt von zu Hause nicht ein einziges Mal angehabt hatte, noch alle möglichen Toilettenartikel befanden. Ein Erste-Hilfe-Kasten, eine Packung Windeln, eine ungeöffnete Schachtel Binden, auf der »Always« stand – warum hatte sie eine Marke mit diesem Namen gewählt, der sie verhöhnte, ihr verhieß, daß sie nie schwanger würde, daß sie jeden Monat ihre Blutungen haben werde, immer, bis sie zu alt dafür wäre?

Ungeöffnet? Aber wir sind doch schon fast einen Monat in Indien, dachte Aster. Sie hätte inzwischen längst ihre Tage haben müssen. Es mußte an der Hitze liegen, am Jetlag, ihren Ängsten, ihrem Elend – das alles zusammen hatte ihre Periode hinausgezögert. Aster ließ einen Armvoll Sachen aufs Bett fallen und griff nach dem Taschenkalender. Es war schon gut drei Wochen über die Zeit.

Das kann nicht sein, dachte sie. Sie wagte dem »das« nicht einmal einen Namen zu geben. Nicht nach all den Jahren. Aber die allmorgendliche Übelkeit seit fast einer Woche, dieses Prickeln, ihre geschwollenen Brüste...

Vor Asters innerem Auge erschien die Disneyland-Lakschmi. »Ich weiß etwas, was du nicht weißt«, schien sie wieder zu sagen, doch diesmal war ihr Lächeln auch freundlich, nicht nur verschlagen.

Ich werde nichts davon erwähnen, gelobte sich Aster, nicht bevor wir wieder zu Hause sind und ich bei Dr. Stewart war. Es kann nicht wahr sein. Aber wenn nun doch?

Nachdem sie im Hotel die Rechnung bezahlt und zu Abend gegessen hatten, blieb ihnen noch fast eine Stunde, bis Clark und Aster sich auf den Weg zum Flughafen machen mußten. Zum letztenmal spazierten sie die Hotelzufahrt hinunter und bogen auf den Dschanpath ein, hinein in den lila Dunst der Abendhitze und das übliche Gewimmel der Bettler.

»Kein Bakschisch!« sagte Clark barsch, wobei er sich zwischen ihnen hindurch in einen Laden mit Lederwaren drängte, die sich vielleicht als Reisemitbringsel für seine Mitarbeiter eigneten. Während er in den Brieftaschen aus geprägtem farbigen Leder wühlte, blieb Aster am Eingang stehen und sah dem vorbeiziehenden Strom von Indern und Ausländern zu: alle Altersstufen, alle Rassen, alle Farben.

Plötzlich erschien unter einem Baum auf der anderen Straßenseite die Gestalt der Göttin Lakschmi: eine dunkeläugige junge Frau mit verfilztem, hüftlangem Haar und vier nackten Armen. Natürlich konnte das nicht sein, aber es war doch so: ein magerer dunkler Arm, der ihren Sari zusammenhielt, ein zweiter Arm ausgestreckt, zwei weitere, kleinere Arme, die über ihrer Schulter fuchtelten; und das gleiche wissende Lächeln. Aster fühlte sich fiebrig und elend; vielleicht wurde sie verrückt.

Die Lakschmi-Figur ging weiter und drehte sich um; jetzt sah Aster, daß sie auf ihrem Rücken, eingewickelt in einen Schal, den Kopf hinter dem ihren, so daß er vorher nicht zu sehen gewesen war, ein kleines Kind trug, dem dieses zweite Paar Arme gehörte. Sie waren real, es waren Bettler – Zigeuner vielleicht.

Die Bettlerin sah Asters Blick und kam, eine ihrer vier Hände vor sich ausgestreckt, zu ihr herüber. Das Kind, das über ihre Schulter guckte, erwiderte Asters Blick mit seinen wäßrigen, brombeerfarbenen Augen und gab einen leisen, dünnen Schrei von sich. Wie in Trance ging Aster auf die beiden zu. Sie öffnete ihre Handtasche, griff hinein und nahm den Packen Papiergeld heraus, das sie am Flughafen hatten wechseln wollen.

»So, dann sollten wir jetzt mal zum Hotel zurückgehen«, sagte hinter ihr Clarks Stimme, und dann: »Aster? Was machst du da?« Aber er kam zu spät. Die magere, schmutzige Hand der Bettlerin hatte sich schon um die Scheine geschlossen; sie machte kehrt und eilte davon.

Andere Bettler, die den Erfolg ihrer Kollegin beobachtet hatten, umdrängten jetzt Aster, zerrten an ihren Kleidern und heulten mit jammervollen Stimmen. Aber Clark packte seine Frau am Arm und zog sie in den Laden zurück.

»Was ist los?« fragte er. »Wieviel hast du diesem Mädchen gegeben?«

»Ich weiß es nicht. Alles«, keuchte Aster. »Sie war so mager. Und ihr Kind hat so geweint.«

»Aber Darling.« Clark legte den Arm um sie. »Du hattest noch über fünfzig Dollar in Rupien.«

»Ist mir egal. Ich wollte etwas tun – irgend jemandem etwas richtig Gutes tun.«

»Na, das hast du wohl.« Er lachte. »Fünfzig Dollar, das ist für so eine Frau ein Jahreseinkommen, vielleicht mehr.«

»Ist mir egal«, wiederholte Aster mit zitternder Stimme.

»O Darling.« Auch Clarks Stimme zitterte. »Es tut mir so leid.«

»Ich weiß.« Aster lehnte sich fester an ihn.

»Geht's dir jetzt gut?«

»Doch, ja.« Sie lächelte.

Durch die zunehmende Dämmerung begaben sie sich zurück zum Hotel. Auf halbem Weg sah Aster die Bettlerin wieder, wie sie sich durch die Menge drängte. Ihr Kind weinte nicht mehr und fuchtelte auch nicht mehr mit den

Ärmchen; es schlief ganz tief auf dem Rücken seiner Mutter, eingewickelt in den zerlumpten Schal.

Mehr als ein Jahreseinkommen, dachte Aster. Selbst wenn das, was ich glaube, nicht stimmt, so ist doch in Indien wenigstens etwas geschehen. Ich habe dieser Frau und ihrem Kind etwas wirklich Gutes getan. Vielleicht habe ich ihr Leben verändert.

– Weißt du was? Ich habe dein Leben verändert! –

Die Worte klangen so laut in ihrem Kopf, daß Aster schon glaubte, sie habe sie wirklich ausgesprochen. Doch die Lakschmi ging weiter, ohne etwas gehört zu haben, verschwand in der lärmenden, drängelnden Masse der Inder, der dunstigen, dunkel werdenden Stadt.

Etwas Blaues

Am Ende war es dann doch die perfekte Hochzeit, obwohl es zunächst Probleme gab – und das Ganze beinahe in eine Katastrophe gemündet wäre, aber darauf komme ich noch. Das Hauptproblem war, wo die Trauung stattfinden sollte. Meine Eltern sind beide im Auswärtigen Dienst tätig und waren seinerzeit gerade in Indien stationiert, während Marks Eltern in Kalifornien lebten. Also beschlossen wir, an der Universität Corinth zu heiraten, wo Mark an der juristischen Fakultät lehrte. Dann ergab es sich, daß Mark zwei Wochen vor dem festgesetzten Datum an einer Konferenz in Kanada teilnehmen mußte, und ich arbeitete an einem Steuerfall, mit dem meine Kanzlei befaßt war. Wer sollte nun alles organisieren?

Doch da bot Cleo Wolf ihre Hilfe an, Cleo, die das Sekretariat des Dekans leitete. Es sei für sie ein leichtes, sagte sie, da sie für die juristische Fakultät schon so viele Festivitäten arrangiert habe. Sie reservierte die College-Kapelle und einen Raum im Studentenheim für den anschließenden Brunch; auch kannte sie die besten Partydienste und Fotografen und Musiker und wußte, was man von ihnen verlangen konnte und wieviel sie einem dafür berechnen durften.

Ich war aufrichtig dankbar, denn Cleo war nicht nur eine großartige Organisatorin, sie hatte auch Stil. Selbst in ihrer Arbeitskleidung – einer Art Armani-Kostüm in gedecktem Beige mit cremefarbener Seidenbluse – wirkte sie wunderbar elegant und wahnsinnig sexy. Sie erinnerte mich immer an diese Illustrierten-Models in ihren Designeroutfits, nur daß sie natürlich älter war, vielleicht zehn Jahre älter als ich. Mama meinte, nachdem sie Cleo kennengelernt hatte, sie sehe aus, als wäre sie schon einige Male quer durch den Garten gezogen, aber seinerzeit bekümmerte mich das nicht; es gab mir Zutrauen.

Cleo dachte an alles. Als mein Hochzeitskleid geliefert wurde, erinnerte sie mich daran, daß ich nach alter englischer Sitte – *something old, something new, something borrowed, something blue* – nun auch noch etwas Altes, etwas Geborgtes und etwas Blaues dazu brauchte. Schön, ich hatte Großmamas Perlenkette und Ohrgehänge, aber nichts Geborgtes und nichts Blaues. Also lieh mir Cleo diesen wirklich aufregenden Body: schwerer Satin, flammblau, glatt wie Eis und mit einem breiten blauen Spitzensaum. Die richtigen Accessoires dazu, und er hätte für ein Nobelrestaurant ebenso getaugt wie für die Disco. Eigentlich hatte ich Hemmungen, Cleos Body zu tragen, aber sie bestand darauf, weil es doch Glück bringen solle. In dem Moment fiel mir gar nicht auf, daß sie nicht sagte, Glück für wen und welcher Art.

Als ich abends nach Hause kam, probierte ich den Body an. Ich war größer als Cleo, aber er paßte wie angegossen. Dann betrachtete ich mich im Spiegel. Manchmal fragte ich mich ja, wie man sich fühlen müßte, wenn man Cleo wäre, also eine Frau, nach der sich die Männer, egal wo sie ging und stand, die Hälse verrenkten. Jetzt konnte ich es mir ungefähr vorstellen. Der eingearbeitete trägerlose BH gab mir zum erstenmal in meinem Leben so etwas wie ein Décolleté, und meine Haut schimmerte wie eine Teerose. Ich bückte mich ein wenig und schüttelte meine Haare, wie ich es Cleo einmal in der Fakultätstoilette hatte tun sehen, machte dazu ganz große Augen und öffnete die Lippen, wie sie es immer tat, wenn ein Mann mit ihr sprach, und plötzlich sah ich ganz anders aus: selbstsicher, überlegen und sexy.

Das Merkwürdige aber war, daß ich nicht nur anders aussah, sondern mich auch anders fühlte. Ich hatte mit meinen Eltern schon überall auf der Welt gelebt, doch erfahren im eigentlichen Sinne war ich nicht. Ich fürchtete oft, daß ich im Vergleich zu Mark vielleicht ein wenig sexuell unterkühlt sein könnte, und wenn er mich erst richtig kennenlernte, wäre er womöglich enttäuscht, aber natürlich würde ihm die Höflichkeit verbieten, so etwas je zu sagen. Nun hatte ich mit einemmal das Gefühl, ich sei eine schöne, feurige Frau, und die Welt und alles in ihr existiere nur zu meinem Vergnügen. Ob Cleo sich wohl immer so fühlte? Ich hängte den Body dann in den Kleiderschrank und vergaß ihn für die nächsten Wochen mehr oder weniger, weil ich soviel zu tun hatte.

Als wir die Trauungszeremonie probten, war ich ziemlich nervös, machte mir dauernd Gedanken darüber, wer wo sitzen sollte, ob ich auf dem Weg zum Altar wohl stolpern würde und sonst noch allerlei dummes Zeug. Obwohl Mark dabei war, dachte ich nicht ein einziges Mal an Sex, zumindest nicht ernsthaft.

Doch dann am Hochzeitstag konnte ich an gar nichts anderes mehr denken. Kaum hatte ich Cleos Body an, war es wieder genauso wie schon einmal: Ich fühlte mich schön und mit erotischer Energie aufgeladen. Als ich mein Hochzeitskleid und den Schleier anlegte, liebkosten die verschiedenen Seiden- und Satinstoffe und Spitzen meine Haut wie die Hände unsichtbarer Liebhaber. Ich bürstete mir das Haar, und es schien Funken zu sprühen, und der Lippenstift auf meinem Mund fühlte sich an wie ein langer Kuß. Alles im Zimmer erschien mir plötzlich so sexy. Ich strich mit der Hand über das polierte helle Eichenholz meiner Kommode, und es war, als streichelte ich einen Männerkörper. Nicht anders war es später in der Limousine, als Mama mir mein

Brautbouquet überreichte: lauter feine Spitzen und Maiglöckchen und winzige, cremeweiße Rosen, alles so sanft wie zarte Haut. Ich hatte das verrückte Gefühl, mir damit über Gesicht und Brüste streichen zu müssen.

Alle sagten mir, wie schön ich sei. Natürlich sagt man das immer zu einer Braut, aber ich wußte, daß sie die Wahrheit sprachen. Und das Unheimliche war, daß sie alle auch für mich schön aussahen, erotisch schön. Es war nicht nur das Hochzeitsfieber, wie ich feststellen mußte, sondern ein sinnlicher Rausch, der auch nicht abklang, als wir in die Kapelle kamen. Auf dem ganzen Weg durchs Mittelschiff hatte ich das Bedürfnis, Leute anzufassen und zu umarmen. Dann sah ich den Priester, und obwohl ich ihn tags zuvor noch ziemlich durchschnittlich im Aussehen gefunden hatte, erschien er mir jetzt ungemein attraktiv, so daß ich mich gleich fragte, wie er wohl im Bett wäre. Dann dachte ich: Wie kann ich jetzt nur so etwas denken, während meiner eigenen Trauung? Bin ich verrückt, oder bin ich so sündhaft?

Aber dann sah ich Mark, und er war der begehrenswerteste Mann auf der Welt. Ich hatte Lust, ihn auf der Stelle leidenschaftlich abzuküssen, noch bevor der Priester es uns ausdrücklich erlaubte.

Hinterher beim Empfang war es genauso, nur noch schlimmer. Ich schien nicht nur in Mark verliebt zu sein, sondern in jeden und alles – die Speisen, die Blumen, die Vorhänge, die Tischtücher. Immer wieder umarmte ich Leute und küßte sie auf geradezu anzügliche Weise. Man sieht es auf den Hochzeitsfotos: Ich wirke da ziemlich überdreht vor lauter Erotik. Auf einem lecke ich zum Beispiel Zuckerguß von Marks Fingern, was richtig pornographisch aussieht, und auf ein paar anderen fresse ich ihn regelrecht auf. Ich sagte mir, das sei wohl der Champagner, denn ich hatte noch nie soviel getrunken, jedenfalls nicht so früh am Tag.

Cleo war natürlich auch auf der Party, und ich dankte ihr für alles und sagte ihr, wie großartig ihr Body sei, und wie sexy ich mich darin fühlte. Er müsse irgendeine geheime Macht haben, meinte ich. Da bekam ihr Gesicht ganz kurz etwas beinah Verkniffenes, und sie lächelte mich recht merkwürdig an und sagte: »O ja, das hat er.«

Dann ging ich zum Umziehen auf das Zimmer, das meine Eltern im Studentenwohnheim hatten. Marylou, meine Brautjungfer, und Marks Schwester Viola, die Brautführerin, kamen mit, um mir zu helfen. Ich befand mich noch immer in diesem Rauschzustand und hatte das Gefühl, mich um die beiden wickeln und meinen Körper an ihnen reiben zu müssen: meine älteste Freundin Marylou, die ich so liebte, und Viola, die Mark so ähnlich sah, beide so groß und blond und lockig.

Viola half mir aus dem Hochzeitskleid, und da sah sie zum erstenmal den geborgten blauen Body und rief: »Wow! Woher hast du denn den?«

Ich sagte ihr also, daß Cleo Wolf ihn mir geliehen habe und wie unwahrscheinlich nett das doch von ihr sei. Viola hatte anscheinend auch ziemlich viel Champagner getrunken, denn sie meinte darauf: »Na, da hat sie wohl gedacht, wenigstens ihr Body könnte Mark heiraten, wenn schon nicht sie selbst.«

Ich sah Viola mit großen Augen an und fragte, was sie denn damit sagen wolle. Sie wirkte ganz verlegen und versuchte sich herauszuwinden, aber das ließen Marylou und ich nicht zu, und so rückte sie schließlich damit heraus, daß Mark einmal, wie sie sich ausdrückte, »eine kurze Beziehung« zu Cleo gehabt habe, bevor ich ihn kannte.

Da stand ich nun, den einen weißen Satinschuh schon aus, den anderen noch an. Demnach hatte Mark wohl Cleos Body schon früher gesehen. Und wenn ich jetzt nicht von seiner »kurzen Beziehung« erfahren hätte, würde er ihn heute abend in unserem Hotel wiedersehen, wenn ich mir von ihm langsam meine Reisekleider ausziehen ließ, ihn wiedererkennen und sich erinnern, wie Cleo ihn getragen hatte; aber er würde natürlich nichts sagen, und diese stumme Lüge wäre dann der Beginn unserer Ehe.

Ich riß mir das Ding vom Leib, als wäre es vergiftet. Und von einer Sekunde auf die andere hatte ich das Gefühl, aus einem überheizten Schwimmbecken aufzutauchen. Marylou, Viola, alles im Zimmer sah wieder völlig normal aus: hübsch, aber nicht wie die Darsteller und Requisiten in einem Softporno. Ich hatte die größte Lust, Cleos Body zu zerreißen, oder besser noch in kleine Stücke zu schneiden und ihr per Post zurückzuschicken. Sie sollte wissen, daß sie zwar mir ein paar schlimme Erinnerungen angehängt hatte, doch die Überraschung, die sie Mark zugedacht hatte, ihr nicht geglückt war.

Dann aber dachte ich, nein, kein Wort würde ich sagen. Cleo sollte sich ruhig den Kopf zerbrechen. Und ihren Body würde ich noch ein Weilchen behalten, weiß man doch nie, wann ein Ding, das solche Macht hat, wieder einmal irgendwem gelegen kommen könnte.

Dicke Leute

Ich bin noch nie einem Gespenst in weißen Laken begegnet, keinem kopflosen Reiter, war nie in einem Spukhaus, nichts dergleichen. Aber einmal, das war doch ein bißchen unheimlich...

Es ist schon eine Weile her, damals, als Scott mit diesem Forschungsstipendium nach Indien ging. Als erstes passierte da, daß ich auf einmal lauter dicke Leute sah. Ich sah sie auf Partys nach den Garnelen und den gefüllten Eiern grapschen; ich sah sie mit dem schwankenden Seemansgang der Übergewichtigen durch die Cayuga Street schlendern und bei J. C. Penney in den Hausmänteln für Vollschlanke wühlen. Sie kauften sich im Kino kübelweise Popcorn, standen auf der Post und in der Bank vor mir in der Schlange oder füllten an der Selbstbedienungspumpe Benzin in ihre Pickups, wenn ich zur Tankstelle fuhr.

Zuerst achtete ich nicht weiter darauf; da ich gerade eine Abmagerungskur machte, glaubte ich eben einen geschärften Blick für Leute zu haben, die das ebenfalls nötig gehabt hätten. Mir schwebte vor, während Scotts Abwesenheit fünfzehn Pfund loszuwerden – wenn möglich zwanzig, denn was er kurz vor seinem Abflug gesagt hatte...

Es war ein kalter, regnerischer Märztag, und wir warteten am Regionalflughafen auf Scotts Maschine; wir versuchten ein Gespräch in Gang zu halten, wiederholten alles mögliche, was längst gesagt war. Ich hatte Scott schon öfter zu Reisen verabschiedet, aber diesmal sollte er über drei Monate fort sein. Er sagte, er würde mich am liebsten mitnehmen, versprach, mir aus Delhi ein Telegramm zu schicken und mir zweimal die Woche zu schreiben, sagte, daß er mich liebe, und erinnerte mich daran, daß ich bei unserem Honda den Ölstand prüfen lassen sollte. Ich versprach es ihm und fragte, was ich sonst noch tun könne, solange er fort sei.

Dann wurde sein Flug aufgerufen, und wir umarmten uns. Wir trugen aber beide dickwattierte Jacken, und es fühlte sich gar nicht echt an. Als umarmten sich zwei Kleiderbündel, sagte ich mit einem Kloß im Hals. Und Scott meinte: »Nun ja, eines könnten wir eigentlich beide tun, solange ich fort bin, Ellie: Wir könnten ein paar Pfund abnehmen.« Dann küßte er mich, und ich mußte mich beherrschen, um nicht auf der Stelle zusammenzubrechen und loszuheulen.

Dann begab Scott sich durch die Sicherheitskontrolle in die Abflughalle, dann ging er mit seiner Reisetasche über das nasse Vorfeld, wurde kleiner und kleiner und stieg die Gangway hinauf. Erst als ich wieder in der Hauptwartehalle war und durch die regennasse Scheibe dem Flugzeug nachsah, wie es ebenfalls immer kleiner wurde und im Regendunst verschwand, drang seine letzte Bemerkung richtig zu mir durch.

Ich fuhr zurück zu den Pine Grove Apartments, riß mir meine unförmige Jacke herunter und betrachtete mich im Spiegel an der Innenseite der Kleiderschranktür. Ich wußte, daß ich mollig war, für meine Größe gerade an der Obergrenze, aber das hatte mich bis dahin noch nie gestört. Und soviel ich wußte, störte es auch Scott nicht, der selbst ganz schön stämmig war. Vielleicht hatte er ja nur Spaß gemacht, als er sagte, wir könnten beide ein paar Pfund abnehmen. Aber es waren seine letzten Worte für drei Monate gewesen. Womöglich sogar für immer, dachte ich, denn Indien war so weit weg und voller Aufruhr und Krankheiten, und vielleicht wollten sie in einem der Dörfer, die er bereisen würde, ihre jahrtausendealten Ackerbaumethoden gar nicht ändern, und sie würden Scott mit langen, verzierten Krummdolchen ermorden oder ihm Curry mit jahrtausendealtem, nicht nachweisbarem Gift servieren.

Ich wußte, daß es Unglück brachte, so etwas zu denken, das hatte auch Scott gesagt. Ich schaute wieder in den Spiegel und drehte mich zur Seite. Meist freute ich mich an dem, was ich da sah, aber jetzt merkte ich, daß mein Bauch genausoweit vorstand wie meine Brüste, wenn ich nicht die Luft anhielt.

Vielleicht habe ich mir im letzten Winter doch ein paar Pfunde zuviel zugelegt, dachte ich. Nun gut, es dürfte ein leichtes sein, sie wieder loszuwerden. Es wäre eine echte Aufgabe, eine lohnenswerte Beschäftigung während Scotts Abwesenheit. Ich würde ihm nichts davon schreiben, sondern ihn bei seiner Rückkehr damit überraschen. »Wow, Ellie«, würde er sagen, »du siehst ja toll aus.«

Es entpuppte sich dann aber als doch nicht ganz so leicht. Nach zwei Wochen wog ich noch genausoviel wie vorher. Ein Problem bestand darin, daß alle unsere Freunde mich zu sich einluden und mir Sachen auftischten, die zu verschmähen eine Schande gewesen wäre, von schlechtem Benehmen ganz zu schweigen. Und wenn ich einmal niemanden hatte, zu dem ich abends gehen konnte, begann ich in der Wohnung herumzulaufen und endete meist in der Küche vor dem Kühlschrank, nur um etwas zu tun zu haben.

Etwa um diese Zeit begann mir dann auch aufzufallen, wie viele dicke Leute in der Stadt herumliefen. Leute aller Sorten und jeden Alters: übergewichtige Golfclubtypen, die sich aus übergewichtigen Autos zwängten; Straßenpassanten, die rostige Einkaufswagen voller Flaschen und Päckchen vor sich her schoben; dicke alte Männer, die wie

Weihnachtsmänner außer Dienst durch die Einkaufszentren schlenderten, dicke pickelige Teenager und so dicke Kleinkinder, daß sie kaum den Daumen in den Mund bekamen.

Natürlich hatte ich solche Leute auch vorher schon gelegentlich gesehen, aber jetzt schienen sie überall zu sein. Zuerst hielt ich es für Zufall in Verbindung mit meinen eigenen Gewichtsproblemen. Es störte mich nicht; es war auf eine Weise sogar tröstlich. Wenn irgendeine schwergewichtige Highschoolabsolventin zur Studienberatung zu mir ins College kam und ihren Allerwertesten auf dem Stuhl vor meinem Schreibtisch unterzubringen versuchte, dachte ich, während ich freundlich lächelte und die üblichen Fragen stellte: Na, wenigstens sehe ich nicht *so* aus.

Meine Eltern wußten, daß ich abnehmen wollte, und versuchten zu helfen, machten es aber nur schlimmer. Immer wenn ich sonntags zum Abendessen hinging, fragte Dad als erstes, ob ich schon von Scott gehört hätte. Es waren jetzt schon über drei Wochen, und immer mußte ich antworten: »Nein, außer dem Telegramm noch nichts«, und sie daran erinnern, daß man uns ja gewarnt habe, wie schlecht die Post funktioniert.

Dann setzten wir uns zu Tisch, und Mama reichte mir meinen Teller, auf dem ein mickriges Scheibchen Brathuhn und ein bißchen abgekochtes Grünzeug lag, als wäre ich in einer Entzugsanstalt für Dickwänste. Die Salate wurden mit fader, kalorienarmer Tunke angemacht, und zum Nachtisch gab es immer nur Obst: Wassermelone oder eine geschälte Orange mit ein paar Kokosraspeln darauf, die aussahen wie unterernährte weiße Würmer.

Während der ganzen Mahlzeit sprachen meine Eltern dann nicht mehr von Scott, so als wollten sie es mir nicht schwer machen. Im ganzen Eßzimmer befand sich auch sonst nichts, was irgend jemanden an Scott hätte erinnern können, und ein Gedeck für ihn war sowieso nicht aufgelegt. Fast als wäre er völlig von der Bildfläche verschwunden oder hätte womöglich nie existiert. Nach dem Essen war ich dann jedesmal so bedrückt, daß ich auf dem Heimweg irgendwo anhalten und mir einen Becher heiße Schokolade zu Gemüte führen mußte.

Dann hängte ich meinen Mantel fort, schaltete den Fernseher ein und maß mir genau acht Eßlöffel Eiscreme ab, einhundertfünf Kalorien, weniger als ein Bagel. Den Rest tat ich wieder ins Gefrierfach und kam mir sehr tugendhaft vor. Wenn aber der nächste Werbespot kam, öffnete ich das Gefrierfach und genehmigte mir noch ein paar Löffelchen. Und das Ganze wiederholte sich, synchron mit den Werbespots, bis die Dose wie ausgeleckt war.

Es wurden vier Wochen seit Scotts Abreise, und noch immer wog ich kein Gramm weniger, selbst wenn ich auf der Waage mein Gewicht hin und her verlagerte, damit die Nadel ein bißchen wackelte. Ich hatte noch nie abzunehmen versucht; immer hatte ich es nur lächerlich gefunden, wie die Leute sich mit allerlei Diäten quälten. Einmal war ich sogar regelrecht schockiert gewesen, als eine meiner verheirateten Freundinnen sich mehr zierte, ein zweites Stück Pfirsichtorte zu nehmen, als sich einen Liebhaber zuzulegen. Fehlplazierte Schuldgefühle, dachte ich immer.

Jetzt stellte ich mich mit dem Essen genauso an wie die anderen. Den ganzen Nachmittag wurde ich den Gedanken an das Stück Schokokuchen nicht los, auf das ich beim Lunch verzichtet hatte; und wenn ich einmal schwach wurde und mir doch eines bestellte, sann ich noch stundenlang später auf eine Entschuldigung dafür. »Ich habe Scott nicht versprochen, abzunehmen«, redete ich mir ein, oder: »Man kann doch von einem Menschen nicht verlangen, das Essen und die Liebe gleichzeitig aufzugeben.«

Ich las jetzt in der Zeitung alle die Artikel über Gewichtskontrolle, die ich vorher immer überblättert hatte, und holte mir Bücher aus der Bibliothek. Im Lauf der nächsten Wochen probierte ich ein verrücktes Diätrezept nach dem andern: kohlehydratfrei, fettlos, nur Grapefruit und Cornflakes, oder Rinderhack, Bananen und Magermilch. Aber keines davon hielt ich lange durch. Abends gingen alle guten Vorsätze wieder flöten, wenn ich darüber nachzudenken begann, daß ich Scott schon neun Briefe geschrieben und noch nicht einen von ihm bekommen hatte. Ich lag im Bett und grübelte vor mich hin, wo er jetzt stecken mochte und was er im Moment wohl trieb. Dann dauerte es nicht lange, und ich bekam solchen Hunger, daß ich sterben zu müssen glaubte.

Und noch etwas fragte ich mich, besonders wenn ich gerade an irgendeinem trockenen Salat herumkaute oder mir eine Süßstofftablette in den Kaffee tat: Was mochte Scott wohl essen, dort am anderen Ende der Welt – vorausgesetzt, er lebte noch? Wenn er nicht auch abzunehmen versucht, was hat es dann für einen Sinn? fragte ich mich, während meine Hand schon nach der Roqueforttunke oder der Halbfettmayonnaise griff. Er hat das bestimmt nicht ernst gemeint, sagte ich mir.

Wenn aber doch? Wenn Scott nun mit jedem Tag ranker und schlanker wurde, was würde er dann von mir denken, wenn er wüßte, daß ich in fast fünf Wochen noch kein Pfund abgenommen hatte?

Es auf eigene Faust zu versuchen, ging also nicht. Ich brauchte Hilfe und glaubte auch schon zu wissen, wo ich sie fand. Wir hatten im Immatrikulationsbüro eine junge Frau namens Dale. Sie war nur ein paar Jahre älter als ich, sechsundzwanzig vielleicht, aber in nur zwei Monaten hatte sie praktisch unsere sämtlichen Akten umorganisiert, und ganz offensichtlich hatte sie ihr Leben im Griff. Sie hatte brünettes Haar, eine adrette, schlanke Figur und ein adrettes, schmales Pudelgesichtchen; man hatte das Gefühl, ihre Frisur würde es gar nicht wagen, je außer Fasson zu geraten, und sie selbst würde nie ein Gramm mehr wiegen, als sie wollte.

Ich dachte mir, Dale wüßte vielleicht Abhilfe für mein Problem, denn sie redete immerzu von interessanten neuen Diäten. Und immer, wenn jemand zu uns hereinkam, der richtig dick war, kläffte sie unhörbar und bemerkte hinterher, wie schrecklich es doch sei, wenn Leute sich körperlich gehenließen. »Weiß der Himmel, wie dieses Nilpferd einmal im Sport bestehen will«, sagte sie, oder: »Die Mutter dieses Mädchens gehört in den Zirkus, die sah ja kaum noch aus wie ein Mensch.« Und ich dachte: Sehe ich für Dale wie ein Mensch aus?

Und so eröffnete ich ihr eines Tages, als wir allein in der Toilette waren, daß ich abzunehmen versuchte. Dale erstrahlte wie eine Leuchtröhre. »O ja, das halte ich für eine sehr gute Idee, Ellie«, sagte sie, während sie im Spiegel über den Waschbecken von sich zu mir sah, vom Pudel zum Nilpferd. »Und ich helfe dir dabei, einverstanden?«

»Einverstanden«, sagte ich, ohne zu ahnen, worauf ich mich da einließ.

Auf dem Rückweg ins Büro erklärte mir Dale, daß Übergewicht ein Karrierehindernis sei. Es sei eine bekannte Tatsache, daß dicke Leute es im Beruf nicht so weit brächten. Außerdem sei Fettsein plebejisch: Die Herzogin von Windsor habe gesagt, man könne gar nicht zu reich oder zu schlank sein. Als ich einwandte, bei mir bestehe wohl weder die eine noch die andere Gefahr, lachte Dale nicht. Sie druckte mir das Windsorzitat als Computergrafik aus und befestigte diese mit zwei ananasförmigen Magneten an meinem Aktenschrank.

Als nächstes empfahl mir Dale, zum Arzt zu gehen und mich zu vergewissern, daß ich gesund sei, genau wie es auch die Diätbücher empfehlen. Dann nahm sie mein Leben in die Hand. Sie meldete mich zu einem Aerobic-Kurs an und stellte einen Tagesplan für mich auf, wonach ich jeden Tag nach Feierabend zu joggen hatte, egal bei welchem Wetter. Dann lud sie sich selbst in meine Wohnung ein und räumte die Vorratsschränke und den Kühlschrank aus. Salzbrezeln und Chips, Butter, Rahmkäse, kalter Braten, ein Laib Rosinenbrot und fast ein ganzes Pfund Speckscheiben – Dale packte alles zusammen, und wir schleppten es zur Armenküche. Mich traf fast der Schlag, als ich die ganzen guten Sachen auf Nimmerwiedersehen verschwinden sah, aber ich schöpfte auch Hoffnung.

Am Tag darauf brachte Dale mir eine Kalorientabelle und stellte mir für eine Woche im voraus einen Speiseplan auf. Sie legte eine Karteikarte an, fragte mich jeden Morgen, wieviel ich gewogen hätte, und notierte es.

Allerdings klebte der Zeiger unverrückbar auf derselben Zahl. Wenn ich nichts in der Wohnung hatte – nebenan im Laden war alles zu haben. Ich ging hin, um mir Stangensellerie und Magerquark und Knäckebrot zu holen, aber wenn ich meinen Einkaufswagen durch den letzten Gang schob, war es immer, als riefen die Kekse von ihren Regalen herab nach mir, besonders die mit Schokoladen- und Zuckerguß. Ich glaubte sie in ihren Zellophanhüllen mit zuckersüßen hohen Stimmchen zwitschern zu hören: »Ellie, Ellie! Hier sind wir, Ellie!«

Wenn ich Dale gestand, daß ich schwach geworden war, brachte sie das nicht aus der Ruhe. »Macht nichts, Ellie«, sagte sie, »ich weiß schon, was wir tun werden. Von jetzt an gehst du nicht mehr allein in den Supermarkt. Ich gehe zweimal die Woche auf dem Heimweg mit dir einkaufen.«

Und schon am nächsten Tag machte sie das wahr. Aber kaum war sie mir in der Backwarenabteilung ein paar Schritte voraus, fühlte ich mich zu einem Tablett mit Aprikosenhörnchen hingezogen. Dale sah sich um, schüttelte ihren Pudelkopf und sagte: »Pfui, pfui« – was mich ein bißchen ärgerte, denn ich hatte ja noch gar nichts Unartiges getan –, dann packte sie mich am Arm und zog mich rasch weiter.

Im Supermarkt waren an diesem Tag etliche dicke Leute zu sehen, wie immer in letzter Zeit. Als wir mit unserem Einkaufswagen, an dessen Inhalt ein Karnickel seine Freude gehabt hätte, in der Schlange vor der Kasse standen, fiel mir darin eine wirklich schwergewichtige blonde Frau in meinem ungefähren Alter auf, die gerade an der Kasse nebenan bezahlt hatte. Ihr Einkaufswagen quoll über von köstlichstem Gebäck; aus den braunen Papiertüten lugten eine Packung Kartoffelchips und eine Riesenflasche Cola hervor. Als sie gerade vor uns vorbeiging, nahm sie eine Packung Schokoriegel und riß sie auf, und dabei lächelte sie in meine Richtung, als wollte sie sagen: »Komm schon, Ellie, nimm dir auch einen.«

Ich sah mich nach Dale um, rechnete schon mit einem abfälligen Kommentar von ihr, aber es kam keiner. Vielleicht hatte sie die dicke Frau noch nicht gesehen. Das Komische war, daß ich sie dann auch nicht mehr sah, als ich wieder den Kopf wandte; sie mußte es sehr eilig gehabt haben, nach Hause zu kommen – und dort angekommen, dachte ich, wird sie es sich so richtig gutgehen lassen.

Eine weitere Woche verging mit Karotten und Mineralwasser und kalorienarmen Fertiggerichten, und noch immer keine Nachricht von Scott. Meine Abmagerungskur machte auch keine Fortschritte. Kaum hatte ich ein paar Pfund abgenommen, wurde ich zu einem Essen oder einer Party eingeladen und hatte sie gleich wieder drauf. Statt abzunehmen, nahm ich zu.

Und immer noch sah ich dicke Leute, jeden Tag mehr. Ich versuchte mir einzureden, es liege nur daran, daß sie ihre Figuren nicht mehr unter dicker Winterkleidung verstecken konnten. Das einzige Problem dabei war, daß die Leute, die ich sah, nicht lediglich mollig waren, sie waren unförmig.

Den ersten sicheren Hinweis darauf, daß sich da etwas Merkwürdiges abspielte, erhielt ich eines Tages, als ich in der Stadt vor einem Einkaufszentrum neben einem Beet mit klebrigen, blutroten Petunien saß und mir statt Lunch ein Platzkonzert zu Gemüte führte, was natürlich Dales Idee gewesen war. Mir war ein wenig schwindlig und übel, und als ich einmal an meinen Kopf faßte, schien der richtig zu vibrieren, als säße er nicht besonders fest auf meinem Körper.

Dann warf ich zufällig einen Blick zur anderen Seite des Platzes hinüber und sah durchs Schaufenster einer Konditorei zwei Frauen mittleren Alters, die beide aus ihren Hosen und geblümten Blusen zu quellen schienen, als hätte jemand sie zu stark aufgepumpt. Von ihren Gesichtern sah ich nicht viel, weil das Licht so auf der Scheibe spiegelte; aber ich sah, daß eine von ihnen geradewegs zu mir herüberblickte und auf ein Tablett mit Erdbeertörtchen zeigte, Riesendingern mit dicker rubinroter Glasur und je einem Sahnehäubchen. Es war, als riefe die Frau: »Komm her und hol sie dir, Ellie.«

Ohne es eigentlich zu wollen, erhob ich mich und stürzte mich ins Gewühl. Doch als ich zu der Konditorei kam, waren dort gar keine dicken Frauen, allerdings hatte ich sie auch nicht herauskommen sehen. Gewiß, einmal hatte mir ein Zwillingskinderwagen kurz die Sicht versperrt, aber zu verstehen war das dennoch nicht; es sei denn, die dicken Frauen waren vielleicht gar nicht wirklich dagewesen. Plötzlich wurde mir ganz flau im Magen. Ich wollte keine Erdbeertörtchen mehr, ich wollte mich nur noch irgendwo hinlegen, aber leider mußte ich ins Büro zurück.

Dort angekommen, sagte ich in möglichst beiläufigem Ton zu Dale: »Ich muß dir mal was Komisches sagen, in letzter Zeit sehe ich überall so viele richtig dicke Leute herumlaufen.«

»Davon laufen ja auch viele herum, Ellie«, sagte Dale. »Die Amerikaner sind schrecklich übergewichtig.«

»Aber ich sehe mehr – ich meine, viel mehr als je zuvor. Findest du das nicht auch ein bißchen unheimlich?«

»Sie fallen dir nur mehr auf«, sagte Dale, während sie – zack, zack – Formulare aufeinanderstapelte. »Die meisten Menschen können unangenehme Anblicke dieser Art einfach ausblenden. Sie sehen all den widerlichen Unrat auf den Straßen nicht mehr, oder die abblätternden Wände sogar hier in diesem Büro.« Sie deutete mit dem Kopf in eine Ecke über der Schwingtür, wo die cremeweiße Farbe Blasen warf und abflockte. Mir war das wirklich bisher nicht aufgefallen; aber irgendwie war mir danach wohler.

»Da könntest du recht haben«, sagte ich. Mir war klar, daß Dale allmählich die Geduld mit mir verlor. Meine Gewichtstabelle führte sie schon nicht mehr, und wenn wir jetzt einkaufen gingen, las sie mir die Packungsaufdrucke so laut und unwirsch vor, als hätte sie mich im Verdacht, bei meiner Diät zu mogeln und zu Hause noch irgendwo eine Schachtel Butterkekse oder eine Tüte Rosinen versteckt zu haben, was manchmal auch stimmte.

Etwa um diese Zeit begannen Essen und Sex in meiner Phantasie durcheinanderzugeraten. Manchmal wachte ich nachts noch immer erregt und erhitzt auf und sehnte mich nach Scott; öfter aber richtete die Erregung sich auf Essen.

Lechzend las ich Zeitungsartikel über Kochkunst und Restaurants und träumte von Paprikaschnitzeln mit Rahmsoße und Silberzwiebeln, oder von Zitroneneistörtchen. Einmal, nachdem ich spontan an eine Bude gegangen war und einen riesengroßen Hotdog mit Ketchup und allem Drum und Dran erstanden hatte, hörte ich mich halblaut zu mir selber sagen: »Das mußte ich einfach haben«, was mich sofort daran erinnerte, wie diese Machos in einschlägigen Filmen immer reden: »Ich mußte sie haben«, behaupten sie von irgendeiner Frau, als wäre die Rede von einem köstlichen Dessert, und sie nennen die Dame dann auch »Sahneschnitte« oder »Praliné« und bezeichnen gewisse Körperteile als Melonen oder Pflaumen. Scott ist ja eigentlich kein Macho, aber Reißer liebt er; er sagt, sie entspannen ihn auf Reisen. Und an diesem schrecklichen Tag, als er ins Flugzeug stieg, hatte er so einen bei sich.

Er war jetzt über sechs Wochen weg, und außer dem Telegramm aus Delhi noch kein Lebenszeichen. Entweder war ihm etwas wirklich Schlimmes zugestoßen, oder er schrieb absichtlich nicht. Während ich bei meiner Diät mogelte, hat Scott mich vielleicht betrogen, dachte ich. Vielleicht hatte er zur Entspannung irgend so ein indisches Praliné aufgetan. Kaum war mir dieser Gedanke durch den Kopf geschossen, versuchte ich ihn daraus zu verbannen, aber er schlich sich immer wieder ein.

Dann kam ich Anfang Juni eines sonnigen Nachmittags von der Arbeit nach Hause, öffnete meinen Briefkasten, und da steckte zwischen Rechnungen und Werbedrucksachen wahrhaftig eine Postkarte von Scott darin. Keine Entschuldigung dafür, daß er nicht geschrieben hatte, nur ein paar Zeilen über einen schönen Tempel, den er gerade besichtigt habe, und ein hingekritzeltes »Viele Küsse«. Das Bild auf der anderen Seite zeigte eine aufreizende, mit Schmuck überladene Inderin und einen Menschen oder Gott mit dem Kopf eines Elefanten, beide mit einem blasierten Lächeln im Gesicht.

Während ich mir die Karte besah, hatte ich das Gefühl, daß in mir etwas explodierte. Seit Wochen redete ich mir und allen anderen ein: »Wenn ich nur wüßte, daß es Scott gutgeht, wäre ich ja zufrieden.« Jetzt wußte ich, daß es ihm gutging, aber statt Zufriedenheit plagten mich Mißtrauen und Wut.

Fotos aus den Bildbänden über Indien, die Scott sich aus der Bibliothek geholt hatte, kamen mir in den Sinn. Ich sah schlanke, rosinenäugige, mit glänzender Seide und Juwelen behängte exotische Schönheiten, die mich mit hämischen Mienen musterten; und pummelige, fast nackte blaue Gottheiten mit Schlafzimmeraugen; und Nahaufnahmen von Tempelstatuen aus pockennarbigem Stein, die tausendundeine Stellung beim Geschlechtsverkehr demonstrierten. Der Gedanke beschlich mich, daß Scott genau in diesem Moment vielleicht tausend verschiedene Stellungen mit einer Frau übte, die einen Elefantenkopf hatte oder von oben bis unten blau war. Ich wußte, daß der Gedanke eigentlich verrückt war, aber irgend etwas mußte er doch treiben, was er mir nicht erzählen wollte oder dessen er sich schämte, sonst hätte er mir doch geschrieben!

Ich ging erst gar nicht in die Wohnung hinauf. Statt dessen stieg ich wieder ins Auto, ohne zu wissen, wohin ich fuhr, bis der Honda ganz von selbst vor einem Delikatessengeschäft hielt, in dessen Nähe ich mich wochenlang nicht mehr getraut hatte. Fünf Kunden waren außer mir noch da, was um diese Tageszeit nicht ungewöhnlich war. Ungewöhnlich war nur, daß sie alle dick waren; und nicht nur übergewichtig, nein: gigantisch fett. Als ich eintrat, sahen sie mich alle mit freundlichen Blicken an, als kennten sie mich vielleicht und hätten mir etwas zu sagen.

Im ersten Moment konnte ich mich gar nicht rühren. Ich stand wie angewurzelt auf der Matte zwischen Draußen und Drinnen und überlegte, ob ich wohl langsam verrückt wurde. Fünf von fünf; es war gegen alle Logik, aber da standen sie – oder zumindest sah ich sie.

Diese dicken Leute wissen über Scott Bescheid, dachte ich. Sie wissen es schon die ganze Zeit. Das haben sie mir auch zu sagen versucht, wenn sie mich anlächelten und mir mit Törtchen und Schokoriegeln winkten: »Komm doch, Schätzchen, wozu sollst du dich kasteien? Du kannst Gift darauf nehmen, daß Scott nichts dergleichen tut.«

Ein riesendicker Kerl mit einem Bart wie ein Grizzlybär wandte sich jetzt von der Theke ab und lächelte mich strahlend an. Und dann nannte ich meine Wünsche: Ein Pfund gemischte Butterkekse, ein Laib Lebkuchenbrot, ein Gugelhupf mit Walnüssen, Datteln und Zuckerguß. Kaum war ich im Wagen, riß ich den Gugelhupf aus der Verpackung und brach mir ein Stück ab; er war köstlich: der lockere gelbe Teig, die kandierten Walnüsse. Noch viel besser als Sex mit Scott, dachte ich bei mir.

Die nächsten vier Tage schlemmte ich nach Herzenslust. Die Kekse und den Gugelhupf verputzte ich gleich am ersten Abend, und am Freitagnachmittag schlich ich mich heimlich in meinen Lebensmittelladen, ohne Dale etwas davon zu sagen, und kaufte mir alles, wovon ich wochenlang nur geträumt hatte: Speck und Würstchen und Virginia-Schinken, Butter, Crème fraîche, dicke Kartoffeln, Salzbrezeln, Kartoffelchips und tiefgefrorene Pommes frites. Und das war erst der Anfang.

Als ich am Montagmorgen mit einem Päckchen Marmeladenkringel in der Tasche zur Arbeit ging, teilte ich Dale mit, daß die Diät mir ein für allemal gestohlen bleiben könne. Dale versuchte mich noch einmal umzustimmen.

Daß ich am Wochenende über die Stränge geschlagen hätte, sei ja nicht gar so schlimm, jaulte sie. Wenn ich dafür die ganze Woche auf den Lunch verzichtete und weniger zu Abend äße und täglich dreitausend Meter joggte, würde ich bald wieder im Gleis sein.

»Ich will aber in gar kein Gleis«, belehrte ich sie. »Acht Wochen ist Scott jetzt schon weg, und alles, was ich von ihm bekommen habe, ist eine einzige widerliche Ansichtskarte.«

Dale setzte eine gequälte Miene auf und begann etwas von Selbstbild und Selbstachtung zu murmeln, aber ich wollte nichts davon wissen. »Laß mich bitte in Ruhe«, sagte ich zu ihr. »Ich weiß schon, was ich tue.«

Zwei Tage und etliche Schweinekoteletts mit gebackenen Kartoffeln, Geflügelsalate, Florentiner und Kirschtörtchen später trat ich ins Haus, klemmte eine Tüte voller Kalorienbomben mit der einen Hand an meine Hüfte und öffnete mit der anderen den Briefkasten.

Herrje! Fast hätte ich die Tüte fallen gelassen. Der Blechkasten war vollgestopft mit dicken weißen und dünnen blauen Luftpostbriefen aus Indien. Die meisten sahen aus, als ob jemand sie geöffnet, gelesen, zerknüllt und darauf herumgetrampelt hätte, und sie strotzten von Briefmarken und Stempeln.

Eine Stunde später saß ich auf dem Sofa, um mich herum Scotts Briefe von zwei Monaten, und mußte den Tatsachen ins Auge sehen. Er lebte diät; es stand in seinem zweiten Brief, denn da schrieb er, er wolle nicht so überfüttert aussehen, wenn er durch ein Dorf voll hungriger Menschen gehe. Also gut. Ich hatte noch drei Wochen, und das hieß – ich ging ins Bad und holte die Waage unter dem Schränkchen hervor, wohin ich sie am Freitag verbannt hatte – es hieß, o Gott, daß ich zwei Pfund pro Woche abnehmen müßte, um nur wieder auf den Stand zu kommen wie bei Scotts Abreise!

Es waren schreckliche drei Wochen. Zum Frühstück und Lunch aß ich Cornflakes mit Magermilch und Obst, nur um den Tag zu überstehen, und sonst aß ich kaum etwas. Bald bekam ich Schwindelanfälle und Kopfweh, trotz der Vitamine und Mineralstoffe, die ich in mich hineinstopfte, und zum Sporttreiben war ich viel zu schwach. Und immer noch war ich mit dem Abnehmen in Verzug.

Was es noch schlimmer machte, waren die dicken Leute. Ich sah sie wieder, überall, nur hatten sie jetzt keine fröhlichen, freundlichen Gesichter mehr. »Du begehst einen schweren Fehler, Ellie«, schienen sie mir anfangs nur sagen zu wollen. Dann wurden sie allmählich böse und meiner überdrüssig. »Na schön, er hat dir geschrieben, du dumme Pute«, sagten ihre Gesichter. »Das beweist doch nicht, daß er sich in diesem Moment nicht irgendein leckeres indisches Gericht munden läßt.«

Ich ging nach Feierabend nicht mehr aus; mir fehlte die Energie. Die meiste Zeit blieb ich zu Hause, trank Mineralwasser und las Scotts Briefe, sozusagen um mir selbst zu beweisen, daß es ihn gab, glaube ich, denn weitere Briefe kamen nicht. Dann guckte ich ein bißchen Fernsehen, ging früh zu Bett und hoffte, eine Weile nicht an Essen denken zu müssen. Aber zum erstenmal in meinem Leben begann ich unter Schlaflosigkeit zu leiden, schreckte in den frühen Morgenstunden aus dem Schlaf auf und lag dann wach und hatte Hunger.

An dem Tag, als Scott zurückkommen sollte, erwachte ich gegen vier Uhr morgens und konnte nicht wieder einschlafen, da half nicht einmal Valium. Ich warf mich im Bett herum, stundenlang, wie es mir vorkam. Schließlich stand ich auf, öffnete eine Dose Mineralwasser und schaltete den

Fernseher ein. Nur waren jetzt auf sämtlichen Kanälen, die noch sendeten, alle Leute übergewichtig: die ganze dritte Garde der Nachrichtensprecher, die ausgeflippten MTV-Sänger, die Komiker in einem alten Schwarzweißfilm. Auf dem Wetterkanal konnte ich sehen, daß die Dame unter dem Faltenrock, den sie schwungvoll hin und her wirbelte, während sie auf die Tornadogebiete zeigte, zwei Schenkel so dick wie Hinterschinken versteckte. Dann wechselte das Bild, und ein dicklicher Mann mit dem freundlichen Lächeln eines Backenhörnchens erklärte mir, daß in ganz Europa die Flughäfen im Nebel lägen und Scott nie mehr nach Hause kommen würde.

Ich schaltete den Fernseher aus, zog mir ein Paar Jeans und ein T-Shirt an und ging nach draußen. Es war eine warme Juninacht, angefüllt mit allerlei Geräuschen: den Klimaanlagen und Ventilatoren der anderen Hausbewohner, dem Verkehr draußen auf dem Highway, den Flugzeugen am Himmel. Es wehte ein scharfer Wind, von dem ich mich richtig durchgeschüttelt fühlte; zudem war es diese unangenehme Stunde kurz vor Morgengrauen, in der man allerlei Formen zu sehen beginnt, aber noch keine Farben unterscheiden kann. Der Himmel war von einem fahlen Gelbgrün, aber alles andere war noch grau in grau.

Um die Pine Grove Apartments führt auf drei Seiten eine Zufahrtstraße herum, und ich war gerade in das blinde Ende eingebogen, da sah ich sie, ein Stückchen weiter, bei den Bäumen. Eine riesengroße, geschlechtslose Gestalt mit langem, strähnigem Haar kam armefuchtelnd zwischen den Bäumen hervor und langsam auf mich zu, und dahinter erschienen noch mehr zornige dicke Leute, immer mehr und immer mehr.

Ich wollte wegrennen, wußte aber, sowie ich mich umdrehte, würden sie hinter mir herjagen wie Kinder beim

Siebenmeilenstiefelspiel, und sie würden mich fangen und dann – mein Gott, ich wußte es nicht. Also ging ich nur langsam, Schrittchen für Schrittchen, rückwärts auf die Hausecke zu und wagte kaum durchzuatmen.

Immer mehr dicke Leute kamen aus dem Dämmerlicht zwischen den Bäumen hervor, zehn, zwanzig, vielleicht fünfzig, ich wußte es nicht. Ich glaubte die Frauen aus der Konditorei zu erkennen, den dicken Mann mit dem Grizzlybart – und dann merkte ich, daß ich sie auch hörte: so ein Brummen und Winseln. Ich hielt es nicht mehr aus. Ich machte kehrt und rannte, durch Schlaglöcher stolpernd, in Richtung Haustür.

Nun, ich schaffte es irgendwie bis in meine Wohnung, schlug die Tür zu, schloß zweimal ab und legte die Kette vor, dann lehnte ich mich japsend an die Wand. Da stand ich nun, Stunden, wie es mir vorkam, und horchte nach den dicken Leuten, die mir nachkamen, sich die Treppe heraufdrängten, grau und wabblig, brüllend und schluchzend, an Wände und Türen stoßend.

Dann begannen die Geräusche sich zu verändern. Nach und nach wurden aus ihnen der Luftzug im Treppenhaus, die Klimaanlage in der Wohnung unter mir, die Halb-sieben-Uhr-Maschine nach New York, ein Hund, der irgendwo in einer Wohnung bellte. Es war jetzt hell, gleich sieben Uhr. Ich schloß die Tür auf, ließ aber die Kette vorgelegt und öffnete sie vorsichtig einen Spaltbreit. Das Treppenhaus war leer.

Ich war noch immer fix und fertig, aber irgendwie schaffte ich es, mich anzuziehen, würgte ein paar Schluck Kaffee hinunter und fuhr zur Arbeit. Vorher machte ich aber noch einen kleinen Umweg bis zu der Hausecke. Zuerst wagte ich gar nicht hinzusehen, obwohl ich sicher und geborgen hinter den zugeschlossenen Türen meines Honda saß. Drüben bei den Bäumen, wo ich diese Horde dicker Leute gesehen hatte, war jetzt nichts zu sehen als ein paar große alte Spiersträucher, die vom Wind hin und her gebogen wurden.

Am Abend kam Scott und hatte zehn Pfund zugenommen. Ein paar Tage später gestand er mir, als er mir von seinen Reisen erzählte, daß die indische Küche ganz hervorragend sei, vor allem die Süßspeisen, aber mit den Frauen komme man nur schwer ins Gespräch, und so besonders schön seien sie auch nicht.

»Viele Inder sind auch richtig dick«, sagte er.

»Wirklich?« fragte ich. Ich überlegte, ob Scott vielleicht auch so ein unheimliches Erlebnis gehabt hatte wie meines, von dem ich ihm noch nichts erzählt hatte. Er sollte schließlich nicht denken, daß ich jedesmal gleich durchdrehte, wenn er mal aus der Stadt war.

»Ja, das gilt nämlich als Zeichen des Wohlstands. Man sieht sie vor allem in den großen Städten, viel mehr als bei uns in Amerika. Ich meine, hier zum Beispiel sieht man doch gar nicht so viele dicke Leute, oder?«

»Nein«, pflichtete ich ihm bei, während ich uns beiden noch ein Stück Ananastorte abschnitt. »Jedenfalls in letzter Zeit nicht.«

Am dritten Halloween

Ihr müßt zugeben, daß Halloween als Feiertag etwas Beunruhigendes hat. Ich meine, was wird da eigentlich gefeiert? Nicht die amerikanische Revolution, die Familie, Gott, das Neue Jahr, nichts dergleichen. Nichts Seriöses. Statt Flaggen und Stechpalmen oder bunten Lampions sieht man auf den Straßen seltsame Zwergengestalten, Ungeheuer und Hexen und Tiere, die auf zwei Beinen laufen. Nun könntet ihr sagen: »Ach, das sind doch nur unsere und anderer Leute Kinder.« Aber woher wißt ihr das so genau?

Im alten Rom, wo meines Wissens alles anfing, nannte man es den Tag der Toten. Die kehrten alljährlich wieder, aber weder in guter Verfassung noch in guter Stimmung. Die Toten waren desorientiert und destruktiv, wie Alzheimerkranke im letzten Stadium. Sie kamen bei Sonnenuntergang aus ihren Grüften hervorgekrochen, schlichen in ihren langen, verrotteten Grabgewändern durch die Straßen und führten unverständliche Reden auf lateinisch. Steht so bei Shakespeare: »Verhüllte Tote schrien und wimmerten die röm'schen Gassen durch.« Die Leute stellten ihnen Schälchen mit Speisen und Getränken vor die Tür und verbarrikadierten sich in ihren Häusern, was wahrscheinlich auch ratsam war.

Ich habe nicht viel übrig für Halloween, jedenfalls seit dieser Sache mit Marguerite Robbins, einer Bekannten von mir. Sie wohnte in Corinth im Haus neben uns, als unsere Kinder noch klein waren, in so einem Geviert aus primitiven Holzhäusern, die alle zu dicht beieinander standen. Innen waren sie aber ganz geräumig und hatten große alte Küchen und breite Veranden. Ich war mit einigen der anderen jungen Mütter aus diesem Viertel recht gut befreundet, sie waren für mich so etwas wie Familie, vielleicht sogar besser als Familie.

Auf Marguerite traf das nicht zu. Aber ihr Jamie war mit unserem Joel in einem Alter, und sie waren die besten Freunde, so daß wir uns praktisch täglich sahen. Wir kamen ganz gut miteinander aus, aber ich fühlte mich in ihrer Nähe immer ein bißchen zu groß geraten und plump. Sie war so zierlich und hübsch: blaßblond, rundes Babygesicht und kurze Finger, wie eine teure Puppe. Ihre Fingernägel waren wie kleine, perfekt polierte Muscheln; bei der Hausarbeit trug sie Gummihandschuhe und schon beim Frühstück Make-up: pastellrosa Lippenstift und pastellblauen Lidschatten.

Neben ihr kam ich mir auch laut vor. Sie hatte so eine kühle, zurückhaltende Art, für die mir immer nur Bezeichnungen wie »angenehm« oder »freundlich« einfielen. Sie redete nie viel, hob nie die Stimme und mochte es nicht, wenn andere das taten. Wenn ich mal einen Wutanfall kriegte, weil Joel wieder ins Bett gemacht hatte oder die Waschmaschine verstopft war, sagte sie nur leise: »Zu schlimm aber auch«, und ging buchstäblich auf Abstand, wie wenn eine Welle am Strand ihre Ladung Seetang zu dicht bei ihr angelandet hätte.

Wie dem auch sei. Das Unheimliche begann jedenfalls mit dem ersten Halloween, das die Robbins hier erlebten, etwa einen Monat nach ihrem Einzug. Alle älteren Kinder aus unserem Viertel waren unterwegs, um mit ihrem »Gib-uns-was-sonst-erlebst-du-was« von den Nachbarn Leckereien zu erpressen, aber Jamie und Joel waren dafür noch zu klein. Marguerites Mann mußte zu einer Sitzung, und sie fragte mich, ob ich ihr Gesellschaft leisten wolle. Dem Klang ihrer

Stimme entnahm ich, daß sie im Geiste schon halbwüchsige Rabauken vor sich sah, die ihr die Fensterscheiben einwerfen oder sie mit roter Farbe bespritzen würden, wenn sie die Tür öffnete. Ich sagte ihr, daß so etwas in dieser Gegend noch nie vorgekommen sei, aber sehr überzeugt schien sie nicht zu sein.

Also bat ich Fred, für mich die Stellung zu halten, und begab mich hinüber in Marguerites frühamerikanisches Wohnzimmer aus Ahorn und Chintz, das mich immer an das Behandlungszimmer unseres Zahnarztes erinnerte. Sie hatte auf dem Tischchen neben der Tür einen großen Korb mit Äpfeln – Golden Delicious – und Schächtelchen mit Rosinen bereitstehen. Meine Wahl wäre das nicht gewesen; sehen wir es doch, wie es ist: Kinder wollen Süßigkeiten.

Anfangs klingelten so viele Mummen auf einmal, daß wir kaum zu unserem Kaffee kamen, aber dann wurde es ruhiger, und ich dachte ans Heimgehen.

Da klingelte es wieder. Vielleicht war es ja jemand, den ich kannte, darum erhob ich mich schwerfällig, obwohl ich im achten Monat schwanger war und mir manchmal vorkam wie ein Waschfaß auf Rädern. Es waren vier oder fünf Kinder: eine süße kleine Piratin, eine Mickymaus und ein paar Tramps mit aufgemalten Schnurrbärten und schwarzen Augenbrauen, aber keiner dabei, den ich erkannt hätte.

Marguerite verteilte ihr Gesundheitsfutter und machte die Tür zu, dann drehte sie sich um und fragte mich mit gequetschter Stimme: »Ruthie, wer war das Mädchen in dem Häschenkostüm?«

Ich sagte, ich hätte keines gesehen.

»Hinter den anderen. Es trug so einen Häschenanzug mit langen Füßen und einer weißen Maske.«

Ich schüttelte den Kopf.

»Du mußt sie doch gesehen haben«, sagte Marguerite beschwörend. »Etwa fünf Jahre alt, und sie hatte als Sack für die Süßigkeiten einen zerknüllten weißen Kissenbezug.«

»Nein. Tut mir leid.«

Marguerite bedachte mich mit einem Blick, der nur heißen konnte, daß ich anscheinend dumm und blind war. Dann ging sie ins Wohnzimmer zurück und schenkte sich noch einen Kaffee ein, ohne auch mir einen anzubieten, was für sie wirklich ungewöhnlich war.

»Es ist ja nur...«, sagte sie, wobei sie die Tasse in beiden Puppenhänden hielt und nicht zu mir sah, sondern zum Fenster hinaus in den Lichterschein aus ihrer Kürbislaterne auf dem Verandageländer. »Weißt du, als ich ein Kind war – da ist die kleine Schwester eines Mädchens, das ich kannte, an Halloween von einem Auto überfahren worden, und die hatte genau so ein Kostüm an. Darum hat mich das jetzt so gepackt.«

»Ach so, ja, natürlich«, pflichtete ich ihr bei. »So was Schreckliches aber auch!«

»Ich war ja nicht unmittelbar betroffen«, sagte Marguerite. »Ich kannte das Kind nur vom Sehen. Aber es war eben doch schlimm. Noch einen Kaffee?«

»Danke, nein.« Ich verströmte Mitgefühl wie ein glühender Heizofen. »Es ist immer furchtbar, wenn einem Kind etwas zustößt, auch wenn man es kaum kennt. Letzten Sommer war doch gegenüber dieser kleine Junge zu Besuch, und einmal ist er von seinem Dreirad gefallen und hat sich den Kopf aufgeschlagen. Während ich noch hinrannte, packte mich die absolute Panik – und dabei war es gar nicht so schlimm, denn er ist ja gleich wieder aufgestanden. Aber er hat so gebrüllt, und sein ganzes Gesicht war blutüberströmt, obwohl es am Ende nur mit zwei Stichen genäht werden mußte. Ich kriegte kaum noch Luft, so sehr war ich...«

»Ja, ich weiß, das hast du mir schon erzählt«, unterbrach mich Marguerite.

»Ach ja? Entschuldigung.« Ich verstummte.

»Glen müßte bald nach Hause kommen«, fuhr sie fort, und dann unterdrückte sie wohlerzogen ein Gähnen. Sie öffnete nicht den hübschen, rosaroten Mund, aber ihr ganzes Gesicht wurde auf so eine unübersehbare Weise lang und länger. Ich verstand den Wink und ging.

Nun, die Zeit verging, und ich hatte die Geschichte bald schon wieder so gut wie vergessen. Wegen der Kinder sah ich Marguerite oft, aber sympathischer war sie mir noch immer nicht geworden. Vielleicht lag es an ihren affigen Manieren, vielleicht hatte es mit ihrer Einstellung gegenüber lokalen Anliegen zu tun. Ihr wißt ja, wie das ist: Irgendwer will immer einen Flohmarkt für die Pfadfinderinnen organisieren oder für den Herzfonds sammeln oder fragt einen, ob man mit einer Unterschriftenliste für den Wildtierschutz von Tür zu Tür laufen möchte. Für gewöhnlich machten die meisten von uns bei so etwas mit, nicht aber Marguerite.

Was mich richtig erboste, war diese kühle, blasierte Art, mit der sie immer ablehnte. Zum Beispiel veranstaltete Joels und Jamies Kindergarten einmal eine Tombola zur Finanzierung eines neuen Klettergerüsts, und ich forderte Marguerite auf, ein paar Lose zu kaufen. Sie kosteten nur einen Dollar, und dafür konnte man ein Wochenende in New York und alle möglichen anderen Preise gewinnen. Wenn ich es gewesen wäre, die da nicht ein paar Dollar hätte herausrücken können, ich hätte mich vor Entschuldigungen förmlich überschlagen. Aber Marguerite sagte nur höflich: »Nein danke, Ruthie«, als hätte ich ihr Brötchen von gestern angeboten.

Als es wieder Halloween wurde und Joel und Jamie vier waren, alt genug, um auf die Mummentour zu gehen, erbot ich mich, sie zu begleiten. Jamie war ein Clown, Joel hatte sich in den Kopf gesetzt, als Kleiner Bär zu gehen; ich mußte in drei Geschäfte rennen, um den falschen Pelz zu finden, aber ich darf sagen, daß er hinreißend aussah. Marguerite kam nicht mit; ihr Mann war zwar zu Hause, aber er hatte einen Bericht zu schreiben und durfte dabei nicht gestört werden – sagte sie jedenfalls.

Aber am nächsten Morgen, nachdem Joel und Jamie gerade zum Kindergarten gegangen waren, klopfte es an der Hintertür, und da stand Maguerite. Was an sich schon komisch war, denn normalerweise rief sie vorher an, um zu fragen, ob es »recht« sei, wenn sie mal rüberkäme.

»Nanu«, sagte ich. »Komm rein.«

Marguerite machte einen Schritt vorwärts, dann blieb sie, ein einziges Häufchen Elend, in der Tür stehen. »Ich wollte dir noch einmal danken«, sagte sie, »daß du Jamie gestern abend mitgenommen hast. Er war richtig...« Sie machte wieder einen Schritt und blieb erneut wie angewurzelt stehen.

»Nichts zu danken, es hat Spaß gemacht. Er ist ein lieber Junge«, sagte ich, und das stimmte auch. »Komm, trink einen Kaffee mit mir.« Ich zog einen Stuhl heraus, und sie nahm verlegen auf der Kante Platz.

Soeben begann der Wasserkessel zu pfeifen, und Fred kam hinter ihr ins Zimmer und rief: »Häschen!« – was Glück bringen sollte, denn es war der Erste des Monats. Das ist bei uns eine Familiensitte, die auf unser erstes Kennenlernen zurückgeht. Bis dahin hatte ich von diesem Brauch noch nie gehört, und als ich zum erstenmal in Freds Schlafzimmer aufwachte, sah ich ihn im Bademantel am offenen Fenster stehen, und er rief: »Häschen!« – »Wo?« rief ich, sprang nackt aus dem Bett und lief ans Fenster, um hinauszusehen, und da stand ich praktisch Auge in Auge und Brust an Brust mit zwei jungen Burschen, die draußen Frisbee spielten. Ich hatte am Abend vorher nicht gemerkt, daß dieses Haus, in dem er wohnte, an einem Hang stand, wie so ziemlich alles in Corinth.

Nun ja. Meine Schreckreaktion damals in Freds Schlafzimmer war jedenfalls nicht zu vergleichen mit der von Marguerite. Sie sah aus, als müßte sie sich jeden Moment übergeben, die Tasse glitt ihr aus der Hand, und der Kaffee spritzte über den ganzen Tisch.

»Oh, das tut mir aber schrecklich leid!« quiekte sie, und dann sprach sie kein Wort mehr, bis Fred seinen Orangensaft hinuntergekippt und zu seinem Frühsport das Haus verlassen hatte.

Dann beugte sie sich zu mir vor und gestand mir, sozusagen in lautem Flüsterton: »Ich habe es wiedergesehen, Ruthie. Dasselbe kleine Mädchen, das letztes Jahr schon da war.«

»Mädchen?« fragte ich. Dann fiel es mir wieder ein. »Du meinst, das mit dem Häschenkostüm, das dich an irgendein Kind erinnerte, das du mal gekannt hast.«

»Ja. Hast du es auch gesehen?«

»Nein, tut mir leid. Aber wir waren ja auch nicht lange unterwegs.«

»Sie ist wiedergekommen«, verkündete Marguerite im Ton einer Katastrophenmeldung in den Fernsehnachrichten.

»Ach ja?« Ich war da skeptisch. »Bist du sicher, daß es dasselbe Mädchen war? Ich meine, es müssen gestern abend viele kleine Kinder in Häschenkostümen herumgelaufen sein. Außerdem weißt du doch, daß die meisten Kinder nicht zwei Jahre hintereinander dasselbe Kostüm tragen wollen. Du erinnerst dich sicher an dieses Feengewand mit den Gazeflügeln, das Josie letztes Jahr für Mary Lou gemacht hat, extra eine Nummer zu groß, damit sie es dieses Jahr noch einmal anziehen konnte, nur daß Mary Lou inzwischen nicht mehr an Feen glaubt und jetzt als Astronautin gehen mußte...« In diesem Moment sah ich Marguerites Gesicht und verstummte.

»Es war dasselbe kleine Mädchen«, sagte sie, während sie die Papierserviette, die ich ihr gegeben hatte, zu einer dünnen Wurst zusammendrehte. »Auch mit demselben alten Kissenbezug. Und das linke Ohr der Häschenmaske war abgeknickt, und dann diese Augen, die mich durch die Löcher ansahen...«

»Vielleicht hast du ja nur geglaubt, daß sie es ist«, sagte ich begütigend. Mir war der Gedanke gekommen, daß Marguerite, als sie diesen Unfall gesehen hatte, ein Kindheitstrauma davongetragen haben konnte und jedes Häschenkostüm sie seitdem daran erinnerte. »Nur weil du damals gesehen hast, wie dieses Kind von einem Auto angefahren wurde.«

»Totgefahren«, sagte Marguerite. »Sie war tot.« Jetzt drehte sie der Papierserviette den Hals um. »Ich war dabei.«

Das hast du mir letztes Jahr anders erzählt, wollte ich schon sagen, schluckte es aber mit Mühe hinunter.

»Ich hatte natürlich nicht direkt etwas damit zu tun. Ich war nur mit ihrer älteren Schwester unterwegs, um die Nachbarschaft abzuklappern«, fuhr Marguerite schließlich fort. »Die Mutter meiner Freundin hatte gesagt, wir sollten Kelly mitnehmen. Nur einmal um den Häuserblock, dann sollte sie wieder heim, aber sie wollte nicht. Annie hat sie zur Tür geschubst, aber da ist sie stehengeblieben und hat geheult, das sei ungerecht, weil wir jetzt viel mehr Süßigkeiten kriegten.

Wir haben sie einfach stehenlassen, aber dann ist Kelly uns nachgelaufen. ›Wartet auf mich, wartet auf mich!‹ hat sie dabei immerzu gerufen, und wir haben zurückgerufen: ›Scher dich nach Hause, du blödes Baby!‹

Schließlich sind wir einfach losgerannt, nur weg von ihr.

An der Ecke sind wir über die North Avenue gelaufen, und Kelly hinterher. Nur konnte sie nicht so schnell laufen wie wir und durch ihre Häschenmaske auch nicht gut sehen, und da ist eine alte Dame in einem Buick um die Ecke gebogen und hat sie überfahren.«

»O Gott«, sagte ich. »Und das hast du mit angesehen? Das ist ja entsetzlich.«

»Ich habe nicht direkt gesehen, wie das Auto sie überfuhr. Aber gehört habe ich's. Zuerst dieses Quietschen, das waren die Bremsen, und dann schrie jemand. Aber es war nicht Kelly, die da schrie, es war die Autofahrerin. Kelly lag nur auf dem Pflaster, genau unter einer Straßenlaterne, das Häschengesicht zur Seite gedreht, und rührte sich nicht. Nur ihr Kissenbezug war aufgegangen, und überall kullerten die Kekse und Schokoriegel herum.«

»Mein Gott«, sagte ich. »Kein Wunder, daß du ausflippst, wenn einer ›Häschen!‹ ruft. Nachdem meine Tante mal das Heizöfchen angelassen hat und ihr Sommerhaus fast völlig abgebrannt ist, mit ihr darin, brauchte sie, wie sie sagt, die nächsten zwanzig Jahre nur Holzrauch zu riechen...« Ich unterbrach mich. »Oh, entschuldige. Ich meine, es ist doch klar, daß dich das mitgenommen hat.«

»Es hat mich nicht direkt mitgenommen«, sagte Marguerite. »Schließlich war ich ja nicht schuld daran. Natürlich war ich damals ziemlich verstört, aber das habe ich überwunden.« Sie holte Luft und lächelte wie jemand, der Zahnschmerzen hat.

»Hm«, machte ich und verkniff es mir mit einiger Mühe, ihr zu widersprechen. »Für die Familie war es ja wohl schlimmer.«

»O ja. Es hat mehr oder weniger ihr Leben ruiniert.«

»Kann ich mir vorstellen.«

»Und das der Autofahrerin auch. Sie wurde vor Gericht

zwar freigesprochen, aber sie hat den Buick verkauft und ihren Führerschein zurückgegeben, weil sie sich trotzdem schuldig fühlte, obwohl es eigentlich niemandes Schuld gewesen war. Dann hat sie noch versucht, Kellys Familie Geld zu geben, ziemlich viel Geld, aber sie waren so böse, daß sie es nicht angenommen haben.«

»Ach nein?« meinte ich, doch als ich hinterher noch einmal darüber nachdachte, wunderte es mich nicht mehr so sehr.

»Ja, das war merkwürdig. Aber etwa zehn Jahre später ist sie gestorben und hat es ihnen dann doch vermacht. Nur waren Annies Eltern inzwischen geschieden, und Annie war in einem Rehabilitationszentrum für Drogenabhängige. Und den Angehörigen der alten Dame selbst gefiel das natürlich überhaupt nicht. Sie haben versucht, das Testament anzufechten.« Marguerite lächelte wieder, diesmal ihr normales, süßes Lächeln.

»Das ist ja eine ziemlich traurige Geschichte«, meinte ich.

»Ja, das kann man sagen«, pflichtete Marguerite mir bei. Sie schien wieder ganz sie selbst zu sein – abgesehen von ihrer Bluse, die noch immer falsch geknöpft war. »Na, dann sollte ich jetzt mal gehen. Danke für den Kaffee.«

Ich blieb noch eine Weile sitzen, nachdem sie fort war. Mir war der Gedanke gekommen, daß sie sich wahrscheinlich einbildete, an Halloween den Geist dieses überfahrenen Mädchens zu sehen, und das hatte mich auf eine Idee gebracht. Wenn ich das wirkliche Kind finden könnte, das gestern abend dieses Häschenkostüm getragen hatte, würde Marguerite über ihre Wahnvorstellungen hinwegkommen.

Im Lauf der nächsten Tage befragte ich fast alle Leute in der Nachbarschaft, doch dabei kam nur heraus, daß niemand ein Häschenkostüm gesehen hatte. Das Kind, so meine Schlußfolgerung, mußte also von woandersher mit dem

Auto gebracht worden sein, wie man es manchmal von den Leuten aus den Sozialsiedlungen hörte. Sie verkleideten ihre Kinder und brachten sie in einen Teil der Stadt, wo sie teure Süßigkeiten und vielleicht sogar Geld sammeln konnten. Natürlich wäre der Teil Corinths, der auf der anderen Seite des Campus lag, dafür geeigneter gewesen, aber das hatte derjenige, der den Wagen fuhr, wohl erst gemerkt, nachdem die Kinder schon bei Marguerite gewesen waren und von ihr mit Äpfeln und Rosinen beschenkt worden waren.

Danach vergaß ich das Ganze erst einmal. Ich hatte ein Kind von einem Jahr und eins von vier Jahren, versuchte dabei immer noch halbtags zu arbeiten und schlief die meiste Zeit im Stehen. Marguerite schien es wieder gutzugehen, aber allmählich hatte ich die Nase voll von ihr. Wir wohnten jetzt schon über zwei Jahre nebeneinander, doch seit diesem einen Mal hatte sie nie wieder über etwas Persönliches gesprochen. Wenn man sie fragte, wer ihr bei der Gemeinderatswahl am besten gefiel oder ob sie früher im Kindergarten glücklich gewesen sei, lächelte sie einen nur kühl und freundlich an und sagte: »Darüber habe ich noch gar nicht nachgedacht« oder: »Daran kann ich mich wirklich nicht mehr erinnern.« Und allmählich fiel mir auch auf, daß sie immer etwas weniger als ihren Teil tat, wenn es die Kinder zu hüten galt oder sie irgendwohin gefahren werden mußten – Fred und andere behaupteten das schon seit einiger Zeit.

Die meisten anderen Mütter in unserem Viertel ließen inzwischen gar kein gutes Haar mehr an Marguerite, vor allem Josie, meine beste Freundin von gegenüber, die ihr nie verzieh, daß sie bei der Kampagne gegen die Müllverbrennungsanlage nicht mitgemacht hatte. Marguerite hatte gemeint, bis diese Anlage gebaut sei, würden die meisten von uns sowieso schon lange weggezogen sein. Wenn man Josie kennt, weiß man, daß dies die schlechteste Ausrede war, die sich jemand hätte einfallen lassen können.

Am allermeisten mißfiel mir, daß Josie und die anderen mehr oder weniger so taten, als wäre ich für Marguerite verantwortlich. »Willst du mal hören, was deine Freundin jetzt wieder angestellt hat?« fragten sie. »Sie ist nicht meine Freundin«, hätte ich darauf am liebsten geantwortet, hörte mich statt dessen aber Entschuldigungen für Marguerite vorbringen und alles auf ihren Mann oder die Migräne schieben, die sie oft hatte.

Jedenfalls wurde es wieder Halloween – unser letztes in Corinth, aber das wußten wir da noch nicht. Joel und Jamie waren fünf, noch immer zu jung, um allein loszuziehen. Es war diesmal an Marguerite, sie zu begleiten, und ausnahmsweise hatte ihr Mann sich bereit erklärt, an der Tür die Geschenke auszuteilen. Marguerite fragte, ob ich mitkommen wolle, und ich sagte ja. Ich wußte, daß es Joel sehr recht wäre, und dachte, daß Marguerite wegen ihrer Häschenphantasien vielleicht ein bißchen Angst davor hatte, so allein unterwegs zu sein.

Es war ein unangenehmer Abend: kalt und naß; der Regen tropfte durch die kahlen Bäume, und von den Straßen stieg ein grünlich-grauer Nebel auf. Joel war als roter Dinosaurier verkleidet – das war vielleicht eine Arbeit gewesen! –, und Jamie ging als eine Art Weltraumungeheuer. Beide fanden sich ziemlich furchterregend, knurrten jeden an, dem wir begegneten, und wollten um keinen Preis ihre Regencapes überziehen. Sie wollten auch nicht, daß wir sie bis an die Haustüren begleiteten – wir sollten draußen auf der Straße warten und uns außerhalb des Lichterscheins unter unseren Regenschirmen verstecken.

Als wir schon halb um den Häuserblock herum und wieder auf dem Heimweg waren, schaute ich zufällig einmal die Straße hinunter und sah, vielleicht zehn Meter weiter, ein Rudel Kinder die Straße überqueren. Das kleinste von ihnen, das sich ein wenig hinter den anderen hielt, trug ein Häschenkostüm.

Das war der Moment, in dem ich meinen ersten schlimmen Fehler machte. Ich sagte zu Marguerite: »Guck mal, da ist ein Kind in dem Häschenkostüm, genau so eines, wie du letztes Jahr gesehen hast.«

Sie wurde ganz blaß und komisch. »Wo?« fragte sie mit quäkender Stimme und starrte um sich wie jemand, der eine Explosion gehört hat und nur nicht weiß, aus welcher Richtung sie kam.

Ich zeigte die Straße hinunter. Das Kind war an der gegenüberliegenden Ecke stehengeblieben und schaute zu uns zurück. Es hob die Hand, wie um zu winken, vielleicht wollte es aber auch nur den Kissenbezug, den es mit herumschleppte, besser zu fassen bekommen, und dann rannte es, um die anderen einzuholen.

»Ich muß doch sehen – hast du was dagegen? Ich bin gleich zurück«, sagte Marguerite.

»Klar, geh nur«, sagte ich, denn ich dachte, Marguerite würde jetzt endlich feststellen, wer das Kind war, und von da an nicht mehr jedesmal Zustände bekommen, wenn sie ein Häschen sah.

Marguerite sagte nicht einmal danke. Sie eilte schon die nasse Straße hinunter, rannte ein paar Meter auf diesen hohen Absätzen, die sie immer trug, ging ein paar Meter im Schritt und rannte dann wieder.

»Warte auf mich!« rief sie. Aber das Häschen war jetzt nur noch ein verschwommener weißer Klecks am Ende des nächsten Häuserblocks, und es blieb nicht stehen; vielleicht hatte es sie nicht einmal gehört.

Ich blieb ein paar Sekunden stehen, wo ich stand, obwohl

Joel und Jamie schon an mir zerrten und zum nächsten Haus wollten. Ich sah Marguerites hellen Mantel und ihr noch helleres Haar kurz aufleuchten und wieder verschwinden, wenn sie durch die diesigen Lichtkegel der Straßenlaternen lief, immer kleiner, immer weiter fort. Hast mir mal wieder deine Arbeit aufgebürdet, dachte ich. Dann bog sie um eine Ecke, und das war das letzte, was ich je von ihr gesehen habe.

Wir machten unsere Tour zu Ende, und Marguerite war noch immer nicht zurück. Ich lieferte Jamie zu Hause ab und sagte zu Glen, Marguerite sei noch kurz einem Kind nachgelaufen, das sie zu kennen glaubte, und er sagte: »Ja, schon gut.«

Aber später zu Hause, als Joel seine Beute auf dem Tisch ausbreitete, kam mir der Gedanke, daß ich vielleicht doch noch einmal hinausgehen und nach Marguerite sehen sollte. Ich fing sogar schon an, meinen Regenmantel wieder anzuziehen.

Wenn es um eine meiner richtigen Freundinnen gegangen wäre, hätte ich wohl keine Sekunde nachgedacht. So aber zögerte ich und sagte mir: Was soll's? Ob sie das Kind im Häschenkostüm nun eingeholt hat oder nicht, sie muß bald wieder zurück sein. Und wenn du sie findest, wird sie dich mit diesem höflichen Blick ansehen, der ihre Spezialität ist – was machst du denn hier, warum steckst du deine Nase in meine Angelegenheiten? würde ihr Blick besagen. Wie schon so oft.

So denke ich heute nicht mehr. Ich glaube jetzt, daß Frauen für Frauen Verantwortung übernehmen sollten, auch für solche, die sie nicht besonders mögen. Und ich glaube, wenn ich mich wirklich auf die Suche nach Marguerite gemacht hätte, wäre es vielleicht nicht zu spät gewesen.

Niemand hatte den Unfall gehört. Er hatte sich sowieso vier lange Häuserblocks weiter an der Hauptstraße ereignet. Der Kerl, der sie überfahren hatte, behauptete, Marguerite sei ihm einfach vor sein altes Buick-Kabrio gelaufen, aber das glaubte ihm keiner, weil er schon zweimal wegen Trunkenheit am Steuer vorbestraft war, und so bekam er sechs Monate und verlor seinen Führerschein. Mir tat er ein bißchen leid, aber ich sagte nichts dazu.

Manchmal denke ich noch daran. Ich sage mir, daß es an diesem Abend in Corinth wahrscheinlich von Häschenkostümen nur so wimmelte und daß viele Leute ihren Kindern alte Kissenbezüge mitgaben, in denen sie ihre Süßgkeiten einsammeln konnten. Ich versuche zu glauben, daß ich mir nur eingebildet habe, an der Häschenmaske sei ein Ohr abgeknickt gewesen; oder falls es wirklich so war, sei das ja auch nichts weiter Aufregendes.

Aber das ist nicht das schlimmste. Das schlimmste ist, daß ich manchmal überzeugt bin, sie sei noch immer da draußen, und irgendwann würde ich sie wiedersehen. Nein, nicht das kleine Mädchen in dem Häschenkostüm: Marguerite. Ich werde den Gedanken nicht los, daß ich irgendwann an Halloween, wenn ich an den kleinen Hexen und Clowns und Astronauten auf unserer Veranda vorbeischaue, Marguerite dort sehen werde – sie steht ein Stückchen weiter hinten, in ihrem hellen Regenmantel unter einem kohlrabenschwarzen Schirm, und wartet auf mich.

Die doppelte Dichterin

September

Nach über zwei Wochen fühle ich mich hier noch immer nicht zu Hause. Ich hatte mich auf dieses Jahr als Autorin auf dem Campus überhaupt nur eingelassen, weil die Landschaft im College-Prospekt so lieblich und überirdisch wirkte wie mein geliebter Silberteich auf Cape Cod. Der Prospekt log. Ich bin hier umzingelt von Einkaufszentren und Lego-Wohnheimen, bewohne selbst so eine Pappschachtel in einem dieser Wohnkomplexe. Ich glaube, ich *leide* an einem Wohnkomplex, schon seit ich hier bin. Klaustrophobie: drei enge, düstere Zimmerchen. Paranoia: Der Wasserhahn in der Küchenecke tropft so unentwegt, als wäre er eigens zu meiner Folter da. Halluzinationen: Aus den umliegenden Wohnungen quillt ein fast sichtbarer Schleim von häßlichen Stimmen und noch häßlicherer Musik durch die Wände. Kein Wunder, daß ich kaum noch eine Zeile zu Papier bringe.

Immerhin ist die Landschaft ganz nett. Es fehlt ihr an Zartheit, Feinheit, aber sie ist abwechslungsreich und fruchtbar – bucklige Felder gleich schlafenden Tieren, bedeckt mit einem blonden Pelz von reifendem Heu und Korn. Man kann sich fast einbilden, sie atmen zu sehen.

Meine Hörer habe ich inzwischen schon kennengelernt, bisher noch eine undifferenzierte Masse, aber vielleicht sind ja doch ein paar interessante, wenn auch noch ungeformte Menschenwesen darunter. Und ich weiß, wie dankbar sie für eine Lehrerin sein werden, die Poesie zu zelebrieren versteht, statt sie zu zerpflücken, bis von einem prächtigen saumlosen Gewand nur noch Lumpen und Fetzen übrig sind. Freue mich auch darauf, die anderen Autoren kennenzulernen, die hier lehren, mich vielleicht mit ihnen zusammenzutun. Und bereue allmählich die sieben Lesungen in sechs Städten, die ich mir von Bryan Wood, meinem neuen Agenten für Lesereisen, für dieses Jahr habe aufschwatzen lassen. Werden sie das Band, das ich so ganz allmählich zu diesem Ort knüpfe, nicht überdehnen und mich körperlich und seelisch ermüden?

Aber mag ich auch noch so müde sein, es ist immer wieder aufregend, wenn meine Energien sich ballen und zu strömen beginnen, sobald ich dieses »Wir begrüßen Karo McKay« höre und der zaghafte Applaus langsam anschwillt und wieder zu andächtiger Stille verstummt, während ich in meinem langen Kleid nach vorn schwebe, und dann habe ich sie alle vor mir, verzückte Gesichter, die sich wie Blumen zum Licht wenden – warten, begehren, brauchen, was ich ihnen bringe.

Denn ich biete die Gewähr für ihre persönliche Erfahrung – Erfahrung vor allem der sinnlichen Welt. Meine Worte, meine Stimme geben ihnen Gelegenheit zu sehen, hören, tasten, riechen, fühlen, oder, wie man das einmal auszudrükken pflegte, hier und jetzt zu sein, sich nicht vor dem Leben zu verschließen mit kläglich verlegenem Zaudern.

Was auch ich früher tat. Wie weit scheinen sie jetzt zurückzuliegen, meine ersten linkischen, ängstlichen Lesungen vor winzigem Publikum – damals, als ich nur Carrie Martin war. Als ich von nichts eine Ahnung hatte, keinen Lohn erwartete, kaum zu träumen wagte von dem, was kommen sollte. In stumpf-schwarzer Beatnik-Aufmachung, ärmellosem Trikot und Ballerinaröckchen haspelte ich mich durch einen zitternden Stoß beschriebener Blätter. Ich war so ahnungslos, daß ich meine Gedichte nicht einmal auswendig lernte, nicht wußte, wie ich meine Texte, meine Stimme, mich selbst rüberbringen sollte.

Ich hatte damals noch nicht begriffen, daß Dichter sowohl Schöpfer als auch Interpreten sind, sein müssen. Die, deren Werke, mögen sie noch so originell und tiefempfunden sein, hauptsächlich an das bedruckte Papier hingesprochen werden, sind nur halbe Dichter. Sie wollen oder können sich nicht wahr und lebensecht *Gehör* verschaffen, sie lesen ausdruckslos, schlecht und selten, manchmal gar nicht. Ihre Gedichte sind nur halbe Gedichte.

Bryan W. hat sich als sehr nützlich erwiesen, nicht nur beim Aushandeln höherer Honorare, was man ja mit Anstand nicht selbst machen kann, sondern auch beim Organisieren der Details. Er hat dafür gesorgt, daß ich nie vor neun Uhr geweckt werde, daß ich nach meiner Ankunft immer eine Stunde für mich habe, um auszuruhen und Energien zu tanken, und daß auf dem Podium statt Leitungswasser eine gekühlte Flasche Perrier steht. Ich hatte bei diesen Forderungen mit Schwierigkeiten gerechnet, aber Bryan versichert mir, seine Klienten glaubten im Gegenteil nur zu gern, daß Schriftsteller nun einmal besondere Bedürfnisse hätten und auf ihre Umwelt sensibler reagierten. Was wohl auch stimmt.

Ich glaube, ich werde wieder das mitternachtblaue Cape tragen – es fällt so schön – und abwechselnd das weiße Spitzenkleid und das neue seegrüne aus Seide, in dem ich, wie der Interviewer in Washington fand, aussehe wie eine klassische Sibylle. Passende Schuhe brauche ich noch – vielleicht ebenfalls grüne Seide, nur etwas dunkler? Muß mir neues Valium verschreiben lassen, ich habe bei diesem vermaledeiten Umzug zuviel davon verbraucht. Und das Tonband muß ich noch mal neu machen: Dieses Meeresrauschen sollte am Ende allmählicher verklingen, und ich brauche etwas, was zu »Ferne Freuden« paßt – mehr Satie? Vogelgesang?

Vier Wochen jetzt. Drückende Hitze, und dieses drückende, heiße Binnenland wird mir langsam über. Selbst draußen auf dem Land fühle ich mich eingeengt von der schalen, lastenden Luft, den schwer beladenen Bäumen, dem dichten Gestrüpp, dem Wissen, hundert Meilen weit fort zu sein von meinem funkelnden, stets sich wandelnden Meer.

Heute abend hat Janey angerufen. Sie wollte sich für Tom, ihren Derzeitigen, entschuldigen, der vorige Woche zu einer Besprechung in Oakland gewesen sei und mich in seinem Hotel gesehen habe, nur habe er nicht die Zeit gehabt, kurz zu mir rüberzukommen und ein paar Worte mit mir zu wechseln, und nun hoffe er, daß ich nicht »sauer« sei. (Welch ein häßliches, unpassendes Wort – ich kann mitunter verstimmt sein, sogar böse, aber gewiß nie »sauer«.) Ich sagte zu Janey, da gebe es nichts zu entschuldigen, denn das sei gar nicht ich gewesen.

»Du willst Tom letzte Woche in Oakland nicht einmal gesehen haben, Mama?«

»Nein, mein Kind. Überhaupt war ich, soviel ich weiß, mein Lebtag noch nie in Oakland.«

»Wirklich nicht? Tom war ganz sicher, daß du es warst. Er sagt, du hättest direkt zu ihm hergeguckt und gelächelt.«

»Es mag ja jemand direkt zu ihm hergeguckt haben, aber das war nicht ich.«

»Dann mußt du eine Doppelgängerin haben, Mama«, sagte Janey lachend. »Es heißt ja, jeder Mensch hat irgendwo auf der Welt einen Doppelgänger.«

Ich lachte nicht. Vielmehr schauderte es mich ein wenig – warum? Der Gedanke hat etwas Unerfreuliches, daß jeder einen Doppelgänger hat, wenn es denn stimmt – was ich in meinem Fall bezweifle, obwohl man ja oft Leuten begegnet, die wie von der Stange wirken.

Oder rührte der Schauder von der Erkenntnis her, daß meine wunderbare Janey mit einem dieser wirrköpfigen Sterblichen zusammenlebte, die einfach die Welt nicht klar sehen konnten? Die buchstäblich eine Eiche nicht von einer Ulme zu unterscheiden vermochten, oder eine Gans von einem Schwan, für die jede Frau in den Vierzigern, die dichtes, weich fallendes dunkles Haar, weit auseinanderstehende haselnußbraune Augen und ein längliches, blasses, auffallendes Gesicht hatte, sogleich in das Raster »Karo McKay/Janeys Mutter« fiel?

Die Idee der Verdoppelung. In der Dichtung kann sie schön und befriedigend sein: Refrain, Villanelle, besonders wenn die Zeile bei jeder Wiederkehr eine etwas andere Bedeutung hat. Im Leben? Zwillinge, Spiegelbilder – es wäre mir schrecklich, ein Zwilling zu sein, allerdings hat Janey sich das als Kind einmal gewünscht. Da hätte sie Gesellschaft, meinte sie.

Das Double im Film, das in Körperszenen einspringen muß für die sittenstrenge Schauspielerin oder eine, deren Körper nicht ganz makellos ist. Oder das bei der Stellprobe den Schauspieler vertritt, damit er sich nicht die Beine in den Bauch steht, bis die Kameras laufen. Es wäre praktisch, so ein Double zu haben, das bei den lästigen Nebenverpflichtungen, die mit jeder Lesung einhergehen, aber nicht im Vertrag stehen, meine Stelle einnähme; jemanden, der nett zu den aufgeregten Studentinnen ist, die einen vom Flugplatz abholen, oder der auf langen Empfängen für mich Konversation macht, der Bücher signiert und den Provinzzeitungen oder Lokalsendern Interviews gibt – ja, so etwas würde ich mir wünschen, wenn Wünsche Rösser wären – Pegasus?

Aus Ohio zurück, nur halb zufrieden. Einigermaßen intelligentes und dankbares Publikum, indiskutables Wetter. Sintflutartige Gewitter, der ganze Campus wackelte und schwappte wie ein sinkender Ozeandampfer. Ich stieg aus dem Auto eines unachtsamen Professors mitten hinein in eine knöcheltiefe Pfütze und durfte mit einer meterlangen Schleppe aus durchnäßter Spitze und in völlig verdreckten neuen Seidenschuhen zum Podium schreiten.

Noch schlimmer, man hatte mich in einen riesengroßen Saal verwiesen. Ich las vor hundert Zuhörern und etwa dreimal soviel leeren Stühlen. Obwohl ich wußte, daß nur das Unwetter die Leute vom Kommen abgehalten hatte, mußte ich ständig gegen den Gedanken ankämpfen, daß die Veranstalter eigentlich von Karo McKay erwartet hatten, sie werde ein größeres Publikum anlocken, und nun enttäuscht waren. Von mir. Viel besser ist ein eher zu kleiner Saal – nur noch Stehplätze frei –, wo alle das Gefühl haben, einem wichtigen Ereignis beizuwohnen. Da bauen sich Energien auf!

Eigentlich bin ich gar nicht richtig froh, wieder hier zu sein. Das Wetter ist besser geworden, meine Wohnung nicht, und ich habe seit August kein Gedicht mehr geschrieben. Leute, die ich kaum kenne, fragen mich (wissen sie nicht, wie unhöflich das ist, wie verletzend?): »Woran schreiben Sie zur Zeit?«

»Oh, ich habe etwas in Arbeit«, lüge ich.

Weiterhin entmutigt mich die hiesige Literaturszene. Die Romanschreiber haben kleine Kinder im Dutzend am Hals und lassen sich kaum blicken. Es sind auch drei Dichter am College, aber der beste davon ist zur Zeit verreist, und die anderen scheinen mich hauptsächlich als Steigbügelhalter zu betrachten (Empfehlungen, Ratschläge hinsichtlich Stipendien, Lehraufträgen und Dichterkolonien). Sie sind an mir nicht im mindesten interessiert und wollen nur über sich reden, ihr Fortkommen, ihre Kritiken, ihre Studenten, ihre Veröffentlichungen (dünne Bändchen in zweitrangigen Verlagen).

Warum bin ich nur hierhergekommen, warum bin ich nicht in meinem verzauberten Cottage am Silberteich geblieben? Weil ich glaubte, mir das nicht leisten zu können. Ich dachte, wenn ich oberhalb des Existenzminimums leben wolle, könne oder dürfe ich kein Angebot ausschlagen. Nicht daß ich viel brauche; mir liegt nichts am neuesten Auto oder an der modernsten Kücheneinrichtung. Aber wenn ich gute Arbeit leisten soll, brauche ich ein warmes, stilles, von leiser Musik erfülltes Zimmer, den Duft und die Farben frischer Blumen, schlichtes, aber perfekt zubereitetes Essen mit gutem Wein, und ich möchte feine Seide und Spitzen und Taft auf meiner Haut fühlen – und sehen.

Aber das ist jetzt das letzte Mal. Mit den Lesehonoraren, die Bryan Wood – anscheinend so einfach – für mich aushandeln kann, brauche ich nie wieder die Autorin auf dem Campus (so ein Mittelding zwischen Lehrbeauftragter und Tanzbär) zu spielen. Ich habe es nie mehr nötig, zwischen abstoßenden Formen und Geräuschen und Gerüchen zu leben, unter Menschen, deren Stimmen und Gesichter meine Nerven wund scheuern.

Ein Beispiel: dieser beunruhigende Vorfall heute im Sekretariat des Instituts. Ich holte meine Post ab, da kam eine der Sekretärinnen zu mir und bedankte sich lautstark dafür, daß ich ihrer Mutter ein Exemplar von *Mondgewitter* signiert hätte.

»Ihrer Mutter…?« Ich durchforstete mein Gedächtnis, aber ich hatte in Ohio wohl an die dreißig Bücher signiert.

»Vielleicht hat Mama nicht erwähnt, daß ich hier arbeite, wahrscheinlich war sie zu aufgeregt. Jedenfalls hat sie sich riesig gefreut über das, was Sie ihr hineingeschrieben haben. Sie dichtet doch auch – aber das wissen Sie ja.«

Woher sollte ich das wissen? »Aha. Was habe ich denn geschrieben?«

»Sie haben geschrieben: ›Der knospenden Dichterin, mit den besten Wünschen‹.«

»Tatsächlich?« Ich runzelte die Stirn. Verlor ich etwa den Verstand? »Und das soll letzte Woche gewesen sein, in Columbus, Ohio?«

»Nein, nein, in Denver. Meine Mutter wohnt in Denver.«

»Das muß ein Irrtum sein«, sagte ich freundlich. »Ich habe letzte Woche nicht in Denver gelesen, da war ich in Ohio.«

»Es war ja nicht bei einer Lesung, es war in einer Buchhandlung. In Denver gibt es doch diese hervorragende Buchhandlung, und da hat meine Mutter Sie gesehen. Sie hat Sie von Ihrem Foto her erkannt. Jedenfalls wollte ich Ihnen einfach danken ...«

»Bitte sehr, aber ...«, begann ich. Da klingelte das Telefon der jungen Dame, und ich ging, um über diese Sache erst einmal nachzudenken.

Zuerst dachte ich, es müsse sich um einen schlichten Irrtum handeln: »Mama« mußte einer Dichterin mit ähnlichem Namen begegnet sein (Carolyn Kizer? Carolyn Forche?). Dann fiel mir eine andere Möglichkeit ein: daß irgendeine Frau in Denver mit mir verwechselt worden war und das Spielchen mitgemacht hatte. Ich denke, es gibt Leute, die so etwas ganz impulsiv tun, nur um sich vorübergehend einbilden zu können, selbst eine Berühmtheit zu sein.

Ein abscheulicher Gedanke, derart imitiert und – schlimmer noch – verfälscht zu werden, denn jeder, der diese fingierte Widmung liest, wird denken, ich, Karo McKay, hätte so ein ordinäres Klischee wie »knospende Dichterin« zu Papier gebracht. Ich kann schon das Wort »Dichterin« nicht leiden, und »knospend« ist ein total veralteter Ausdruck oder ruft ansonsten ziemlich häßliche Bilder in mir wach: Daphne übersät mit Pickeln aus sprießenden Blättern. Und mit Sicherheit würden auch weder Carolyn F. noch Carolyn K. so etwas hinschreiben.

Außerdem würden weder sie noch ich einer Wildfremden attestieren, daß sie eine Dichterin sei, ob knospend oder nicht. Unverbindlich freundlich lautet die Devise. Obschon ich bei mancher Gelegenheit die größte Lust gehabt hätte, etwas Beleidigendes hinzuschreiben. Wenn jemand wirklich lästig wurde, den Betrieb aufhielt, lang und dumm herumdiskutieren wollte...

Oder noch schlimmer, wenn Buchhändler mit sechs bis acht Erstausgaben auf einmal ankommen, oft noch eingeschweißt. Manchmal ist es ihnen schon zuviel, der Lesung beizuwohnen; sie drücken sich draußen herum, und sowie ich erscheine, drängen sie sich vor, knallen ihre Bücher auf den Tisch und schieben mir eines nach dem andern mit aufgeklappter Titelseite hin, verlangen manchmal, daß ich außer meinem Namen noch Ort und Datum hineinschreibe, was den Aufpreis wohl erhöht. Mir sind in solchen Momenten schon Formulierungen wie »Mit übelsten Wünschen« oder »Stets Ihre Feindin« durch den Kopf gegangen.

Fürs erste werde ich wohl noch einmal ins Sekretariat gehen und der jungen Dame sagen müssen, daß ihre Mutter getäuscht, mein Buch besudelt wurde. Furchtbar peinlich für alle. Und geht das überhaupt? Ich kenne nicht nur ihren Namen nicht, ich bin mir nicht einmal sicher, welche der drei jungen Damen in diesem Zimmer es war. Sie sehen sich alle so ähnlich, und ich war in dem Moment so durcheinander...

Also muß ich die Sache wohl auf sich beruhen lassen. Und wer wird diese falsche Widmung denn schon zu sehen bekommen? Doch höchstens ein paar Unbekannte irgendwo in Colorado.

Warum empfinde ich es dann trotzdem als etwas Schlimmes? Ich glaube, weil die Zeremonie des Büchersignierens eben doch keine bloße Formalität ist. Manchmal erscheint es einem ja so; schließlich bedanken meine Fans sich nur für die Lesung, dann halten sie mir einen Gedichtband hin (meist auch noch einen ausgetrockneten Kugelschreiber, weshalb ich immer meinen italienischen Füllfederhalter bei mir habe). Sie sind natürlich viel unschuldiger als die Händler. Sie haben nicht die Absicht, das Buch zu verkaufen; der bloße Gedanke würde sie sogar schockieren. Für sie ist das so etwas wie ein Ritual. Das Buch, das die Dichterin persönlich in der Hand gehabt und signiert hat, bekommt augenblicklich einen unsichtbaren Heiligenschein, wird zu einer Ikone in der Religion der Dichtkunst.

Ja, Religion, oder ein Kult zumindest, mit eigenen Tempeln und Altären, verstorbenen Heiligen und einer lebenden Hierarchie von Priestern und Priesterinnen; mit Diakonen, Küstern und Totengräbern (das sind die Kritiker), mit zahlenmäßig kleinen, aber andächtigen Gemeinden. Ja, und die Spekulanten mit den signierten Exemplaren sind den schleimigen Devotionalienhändlern vergleichbar, die in Europa ihre Buden rings um die Kathedralen aufschlagen – keine wahren Gläubigen, nur Krämer mit einer guten Nase für Profit.

Und ich bin Teil davon – eine vom poetischen Klerus: Priesterin, Prophetin. Daher auch dieses Gefühl, es käme einem Sakrileg gleich, wenn irgend so eine unlautere Laienperson (eine Ungläubige womöglich) sich in falsche Gewänder hüllt und vorgibt, *Mondgewitter* mit meinem Namen zu segnen.

Drei hektische Tage im Mittelwesten. Zwei gute Lesungen, eine weniger gute. Der Ärger begann schon beim Essensempfang vor der Lesung; da war so eine durch und durch unausstehliche Professorenfrau, selbstzufrieden, strohblond und in einen bis zum Boden reichenden Nerzmantel gehüllt, für den mindestens zwanzig unschuldige Tiere ermordet wurden. Sie war ungeheuer von sich eingenommen und hörte sich furchtbar gern reden; zweimal hat sie mich sogar mitten im Satz unterbrochen.

Während der Lesung konnte ich sie die meiste Zeit vergessen, aber als dann »Der Leopard« zum Vortrag kam, fiel sie mir wieder ein, und ich warf einen sibyllinisch-anklagenden Blick in ihre Richtung. Sie feixte nur und kuschelte sich noch tiefer in ihren silbrigen weichen Pelz. Irgendwie war damit der Zauber gebrochen. Ich setzte routiniert meine Lesung fort, aber zum erstenmal seit Jahren mußte ich mich dabei bewußt anstrengen, als wäre das Ganze ein Theaterstück, in dem ich Karo McKay spielte. Nach ein, zwei Minuten ging das wieder vorbei, aber es war sehr unangenehm, sehr verwirrend.

Vielleicht ist bei den Sibyllen ja auch nicht immer alles so glatt gelaufen. Vielleicht hatten auch sie manchmal so eine hohle, selbstzufriedene Person vor sich, und plötzlich blieb ihnen die Inspiration aus, sie waren nur noch müde und überanstrengt, bekamen in den stinkenden, heißen Dämpfen kaum noch Luft und leierten lediglich ihre Sprüche herunter, taten, was von ihnen erwartet wurde.

Ansonsten ging alles recht gut. Angenehme Gastgeber, großes liebendes Publikum – ja, liebend; es ist Liebe, die ich mir entgegenschlagen fühle, wenn ich dort im Rampenlicht stehe, in mancher Hinsicht ebenso befriedigend wie alle

Liebe, die ich je gekannt habe. Verglichen mit dieser anonymen, rückhaltlosen Liebesbezeigung erscheint jede andere Liebe unrein und habgierig. Je älter ich werde, desto weniger romantisch will mir körperlicher Sex erscheinen. Er grapscht, er drängt sich auf wie diese Bücherspekulanten (drei bei der letzten Lesung). Doch schlimmer als jene verlangt er von mir, einen Namen – den seinen – auf meinen Leib, meine Seele zu schreiben. Und dann packt er seine Sachen und zieht davon.

Ich beginne zu begreifen, daß Sinnlichkeit für mich immer mehr bedeutet hat als Sex; sie war ein tieferes Erleben, das sich nicht ausschließlich, nicht einmal meist, auf einen anderen Menschen richtete, sondern auf alles greifbar Zarte und Schöne: den duftenden, seidigen Glanz einer Kamelie, den plötzlich hervortönenden süßen Klang einer Flöte oder eines Cellos, den Geschmack einer sonnenwarmen Mandarine, ein weiches Grasbüschel unter den Händen, das reine grüne Licht nach einem Regen, den scharfen, fast beißenden Duft von nassem Eichenlaub. So sollte man doch wahrhaftig sein: offen für die vielfältigen sinnlichen Genüsse der Welt.

Eine ebenso merkwürdige wie ärgerliche Rechnung kam heute nachmittag von irgendeinem Geschäft in Minneapolis: »Pullover … $ 39,00«. »Ich habe noch unser sehr schönes Gespräch in Erinnerung«, hieß es auf einem angehefteten Zettel, »und hoffe, Sie haben dies nicht vergessen.« Also, ich konnte mich wohl erinnern, nach dem Lunch mit dieser netten Dame vom Kulturrat in ein Geschäft gegangen zu sein, aber gekauft hatte ich dort gewiß nichts. Litt ich vielleicht an Gedächtnisschwund?

Oder gab es eine wahrscheinlichere, allerdings nicht minder unerfreuliche Erklärung: daß diese Frau, die schon in Denver meine Identität angenommen und »knospende

Dichterin« in mein Buch geschrieben hatte, jetzt in Minneapolis war und sich wieder als Karo McKay ausgegeben hatte? Es konnte sein; man liest ja manchmal von so etwas.

Wie soll man sich so eine Frau vorstellen? Einsam, bedürftig, offensichtlich ein Sonderling. Nein, nicht offensichtlich, sonst könnte sie ja niemanden täuschen – was aber auch nicht unbedingt zutrifft, weil gewöhnliche Menschen von Künstlern eine gewisse Sonderlichkeit erwarten. Gut möglich, daß sie einmal davon geträumt hat, eine berühmte Schriftstellerin zu sein.

Angenommen, der Erfolg ihrer ersten, aus der Situation geborenen Maskerade in dieser Buchhandlung in Denver ist ihr zu Kopf gestiegen. Dann hat sie diesen Monat in Minneapolis mein Plakat in einem Schaufenster gesehen und bewußt dasselbe noch einmal probiert – vielleicht weniger, um einen Pullover zu ergattern, als um dieses berauschenden Gefühls willen, noch einmal Karo McKay zu sein.

Das Widerwärtigste an diesem Gedanken war, daß sich da jemand ungestraft für mich ausgeben konnte. Ich wußte einfach nicht, was ich machen sollte, bekam kaum mein Abendessen hinunter. Schließlich rief ich Janey an. »Diese Frau, du weißt doch, die sich in Denver für mich ausgegeben hat, ist schon wieder am Werk«, sagte ich, vergeblich um einen ruhigen, ja belustigten Ton bemüht.

Janey, die so rational und phantasielos ist wie ihr Vater (ich bedaure oft dieses Erbe, aber es hat wohl auch Vorteile), tat die Geschichte als den Witz ab, den ich halbherzig aus ihr zu machen versuchte, und meinte, vielleicht sei meine erste Erklärung eben doch die richtige.

»Vielleicht hast du's ja nur vergessen, Mama, wie damals diese Sache mit der Zimmerlinde, weißt du noch?« sagte sie in Anspielung auf einen viele Jahre zurückliegenden Vorfall, als mein Vater so krank war. Ich war in ein Blumengeschäft gegangen, um ihm von dort etwas ins Krankenhaus mitzunehmen, und da hatte so ein schönes, duftendes Etwas mich völlig überwältigt. Aber nach dem Besuch bei meinem Vater hatte ich das schon wieder ganz vergessen.

Die Zimmerlinde kam am selben Abend, und Janey, damals vier Jahre alt, verkündete vor einem Wohnzimmer voller Angehöriger und Gäste: »Mami, da ist ein Mann mit einem großen Strauch für dich.« Es war eine lustige Familienanekdote, damals, als wir noch eine lustige Familie waren. Später wurde sie dann zuerst als Musterbeispiel für meine hoffnungslose Zerstreutheit herangezogen, noch später gehörte sie zu den Dingen, die mein früherer Mann mir an den Kopf warf – ja, an den Kopf warf, wie Cremetorten in einer billigen Klamotte.

»Schon möglich«, sagte ich zu Janey. »Allerdings habe ich keinen neuen Pullover.«

»Vielleicht warten die Leute erst auf deinen Scheck«, meinte Janey.

»Da können sie lange warten«, antwortete ich. »Wenn ich nämlich einen Scheck hinschicke, bin ich so oder so die Dumme. Entweder kommt dann irgendein Kleidungsstück hier an, das ich nicht brauche, und beweist mir, daß es mit meinem Gedächtnis bergab geht, oder es kommt keines, und damit wäre dann bewiesen, daß sich wirklich jemand für mich ausgibt und mir das Fell über die Ohren zieht.«

Häßliches Wetter hier. Kalter, peitschender Regen oder Schneeregen, die Bäume stehen da wie begossene Pudel, der Himmel hängt durch wie ein regenschweres Zirkuszelt. Und ich stehe in diesem Zirkus und vollführe meinen Dressurakt, knalle viermal wöchentlich die Peitsche vor einer Klasse von Zirkustigern – halt, nein, so was Interessantes auch wieder nicht: Seelöwen. Belohne sie mit einem Stückchen Fisch, wenn sie auf ihren Blechtrompeten brav ihr Liedchen schmettern. Auch wenn es meist Mißklänge sind, poetische Rülpser und Fürze – und die kleinen Seelöwen alle so stolz auf ihre Kakophonie!

Derweil spiele ich selbst gar keine Melodien mehr. (Traurig darüber, mag nicht daran denken.)

Dezember

Schon wieder! Heute erhielt ich aus Chicago einen handgeschriebenen Brief von einem Mann namens – schwer herauszulesen aus der Unterschrift – Hal oder Hull. Kein Nachname, keine Absenderadresse, nur der Poststempel. »Meine wunderbare Allerliebste«, begann er, »es ist jetzt drei Uhr morgens, aber ich finde keinen Schlaf, muß immer an Dich denken, das Laken noch warm, wo Du gelegen und mich angeschaut hast mit Deinen herrlichen topasgelben Katzenaugen. Welch Glück für mich, wie phantastisch Du warst...« In diesem Stil ging es über eine Seite lang weiter, mäßig gebildet (am Schluß eine Zeile von Byron), romantisch, sinnlich, gelegentlich an der Grenze zur Pornographie und eindeutig an eine Frau gerichtet, mit der Hal oder Hull gerade zum erstenmal intim gewesen war.

Zuerst hatte ich beim Lesen dieses Briefs eine beängstigende Phantasievorstellung. Wohl wegen der topasgelben Augen. Ich stellte mir vor, daß wirklich ich gemeint war, daß ich an perniziöser Amnesie litt und irgendwo im Mittelwesten eine Nacht mit einem unbekannten Mann verbracht haben mußte. Fast redete ich mir sogar ein, mich zu erinnern, wie in jener stürmischen Nacht in Chicago, als ich so erschöpft und erschüttert war, ein großer Mann den Arm um mich gelegt, mir aus einem Auto geholfen und mich durch ein Schneegestöber geführt hatte... Danach – nichts mehr.

Daß ich mir das so ausmalte, hing wohl auch mit gewissen Episoden in der Vergangenheit zusammen – damals in Toronto dieser tolle Belgier – oder der berühmte Dichter in Cambridge, lange bevor ich selbst berühmt war – ich denke nicht mehr oft an diese Momente, denn es waren augenblicksbezogene kleine Eskapaden, die nicht meiner wirklichen Art entsprachen. Und heute würde ich mit Sicherheit niemals… schon wegen der Gefahr solch widerwärtiger, ja tödlicher gesundheitlicher Folgen.

Und dann wußte ich, was sich wirklich zugetragen hatte. Diese psychotische Kleptomanin, die sich in dem Geschäft in Minneapolis für mich ausgegeben und in Denver irgend jemandem die Worte »knospende Dichterin« in mein *Mondgewitter* geschrieben hatte, war in Chicago gewesen. Sie hatte sich wieder als Karo McKay ausgegeben und irgendeinen Mann aufgegabelt, der sich jetzt einbildete, er habe mit mir geschlafen. Zweifellos war es ihr ein leichtes gewesen, ihn auf diese Weise zu ködern: Mit einer Dichterin eine Affäre zu haben, davon träumen doch die Leute – sie lesen im Geiste schon die ihnen gewidmeten Gedichte, sehen ihren Namen in Anthologien verewigt.

Und jetzt wird Hal/Hull vor jedem, der ihm zuhört, mit seiner Eroberung prahlen – ihre kühne Ungezwungenheit, sein leichtes Spiel, die heiße Nacht mit »Karo McKay«. Die Mär wird sich herumsprechen, man wird sie ausschmücken, weiterverbreiten. Eines Tages wird Hal/Hull sich in meiner Biographie wiederfinden.

Janey hat unrecht: Nicht-Karo existiert eben doch. Sie treibt sich irgendwo da draußen im Mittelwesten herum, wandert durch Winter und Dämmerlicht. In Denver war ihre Maskerade vielleicht nur eine Augenblickslaune. Jetzt aber geht sie planvoll vor, genießt es, wird immer geschickter, geht größere Risiken ein, ohne sich dabei um meinen Ruf zu scheren. Sie hat diesen Pullover vorsätzlich mitgenommen, wohl wissend, daß der Geschäftsinhaber, wenn ich ihn nicht bezahle, bis ans Ende meines Lebens Karo McKay als faule Kundin verachten (und verunglimpfen) wird.

Vielleicht ist es auch nicht nur Opportunismus, sondern regelrechte Bosheit. Nicht-Karo will mich in Verruf bringen, mir Ärger machen. Vielleicht ist sie ja auch eine Nicht-Verehrerin, vielleicht ist sie jemand anderes Verehrerin oder glaubt sich von mir einmal irgendwo unfreundlich behandelt. Oder sie hat irgend etwas, was ich einmal gesagt oder geschrieben habe, persönlich genommen – manche Leute tun das ja. Mit dem Berühmtwerden erwirbt man unbekannte Feinde ebenso wie unbekannte Freunde.

Möglich, daß Nicht-Karo mich sogar haßt, wie so viele Leute auf der Straße – manchmal ohne es selbst zu wissen – alle Schriftsteller und Künstler beneiden und hassen. Weil unser Leben interessanter und bedeutungsvoller ist als ihres, weil wir für etwas, was ihnen wie ein bloßes Spiel vorkommt, geliebt und belohnt werden. Weil wir tun, was uns gefällt: nicht von acht bis fünf arbeiten, vor keinem Chef buckeln müssen und manches nachgesehen bekommen.

Und Nicht-Karo hat am eigenen Leib das öffentliche Ansehen erfahren, das man als Schriftstellerin genießt: Fremde sprechen sie in der Buchhandlung voll Ehrfurcht und Bewunderung an, Geschäftsleute geben ihr auf Treu und Glauben ihre Waren mit, interessante Männer umschwärmen und begehren sie auf den ersten Blick – das wird sie jetzt nicht mehr aufgeben, warum auch? Das nächste Mal kauft sie sich unter meinem Namen vielleicht etwas sündhaft Teures oder schläft mit irgendeinem ungehobelten Proleten oder tut etwas noch Ungehörigeres und Schrecklicheres, so schrecklich, daß ich mir jetzt noch gar keine Vorstellung davon machen kann.

Nein, sie ist nicht irgendein trauriges, einsames Geschöpf. Natürlich ist sie geistig umnachtet, wenn auch nicht offensichtlich, und voller Schläue und Bosheit. Außerdem sieht sie mir entfernt ähnlich und weiß genug über mein Leben und Werk, um sich mit Erfolg für mich ausgeben zu können. Und sie ist entweder finanziell unabhängig oder hat einen Beruf, der es ihr gestattet – vielleicht sogar von ihr verlangt? –, im ganzen Mittelwesten von Stadt zu Stadt zu reisen. Denver – Minneapolis – Chicago.

Wenn Nicht-Karo aber auch die Frau ist, die Janeys Freund Tom in Oakland gesehen hat? In irgendeinem Hotel, absichtsvoll hergerichtet als Karo McKay … Dann wäre sie nicht auf den Mittelwesten beschränkt; sie könnte an jedem Ort auftauchen. Und das Hoffnungslose und Abscheuliche daran ist, daß ich absolut nichts dagegen machen kann.

Januar

Endlich in Ruhe und Frieden auf Cape Cod. Das Semester ist zu Ende, zwei Gruppen Zirkusseelöwen sind abgefertigt (allerdings erwarten mich nächste Woche zwei neue am Convers College). Eine geruhsame Weihnacht mit Janey und ihrem Tom, der inzwischen offenbar zu ihrem Hausinventar gehört (Kleiderständer? Türdrücker?). Fahler, schöner Winter; Himmel, Teich und Wolken schillern in allen Schattierungen von Silber, Eisgrau und Azurblau.

Am Tag nach Janeys Ankunft erzählte ich ihr von Nicht-Karos neuester Tat. Ich hatte gefürchtet, Janey würde wieder zart andeuten, daß mein Gedächtnis nachlasse, aber sie hatte eine viel simplere Erklärung: Das *billet doux* sei in den falschen Umschlag geraten, wie es manchmal leider mit meinen Schecks passiert (aber natürlich nie mit ihren).

Wenn sie recht hat, wird »Meine wunderbare Allerliebste« einen höflichen Geschäftsbrief von Hal/Hull bekommen haben – etwa mit der Bitte, an seinem College zu lesen. Auf dieser harmlosen Botschaft steht wahrscheinlich mein Name nebst Adresse, so daß die Allerliebste weiß, was da passiert ist. Sie wird peinlich berührt und wütend auf Hal/Hull sein. Und enttäuscht: Ein Mann, der schon nach der ersten Nacht so einen Fehler begeht, ist für eine längere Beziehung wohl kein guter Kandidat. Janey meinte außerdem, wenn die Allerliebste ein bißchen Verantwortungsgefühl habe, werde sie den richtigen Brief wahrscheinlich an mich weiterleiten.

»Und an die Frau in Oakland glaubst du wohl auch nicht«, sagte ich.

»Keine Sekunde«, erklärte Janey und meinte, wer immer Tom in diesem Hotel angelächelt habe, könne unmöglich von seiner Beziehung zu mir gewußt haben. Außerdem erzählte Tom die Geschichte jetzt etwas anders. »So sehr ähnlich sah sie Ihnen auch gar nicht«, erklärte er mir. »Sie war zum Beispiel fülliger.«

»Ich habe diesen Herbst abgenommen«, sagte ich, aber ich fühlte mich beruhigt, erleichtert. »Also gut, Janey«, sagte ich, »aus deiner Sicht gibt es für jeden einzelnen dieser Vorfälle eine rationale Erklärung. Mir bereitet es hingegen Kopfzerbrechen, daß es so viele davon gibt, und irgendwie lassen sie ein Schema erkennen.«

»Ich verstehe schon, was du meinst«, räumte Janey ein. »Aber für mich ist das wirklich reiner Zufall, Mama.«

Angenommen, so ist es. Dinge, die im Grunde nichts miteinander zu tun hatten, haben sich so überlappt, daß sie ein falsches Bild ergeben. Und wie Janey kurz vor ihrer Abreise noch erwähnte, war seit über einem Monat nichts mehr passiert, was in dieses Bild gepaßt hätte.

»Ich glaube, du hast einfach zuviel gearbeitet und bist zuviel herumgereist«, sagte Janey. Und da hat sie recht; ich muß mich ein wenig zügeln, muß alle die außerberuflichen, unbezahlten Tätigkeiten zurückschneiden, die mit meiner eigentlichen Aufgabe im Leben, nämlich Gedichte zu schreiben und Lesungen zu halten, nichts zu tun haben. Ich muß es höflich ablehnen, Vorträge zu halten, in Ausschüssen zu sitzen, Aufrufe zu unterschreiben, Fragebögen auszufüllen, studentische Schreibwettbewerbe zu beurteilen, Bücher oder Manuskripte für Versteigerungen zugunsten irgendeiner guten Sache zu spenden oder zu einer farblosen neuen Illustrierten ein Gedicht beizusteuern.

Fürs erste muß ich also jetzt einen Brief schreiben und erklären, daß ich unmöglich auf der Benefizveranstaltung für die Kreisbibliothek reden oder in der Jury für den Gedichtwettbewerb der Highschool mitwirken kann. Und Bryan Wood bitten, meinen Vortrag vor der Gesellschaft zur Förderung des Lesens und Schreibens nächsten Monat in Detroit abzusagen, für den es sowieso nur Spesen gibt. Bryan wird verstimmt sein, weil schon alles organisiert ist: der Flug, das Hotel... Vielleicht wäre es besser, bis zum allerletzten Augenblick zu warten und ihm dann erst zu sagen, ich sei krank; wer krank ist, hat jedermanns Mitgefühl.

Ich bin jetzt hier allein und habe meine Ruhe, kann den Wolkenschatten nachsehen, die über den Teich huschen. Über mir kreisen und jagen die Möwen dahin, lebende graue und weiße Papierdrachen. Aber immer noch plagen mich, drängen sich zwischen mich und das leere Blatt, wenn ich am Schreibtisch sitze, die hartnäckig wiederkehrenden Bilder von Nicht-Karo. Selbst wenn es sie nicht gibt, nie gab, in meinem Kopf existiert sie eben doch, ein grauer, flatternder Drachen, der sich vor die wenigen Worte schiebt, die ich soeben auf das weiße Papier gekritzelt habe. Und wenn ich nicht schreibe, bin ich ebenso unwirklich, ebenso eine Hochstaplerin wie sie.

Februar

Tiefster, dunkelster Winter. Wieder tost ein Sturm um den Wohnkomplex. Flocken wirbeln, Placken von Schnee rutschen an dem schwarzen Glas hinunter, als hätte ein Ungeheuer an mein Fenster gespuckt.

Außerdem ist etwas ganz Schlimmes passiert, was mir angst macht. Gestern schickte meine alte Studienfreundin Merry Carson mir einen Ausschnitt aus der Detroiter Zeitung, dazu ein verärgertes Briefchen, in dem sie sich darüber beschwert, daß ich nach all den Jahren, die ich sie nie hätte besuchen wollen, nun in ihrer Stadt gewesen sei und bei einem Lunch zur Förderung des Lesens und Schreibens gesprochen habe, ohne ihr Bescheid zu sagen.

Aber ich war doch gar nicht dort. Zwei Tage vor dem Termin habe ich Bryan angerufen und ihm vorgejammert, ich hätte die Grippe und könnte nicht. Auf seinen Vorschlag hin habe ich sogar diese Frau in Detroit angerufen und ihr gesagt, wie untröstlich ich sei, aber sie könne meiner Unterstützung sicher sein.

Ehrlich, ich war nicht dort. Aber hier lag der scheinbare Beweis: ein Artikel auf der Frauenseite, mit einem unvorteilhaften Foto von mir und einem scheußlichen, nicht wiederzuerkennenden Zitat, das mit dem, was ich am Telefon gesagt hatte, in keiner Weise übereinstimmte.

»Die anderen Vortragenden haben die praktischen Vorteile des Lesens und Schreibens unterstrichen«, erklärte Miss (nicht ›Ms.‹, nicht einmal ›Mrs.‹) McKay, »aber nach meiner persönlichen Meinung ist das noch Wichtigere am Lesen-und-Schreiben-Können, daß es einen in echten menschlichen Kontakt mit der Welt der Literatur bringt. Zum Beispiel wird jemand, wenn er erst lesen kann, hoffentlich eine persönliche Beziehung zu großen zeitgenössischen amerikanischen Dichterinnen wie Adrienne Rich und Denise Levertov schmieden können.«

Neben allem anderen, was an dieser Aussage wahrlich schlimm ist – Schwulst, Wortwiederholung, schiefes Bild –, steht da die Behauptung, Adrienne und Denise seien große amerikanische Dichterinnen. *Gute* hätte ich vielleicht sagen können, vielleicht sogar *bedeutende*. Nie aber *große*, denn das zu beurteilen, ist Sache der Nachwelt.

Ich rief Merry sofort an und sagte ihr die Wahrheit: Ich hätte schon seit einem Monat gewußt, daß ich nicht nach Detroit kommen könne, aber mit meiner Absage bis zur letzten Minute gewartet, um Bryan nicht zu verstimmen. Ich mutmaßte, daß die Zeitung da etwas durcheinandergebracht und mir die Aussage von irgend jemand anderem zugeschrieben habe. Aber Merry war nicht besänftigt, nicht überzeugt. Ich hörte sie förmlich denken: *Lügt ihren Agenten an, lügt mich an.* Daß dieses Zitat nicht sehr nach mir klang, mußte sie zugeben (»Aber ich habe dich schließlich fast zehn Jahre nicht gesehen, Carrie« – dies in ziemlich beleidigtem Ton).

Außerdem fand Merry, daß der Grundgedanke des Zitats genau der meine sei. »Du weißt doch noch, wie du immer behauptet hast, die Kunst sei wichtiger als Sicherheit und Familienglück«, verkündete sie, womit sie mich daran erinnerte, daß sie schon auf dem College immer die gegenteilige Ansicht vertreten hatte. Damals hatte ich geglaubt, sie täte es nur um der Diskussion willen – aber heute hat sie fünf

Kinder und ein Tudor-Schlößchen in Grosse Point. Wenn ich daran denke, wie wir als Studienanfängerinnen in Bertram Hall immer als Carrie Martin und Merry Carson aufgetreten waren, beinahe Namenszwillinge, Zimmergenossinnen, Seelenfreundinnen, unzertrennlich!

Als nächstes rief ich die Zeitung in Detroit an. Die Frau, die ich schließlich an den Apparat bekam, war anfangs höflich, aber wenig hilfreich. Sie habe den Artikel nicht geschrieben, sei nicht bei dem Essen gewesen und wisse nicht, wer sonst da war. O nein (schon weniger höflich), ihre Zeitung prüfe immer alle Fakten sehr genau. Nein, sie könne mir nicht versprechen, daß sie eine Richtigstellung bringen würden – da müsse sie ihren Chef fragen. Wie war noch gleich (hochnäsig, mißtrauisch) mein Name? An diesem Punkt bekam ich eine solche Wut, daß ich laut wurde – mehr oder weniger habe ich sie sogar angeschrien. Was sie natürlich restlos davon überzeugte, daß ich eine Hochstaplerin war.

Hochstaplerin. Na schön. Angenommen also, es war nicht nur ein Patzer seitens der Redaktion. Angenommen, es war wieder Nicht-Karo, angenommen, sie existiert eben doch, gibt sich immer noch im ganzen Land für mich aus und bringt mich in Verruf. Aber jetzt begnügt sie sich nicht mehr damit, mich immer nur bei einzelnen Leuten in Verruf zu bringen. Sie versucht ein größeres Publikum zu erreichen. Das öffentliche Ich führt ein Eigenleben, hat meines Wissens einmal jemand gesagt. Und jetzt wird Nicht-Karo zu meinem öffentlichen Ich, nur um mich zu vernichten.

Dem Durchdrehen nah, rief ich Bryan Wood an und erzählte ihm fast die ganze Geschichte. Seine erste Reaktion war ziemlich ärgerlich, meinte er doch, ich hätte in meinem fiebrigen Zustand (in diesem Punkt konnte ich ihm natürlich nicht die Wahrheit sagen) vielleicht wirklich solchen Schwulst von mir gegeben. Als ich das abstritt, räumte er zähneknirschend die Möglichkeit ein, daß eine Hochstaplerin am Werk sei, aber wie ich mit dieser Situation umgehen sollte, konnte er mir auch nicht raten, vielmehr schien er sich (unter dem Deckmantel beruflich angezeigten Mitgefühls) sogar zu amüsieren. »Ich denke, das ist der Preis des Ruhms«, meinte er mit einem näselnden Kichern, das er rasch mit einem Husten übertönte, um dann zu behaupten (zu lügen? Lügen wir uns gegenseitig vor, krank zu sein?), er habe eine schlimme Erkältung. Als ich fragte, ob ich seiner Ansicht nach zur Polizei gehen solle, meinte er, darin sehe er nicht allzuviel Sinn.

»Stellen wir doch einmal klar«, sagte er (ich hörte, wie er dabei das Lachen unterdrückte). »Du willst dich bei der Polizei von Detroit darüber beschweren, daß irgendeine Frau sich möglicherweise für dich ausgegeben und zu einem Reporter gesagt hat, Denise und Adrienne« – zufällig auch seine Klientinnen – »wären große Dichterinnen? Unter uns, Karo, das kann ich mir nicht recht vorstellen.« (Noch ein Kichern, oder Niesen.) »Ich glaube, an deiner Stelle würde ich versuchen, die Sache zu vergessen. Selbst wenn es diese Person wirklich gibt, sie hat dir ja eigentlich nicht groß geschadet.«

»Nein, sie hat nur dafür gesorgt, daß ich wie eine Vollidiotin und eine lausige Schriftstellerin dastehe; in Minneapolis hat sie einen Pullover geklaut und in Denver zu irgendeiner Frau gesagt, sie sei eine knospende Dichterin«, erwiderte ich; den Brief von Hal/Hull zu erwähnen, sah ich mich außerstande.

»Ich dachte, in diesen Fällen wärst du schon zu dem Schluß gekommen, daß es sich um Verwechslungen handelte.«

»Zuerst ja, aber ... ach, lassen wir's.« Ich gab auf; legte auf; nahm noch ein Valium (muß mir wieder neue verschreiben lassen). Sowie Janey von der Arbeit zurück sein mußte, rief ich bei ihr an, aber erst nach elf erreichte ich sie. Und dann war sie mir auch keine große Hilfe.

»Ich denke, das war wohl nur ein Patzer, Mama«, sagte sie. »Die Publicity-Leutchen haben eben angenommen, du würdest erscheinen, und diese Meldung vorzeitig an die Presse gegeben. Bei uns machen sie das manchmal auch so. SECHZIG TEILNEHMER AN DEMONSTRATION FÜR RECHT AUF ABTREIBUNG hat letzten Monat jemand herausgegeben, und dann kam ein Schneesturm, und die Hälfte von uns konnte gar nicht hin. Aber im *Globe* wurde es so abgedruckt, und richtiggestellt haben die das auch nicht.«

Außerdem könne es sich wirklich nur um eine Falschmeldung handeln, sagte Janey, denn selbst wenn Nicht-Karo existiere und in Detroit gewesen sei und sogar gewußt habe, daß ich dort sprechen sollte, warum hätte sie dann der Zeitung eine falsche Erklärung geben sollen?

»Weil sie mich haßt, weil sie mich in Verruf bringen will«, sagte ich.

Schweigen in der Leitung, aber ich konnte hören, was Janey dachte; ich erinnerte mich an ihr vierjähriges Stimmchen, als sie zum ersten-, aber nicht zum letztenmal sagte: »Mami ist dumm.« Und dann hörte ich ihre sechsundzwanzigjährige Stimme sagen, ich solle mich nicht aufregen, am besten gar nicht mehr daran denken und jetzt schlafen gehen. Das wollte sie wahrscheinlich selbst, also sagte ich ja und gute Nacht.

Völlig aus dem Lot; von allen verhöhnt oder verdächtigt, so fühle ich mich. Meiner selbst und der Wahrheit nicht mehr sicher. Und genau das will Nicht-Karo vermutlich erreichen. Dafür gibt es immer mehr Anzeichen. Zum Beispiel habe ich den von Janey prophezeiten seriösen Brief von Hal/Hull nie bekommen.

Gegen Mitternacht fand ich, immer noch außerstande zu schlafen, in einer Schublade einen alten Straßenatlas der USA. Oakland–Denver–Minneapolis–Chicago–Detroit. Endlich erkannte ich das Muster: Ich sah, daß Nicht-Karo sich in Richtung Osten bewegte, auf mich zu. Um mir an den Kragen zu gehen, aus irgendeinem verrückten Grund – nämlich dem, daß sie verrückt war.

März

Kalter Dauerregen, völlig zermürbt und durcheinander. Ich habe seit Wochen eine hartnäckige Erkältung. Immer noch zwischendurch fiebrig, kann kaum meinen Lehrverpflichtungen nachkommen. Nicht-Karo hat sich keinen Auftritt mehr geleistet, über den man berichten könnte, aber was letzte Woche in Buffalo passiert ist, legt einen Nebel der Angst über mein Leben, vor allem immer dann, wenn ich mich in der Öffentlichkeit zeige.

Es war im Flughafen von Buffalo. Als ich den Terminal betrat, sah ich etwa fünfzehn Meter hinter der Sperre zwei Typen stehen, die ganz nach Jungakademikern aussahen, einer davon mit einem weißen Schild in der Hand – offenbar mein Empfangskomitee. Dann sah ich die beiden auf jemanden zugehen, eine dunkelhaarige Frau, die ich selbst nur von hinten sah, und sie begrüßen, aber nach ein paar Sekunden ging sie weiter und ließ sie stehen, worauf sie suchend um sich blickten und dann zögernd in meine Richtung winkten. Eine kleine Verwechslung, erklärten sie mir, als ich vor ihnen stand und fast kein Wort herausbrachte.

Denn ein Schauder der Angst war durch mich gefahren:

Nicht-Karo. Ich bin nur vor ihr sicher, dachte ich, weil ich ihr Gesicht nicht gesehen habe; wenn ich ihr Gesicht gesehen hätte, wäre ich gestorben.

Sei nicht albern, es kann unmöglich Nicht-Karo gewesen sein, dachte ich auf der Fahrt in die Stadt. Sie konnte vielleicht wissen, daß ich in Buffalo lesen würde; nicht wissen konnte sie, mit welchem Flugzeug ich käme. Aber wer diese Frau auch immer war, wenn sie behauptet hätte, Karo McKay zu sein, wären die beiden darauf hereingefallen und hätten mich in der Halle stehenlassen, als ob ich gar nicht vorhanden wäre.

Im Motel war ich immer noch fix und fertig und fühlte mich fremd. Ich nahm ein Valium und legte mich aufs Bett, konnte aber nicht entspannen, stand wieder auf, zog mein cremeweißes Spitzenkleid an, legte die französischen Ohrgehänge an, bürstete mir die Haare, erneuerte mein Make-up und sprühte mich mit *Ma Griffe* ein. Im Spiegel sah ich aus wie Karo McKay.

Aber während des ganzen folgenden Ablaufs fühlte ich mich nicht wie sie. Beim offiziellen Empfang schmeckte das Essen so sonderbar, und immer, wenn ich mit jemandem sprach, kam ich mir vor, als läse ich von einem Manuskript ab – einem, von dem ich schon allzuoft abgelesen hatte.

Und als ich dann aufs Podium trat, lief von Anfang an alles verkehrt. Ich sah im Halbdunkel Hände klatschen, aber es klang wie im Fernsehen der Applaus vom Band. Kein mich verwandelnder Energiestrom, nichts. Ich lächelte, sprach, ließ das Tonband laufen. Aber jede Geste, jede Modulation meiner Stimme, jedes Wort kam mir falsch vor, jede Bewegung erschien mir wie mit der Trickkamera aufgenommen, künstlich beschleunigt oder verlangsamt.

Und gegen Ende der Lesung hatte ich dann auch noch dieses Gefühl, daß gar nicht ich es war, zu der das Publikum herschaute, sondern jemand anders, irgend jemand links hinter mir. Ich bekam Angst, mir wurde schwindlig, ich schleppte mich förmlich durch die letzten zwei Gedichte. Als ich vom Podium trat, warf ich rasch einen Blick über die Schulter; da stand niemand. Aber es war noch immer alles verkehrt; alle anschließenden Lob- und Dankreden und meine Erwiderungen wirkten gezwungen und künstlich. Ich kann das nicht mehr, dachte ich; ich kann so nicht weitermachen.

Aber ich muß doch weitermachen. Die Welt verlangt von mir, mich regelmäßig auf dem Podium und bei den dazugehörigen Partys und Banketten und Empfängen zu präsentieren. Sie droht mir mit Armut und Vergessen, wenn ich meinen Part nicht spiele, und besticht mich mit Ruhm und Honoraren – manchmal bekomme ich für eine Lesung mehr, als die meisten meiner Bücher in Jahren einbringen.

Und so geht es nicht mir allein. Habe ich nicht mit eigenen Augen gesehen, wie viele gute Schriftsteller – große Schriftsteller – weiter in der Öffentlichkeit auftraten, länger und öfter, als gut für sie war, und das nur wegen dieser Bestechung, dieser Drohung? Habe ich sie nicht auf dem Podium erlebt, verschlissen, körperlich und geistig hinfällig, stotternd, sich wiederholend? Sie verausgabten sich so sehr, daß sie nicht mehr die Kraft oder die Ruhe zum Schreiben hatten. Genauso könnte es mir ergehen. Vielleicht hat es schon angefangen, und darum gelingt es mir nicht – nur ja nicht daran denken!

Alles, was ich in Buffalo empfunden habe, kann man zweifellos ganz rational erklären: daß ich müde war, luftkrank, an einer Erkältung laborierte, zuviel getrunken hatte und so weiter. Nicht erklären kann ich hingegen diese absolute Panik, die mich am Flughafen in dem Augenblick erfaßte, als ich Nicht-Karo von hinten zu sehen glaubte. Wer immer diese Frau auch war. Oder was. Dem Aussehen nach eine völlig normale Frau. Aber wenn sie das nun nicht war?

Wenn sie nun nie ein Mensch aus Fleisch und Blut, sondern eine Art Vampir oder Gespenst war – ist – und immer näher auf mich zukommt? Oakland–Denver–Minneapolis–Chicago–Detroit... Buffalo. Auf fast schnurgerader Linie. Kein Menschenwesen, nein, ein böser Geist, der wie diese Dämonen in orientalischen Legenden nicht um Ecken biegen kann.

Das würde erklären, woher sie immer weiß, wo ich bin, und wie sie von Stadt zu Stadt gleiten kann, überall ihre Schleimspur hinterlassend wie eine kriechende Schnecke, um mir das Leben zu vergällen und mich zu vernichten. Damit ich alles, was sie einmal öffentlich getan hat, selbst nicht mehr kann; es ist, als wäre das alles verschleimt und besudelt. Schon vermag ich keine attraktiven Fremden mehr anzulächeln, Bücher zu signieren oder so leicht und anmutig wie früher mit Verehrern zu plaudern. Und nun fühle ich mich sogar schon auf dem Podium am falschen Platz.

Nein, nein, so darf ich nicht denken, das ist verrückt. Ich war krank und muß mir die Zeit gönnen, wieder zu mir zu kommen. Muß Bryan anrufen und diese beiden letzten Lesungen absagen. Ja, und ihm sagen, er soll für den Sommer oder Herbst nichts Neues mehr organisieren. Angst: Wenn ich nicht mehr auftreten kann, nicht lehren, wovon soll ich leben?

Und allzu lange wage ich mich nicht zurückzuziehen. Wenn ich mich nirgendwo mehr sehen lasse, werde ich für die Welt der Literatur bald nicht mehr existieren. Poesieliebhaber sind so rastlos und unbeständig wie die meisten Liebhaber; wenn man sie nicht ständig daran erinnert, daß man noch da ist, vergessen sie einen bald. Vor allem wenn man nichts Neues mehr geschrieben hat – (nicht daran denken!). Schneller, als man es sich vorstellt, kennt einen keiner mehr.

April

Es ist aus, alles ist aus, meine Schriftstellerei, mein Leben, alles. Ich habe einen verhängnisvollen Fehler begangen, mich von Bryan Wood beschwatzen lassen, die Lesung in Albany nicht abzusagen. Er war so entsetzt, so hartnäckig, hat mir immer wieder klargemacht, wie nah das doch sei, wie wichtig, wie gut bezahlt.

»Liebe Karo, ich denke doch nur an dich«, sagte er, »an deinen Ruf.« Aber dachte er nicht in Wirklichkeit an seinen eigenen Ruf, stets zuverlässig mit lesenden Dichtern aufwarten zu können?

Schon im Flugzeug beschlich mich das Gefühl, einen schrecklichen Fehler gemacht zu haben. Wir begannen durch kalte, brodelnde Wolken zu torkeln, und ich klappte den illustrierten Flugbegleiter bei der Landkarte auf und folgte in dem Spinnennetz der dort eingezeichneten Routen einem bestimmten Spinnfaden: Oakland–Denver–Minneapolis–Chicago–Detroit–Buffalo... Albany. Wieder bewegte ich mich zu Nicht-Karo hin, wie sie sich zu mir bewegte.

Und in Albany ging vom ersten Moment an alles schief. Die Luft war weiß von Frühlingsnebeln wie verschüttete Crème vichyssoise, die Gesichter der Menschen und ihre Stimmen verschwammen. Mir war noch immer etwas unwohl, und als ich im Motelzimmer mein seegrünes Seidenkleid anzog, hing es mir um den Leib wie die ausgesonderte Wäsche einer Meernymphe – ich nahm immer noch ab –, und mein Gesicht im Spiegel war ganz fleckig. Mir ist nicht wohl, dachte ich, ich hätte nicht kommen dürfen.

Ich legte mich hin, stand wieder auf, schluckte noch ein Valium – keine spürbare Wirkung. Ich öffnete die Minibar, fand ein winziges Fläschchen Orangensaft und eines mit Wodka, schüttete beides zusammen und fühlte mich wieder halbwegs funktionsfähig. Dann der Empfang und das Essen, noch mehr Alkohol und Reden und Konservenlachen. Auch mich hörte ich reden und lachen, aber so, als ob es jemand anders wäre, ein Bauchredner, der da redete und lachte, während ich mich nur bemühte, aufrecht dazusitzen und nicht auf meinen Teller zu speien.

In dem Gebäude, wo ich lesen sollte, fragte ich nach der Toilette. Jemand zeigte mir den Weg: einen schlecht beleuchteten Korridor hinunter, dann ein länglicher, muffiger Raum mit beigen Kacheln, beigen Becken, beigen Blechtüren, alle geschlossen, als säßen in den Kabinen lauter Menschen ohne Füße. Mir war heiß und schwindlig und elend. Versuchte mich zu übergeben, konnte nicht, drehte den Hahn auf und benetzte mir das Gesicht. Es änderte gar nichts, nur daß mein Gesicht in dem hohen Spiegel jetzt naß und verzerrt aussah, das Haar feucht und strähnig, die Augen gelb, der Blick verschwommen.

Es geht nicht, dachte ich. Ich taumelte auf den Korridor zurück, lief in die andere Richtung, um eine Ecke, da ging es nicht weiter, bog um eine andere Ecke, trat in ein höhlenartiges Gewölbe. Massen strömten herein. Ich drängte mich durch sie hindurch zu einer offenen Tür.

Draußen war es gnädig kühl. Der Nebel zerriß und hob sich, alles war feucht und dunkel; schimmernde, frühlingsgesprenkelte Bäume. Ich blieb stehen und trank die kühle klare Luft. Um Gottes willen, dachte ich, was hast du hier zu suchen, Karo McKay? Geh jetzt wieder hinein und lies deine Gedichte, wie versprochen.

Ich taumelte also über das regenfleckige Trottoir zurück.

Die Eingangshalle war jetzt fast leer, und ich strebte auf die offenen Türen zu, aber drüben trat mir ein breitschultriger junger Mann in den Weg und fragte nach meiner Eintrittskarte.

»Ich brauche keine Eintrittskarte, ich bin die Dichterin.« Ich lächelte. Er lächelte nicht und rührte sich nicht von der Stelle.

»Bedaure, Madam. Heute kein freier Eintritt. Karten gibt's da drüben. Aber beeilen Sie sich, es fängt gleich an.«

Na schön, dachte ich, dann kaufe ich mir eben eine Eintrittskarte, man wird mir das Geld zurückerstatten, und das Ganze ist ein herrlicher Witz – aber ich hatte gar kein Geld bei mir, nur meine brokatene Mappe mit den Gedichten und das Tonbandgerät. »Sie haben mich nicht verstanden«, sagte ich, während mir von neuem schwindlig und übel wurde. »Ich bin die Dichterin, die hier liest – Karo McKay.«

Der Mann sah zu dem Poster an der Wand, verglich das Foto (Jahre jünger, Pfunde schwerer) mit mir. Es war klar, daß da für ihn nicht die entfernteste Ähnlichkeit bestand. »Bedaure, Madam«, sagte er noch einmal in diesem ausdruckslosen Ton, mit dem man ungeladene Gäste und Verrückte abfertigt.

Er hätte vielleicht noch mehr gesagt, aber durch die Vorhalle kam soeben ein Pulk von Leuten angehastet, die ihre Eintrittskarten weit vor sich hinstreckten. Während er ihnen die Tür aufhielt, hörte ich drinnen eine Frauenstimme reden – nein, dachte ich, lesen: die ersten Verse von »Ferne Freuden«. Das ist meine Stimme, dachte ich, meine Stimme von dem Tonband, das ich für die Poetry Library besprochen habe; sie spielen es ab, um das Publikum ruhig zu halten, bis ich komme.

Ich quetschte mich an dem Kartenkontrolleur vorbei, dessen Proteste ich geflissentlich überhörte, und taumelte durch den Gang. Doch als ich zum Podium blickte, stand dort schon eine Frau – wie ich mit dichtem dunklem Haar, wie ich im grünen Kleid – und bewegte die Arme hin und her. Ich schrie auf, glitt aus, versuchte mich am gebogenen Holz einer Rückenlehne festzuhalten, fiel hin. Andere schrien, drängten sich um mich – es war aus.

Erschöpfung, die Grippe, sagten alle hinterher, höflich und mitfühlend. Ich nehme an, daß einige hinter meinem Rücken auch etwas von Drogen munkelten, von Alkohol, Nervenzusammenbruch, wer weiß? An das Weitere kann ich mich nicht mehr gut erinnern. Irgendwann übergab ich mich in einen blechernen Abfalleimer; das war in einem Seminarraum mit einer Tafel, an der Wörter in einer fremden Sprache standen. Oder vielleicht konnte ich sie auch nur nicht mehr lesen, ich verstand ja auch kaum etwas von dem, was man zu mir sagte.

Später saß ich im Fond eines Autos, auf dessen Boden Gummiringe lagen, dann fand ich mich in einem schäbigen kleinen Zimmer mit geschlossenen rosa Jalousien und einer bestickten rosa Bettdecke wieder und bekam becherweise lauwarmen Tee angeboten, den ich zurückwies.

Aber ich konnte nicht schlafen. Ich schwitzte, bekam Fieber, sah immerzu Nicht-Karo, hörte wieder und wieder ihre Stimme. Entsetzlich, und nicht nur die Stimme, auch die Worte, meine Worte. Es war, als hörte ich »Ferne Freuden« bewußt falsch vorgetragen, in einem unecht theatralischen Ton, so daß es nachgemacht, aufgebläht, minderwertig klang.

Ich lag im Dunkeln, zu erhitzt und krank, um zu schlafen, hörte im Kopf andere Zeilen von mir, die sich hallend wiederholten wie in einem höllischen Hörsaal. Sie klangen holprig und falsch, wie der falsche Name Karo McKay, teilweise gestohlen (von Janeys Vater) und nie zurückgegeben, teilweise erfunden. Und mir schien, daß jede Zeile, die ich je geschrieben oder gelesen hatte, holprig und falsch war: eine Parodie aus rührseligen, kitschigen Sätzen, triefend von übertriebener Dramatik wie billiger süßer Sirup, klebrig und farblos.

Lange lag ich so da, tief in die Kissen gesunken, und das Licht wechselte von Nacht zu Tag, und Janey kam aus Boston. Sie sprach mit dem Arzt, organisierte alles. Sie behauptete auch steif und fest, die Frau im grünen Kleid sei nur die Professorin gewesen, die Karo McKay vorstellen sollte; das Kleid sei auch gar nicht grün, sondern blau, ihr Haar heller als meines und nur schulterlang. Ich bin mir da nicht so sicher. Ich glaube zu wissen, was ich gesehen habe. Was ich sehen sollte.

Dann begleitete Janey mich in die Wohnung auf dem Campus; später half sie mir packen, und sie und Tom fuhren mich nach Cape Cod. Sie oder jemand anders muß alles geregelt und dafür gesorgt haben, daß mein Cottage hergerichtet und die Heizung an war; jemand anders muß meine letzten zwei Unterrichtswochen übernommen haben.

Ich nehme an, Bryan Wood hat sich bei den Leuten in Albany entschuldigt. Ich weiß es nicht, ich hatte noch nicht den Wunsch, mit ihm zu sprechen, und wahrscheinlich will er auch mit mir nicht sprechen. Es ist mir gleich. Ich denke lieber daran, daß ich es nie mehr nötig haben werde, mit strohdummen Menschen muntere Konversation zu machen, nie wieder in Zwergenflugzeugen durch die Lüfte gondeln oder wach in stickigen, unpersönlichen Motelzimmern auf steinharten Riesenbetten liegen und dem asthmatischen Röcheln einer Klimaanlage, dem Husten und Spucken der Lastwagen draußen auf einem schmutzigen, unbekannten Highway lauschen muß.

Hier ist wahrer Frühling. Der Teich glitzert vor Leben, ringsum zwitschern Vögel, am Abend quaken die Frösche. Ich spaziere am Teich entlang oder durch das nasse, schüttere Wäldchen, zwischen bemehlten Farnen, die gerade ihre Wedel entrollen, und rotgeäderten Stinknesseln, die, wenn sie wachsen, gefährlich werden. Ich nehme zu und kann die Nächte wieder durchschlafen.

Nichts mehr von Nicht-Karo gehört. Vielleicht wurde sie, indem sie Karo McKay vernichtete, ebenfalls vernichtet, hat sich in Luft aufgelöst, dünne Luft. Zweifellos hatte Shakespeare recht: Die Luft, in die Phantome sich auflösen, muß besonders dünn sein, sie würden sie sonst verpesten wie Industrieabgase.

Andere Male denke ich, daß sie doch nur eine Hochstaplerin aus Fleisch und Blut war und immer noch da draußen herumläuft, Leute anlügt und Karo McKays öffentliches Leben fortsetzt. Ich rechne damit, irgendwann ihr Bild in der *Times* zu sehen, ein Interview zu lesen, von jemandem zu hören, daß er sie getroffen hat oder bei einer Lesung war. Ich rechne nicht damit, daß sie irgendwann etwas veröffentlichen wird; Hochstapler und Gespenster können keine Gedichte schreiben. Und wenn sie nichts veröffentlicht, wird alle Welt sie nach einer Weile vergessen, sogar annehmen, daß sie tot ist.

Aber das spielt keine Rolle, denn soweit es mich betrifft, hat sie bereits gesiegt. Hier ist niemand anderes mehr als Carrie Martin, eine achtundvierzigjährige geschiedene Frau mit einer vernünftigen und wunderbar erwachsenen Tochter. Sie versteht sich auf Stenographie und Buchhaltung, ist aber gegenwärtig arbeitslos. Sie hat ein kleines, aber unzureichendes Vermögen, weshalb sie sich demnächst nach einer Arbeit umsehen muß. Sie hat eine blasse, trockene Haut und langes, schwarz gefärbtes Haar, das am Ansatz moosgrau nachwächst, und früher war sie einmal recht ansehnlich. Sie trägt eine Lesebrille und hat eine Teilprothese. Briefe, die an Karo McKay adressiert sind, nimmt sie nicht an. Sie liebt Seife mit Orangenduft und weiße Blumen und reife Avocados mit Zitronensaft und Olivenöl. Sie hat einen leeren Blick.

Ihr einziges Problem ist, daß sie seit neuestem Verse, sogar ganze Gedichtstrophen aus allen Ecken flüstern hört – aus den graubraunen Kartoffel- und gelbbraunen Zwiebelbergen im Kaufladen, aus dem bläulichen Dunst über dem Teich. Sie lassen sie nicht in Ruhe, wiederholen sich wie Echos, fügen sich immer wieder neu zusammen.

Meist versuche ich nicht zuzuhören. Manchmal aber, nur um sie zum Schweigen zu bringen, schreibe ich sie auf und schließe sie in eine Schublade. Sie wollen heraus, aber ich lasse sie nicht. Denn solange sie vor Nicht-Karo sicher sind, bin ich es auch.

Bitte beachten Sie auch
die folgenden Seiten

Alison Lurie im Diogenes Verlag

Affären

Eine transatlantische Liebesgeschichte
Aus dem Amerikanischen von Otto Bayer

Vinnie Miner, Amerikanerin, nach ironischer Selbsteinschätzung ›alt, klein, unattraktiv und nicht verheiratet‹, reist mit einem Forschungsstipendium nach London. Dorthin ist auch ihr attraktiver junger Kollege Fred Turner unterwegs. Beide sind allein. Keiner der beiden ist auf eine *Affäre* aus.

»Ein gleichermaßen witzig-melancholischer wie intelligenter Unterhaltungsroman.« *Die Zeit, Hamburg*

»Eine literarische Komödie, in der es neben dem Gegensatz USA–England auch um viele menschliche Skurrilitäten geht.« *Die Welt, Bonn*

Liebe und Freundschaft

Roman. Deutsch von Otto Bayer

»Ein höchst unterhaltsamer, witziger und bisweilen komischer Roman.«
Volker Hage / Sender Freies Berlin

»Ein Ehebruch, bei dem gewissermaßen alles stimmt. Nach fünf, sechs angenehm verbrachten Ehejahren hat sich die schöne Frau entliebt. Sie ist in häuslicher Monotonie ermüdet und gekränkt von der zunehmenden Verschlossenheit, wohl auch Herablassung des Gatten. Was sie von seiner Arbeit hält, berührt ihn kaum. Kann er überhaupt noch zwischen Menschen und Einrichtungsgegenständen unterscheiden? Die Zeit für einen Liebhaber ist reif… Alison Lurie erreicht, was so oft verfehlt wird: die Wahrheit über das, was man ›das Leben‹ nennen könnte oder auch ›das Menschenherz‹.« *Christa Rotzoll / FAZ*

Varna
oder Imaginäre Freunde

Roman. Deutsch von Otto Bayer

Ein junger amerikanischer Soziologiedozent, etwas zu scheu und voller ethischer Grundsätze, stößt auf einen etwas zu selbstsicheren und ziemlich rücksichtslosen Professor und Mentor. Die beiden mischen sich, zwecks ›teilnehmender Beobachtung einer isolierten Kleingruppe‹, unter eine Vereinigung kleinstädtischer religiös-spiritistischer Fanatiker, die glaubt, von Ro, dem Herscher des Planeten *Varna*, erleuchtet zu sein. Eine hochexplosive Synthese, die Beziehungen köcheln, und das Durcheinander brodelt.

»Luries vollendetste Komödie, eine wunderschöne Metapher auf die unzähligen Schattierungen zwischenmenschlicher Beziehungen.«
Times Literary Supplement, London

Ein ganz privater kleiner Krieg

Roman. Deutsch von Hermann Stiehl

Bei der Familie Tate war noch bis vor kurzem alles in Ordnung: die Ehe so wenig getrübt wie die Freude an den Kindern, das Heim behaglich. Mit einem Mal ist nichts mehr in Ordnung. In der Nachbarschaft entstehen scheußliche Häuser, die Kinder benehmen sich unerträglich, und Erica Tate muß entdecken, daß ihr Mann Brian sie mit einer Studentin betrügt. Sie will klug, großzügig handeln, aber es gelingt ihr nicht...

»Stilvoll, komisch, distanziert und zärtlich, von seltenem Witz und Einfühlungsvermögen: Alison Lurie schreibt wie ein Engel. Sie ist sowohl von Truman Capote wie von Christopher Isherwood mit Jane Austen verglichen worden – eine kühne Behauptung, aber dieser Roman rechtfertigt sie durchaus. Ein großartiges Buch.« *Sunday Times, London*

Die Wahrheit über Lorin Jones

Roman. Deutsch von Otto Bayer

»Alison Lurie ist die literarische Verhaltensforscherin der Denkmoden, der Konkurrenz- und Sexualgewohnheiten ganz normaler mittelständischer Stadtneurotiker.
Diesmal geht's um die New Yorker Kunsthistorikerin Polly Alter, die über die verstorbene und vergessene Malerin Lorin Jones eine Biographie schreiben soll. Polly beginnt mit lauter fixen Vorurteilen und endet beschämt und verwirrt, denn *Die Wahrheit über Lorin Jones* ist peinlicher, widersprüchlicher und komplizierter, als Polly dachte. Alison Lurie hat nicht nur ein Spottporträt über die New Yorker Kunstszene geschrieben; nebstbei ist ihr auch noch eine hinterhältige Satire auf die Tücken des Biographengewerbes gelungen.« *profil, Wien*

Nowhere City

Roman. Deutsch von
Otto Bayer

Ein Roman um Liebe und Leidenschaft, Stars und Starlets, Professoren und Privates, um das Auf und Ab und Kreuz und Quer des Lebens. In *Nowhere City* wird die ›folie humaine‹ wieder um eine Variante bereichert.

»Es gibt nur eine Alison Lurie, und mit *Nowhere City,* diesem gescheiten Roman voller Witz und Stil, läßt sie alle und alles weit hinter sich.« *Truman Capote*

»Unter dem Laserblick Alison Luries tanzen die Paare kreuz und quer durch das schwüle Kalifornien der 60er Jahre und bereiten dem Leser einen betörenden Cocktail aus sprühender Intelligenz und kitzelndem Witz.« *Le Figaro, Paris*

»Ein sehr sinnliches, rundes, fundiertes Buch. Herrliche Unterhaltung.« *The Sunday Times, London*

Von Kindern und Leuten

Roman. Deutsch von
Otto Bayer

Zwei Mädchen fahren mit ihren Eltern aufs Land, um bei der Lehrerin der Kinder ein geruhsames Wochenende in den Catskill Mountains zu verbringen. Doch die Mädchen merken sehr schnell, daß zwischen den Elternpaaren etwas nicht stimmt: Lollys Vater Dan macht Mary Anns Mutter Avancen. Dank ihrer Phantasie und ihrem feinen Gespür für das, was sich hinter den Worten der Erwachsenen verbirgt, zeichnet die achtjährige Mary Ann ein ergreifendes Bild von der nach außen so harmlos wirkenden Landpartie... Mit zarter Ironie entlarvt Alison Lurie die Paare und beschwört eine Kindheit im Amerika der dreißiger Jahre, als die Erwachsenen noch keine Spur erwachsener waren, als sie es heute sind.

»*Von Kindern und Leuten* ist dank seinem gepfefferten Humor und seiner Weitsicht ein phantastisches Buch von einer gewieften und einfühlsamen Autorin.« *Vogue, London*

John Irving
im Diogenes Verlag

Laßt die Bären los!

Roman. Aus dem Amerikanischen
von Michael Walter

Das Personal: zwei nicht erfolgsverwöhnte Studenten, ein großstadtsüchtiges Mädel vom Land, der Österreichische Bundesadler, Nachtwächter, ein mystischer Motorrad-Meister, ein Traktorfahrer, Honigbienen, ein raffinierter Linguist, ein Historiker ohnegleichen, die Slivnica-Familienhorde und die Benno-Blum-Bande, die 39er-Grand-Prix-Rennmaschine und der berühmte Asiatische Kragenbär.

»Irvings Erstling weist bereits alle Vorzüge auf, die seine späteren Bücher auszeichnen: Einfallsreichtum, Witz und Humor. Nacherzählen läßt sich Irvings heiter-melancholischer Schelmenroman, in dem vor allem Wien eine besondere Rolle spielt, nicht. Man sollte ihn lesen.« *Hamburger Abendblatt*

Die wilde Geschichte vom Wassertrinker

Roman. Deutsch von
Edith Nerke und Jürgen Bauer

»*Die wilde Geschichte vom Wassertrinker* liegt nun in einer durchweg gelungenen Übersetzung vor. Die Geschichte ist klug angelegt, unterhaltsam und stellenweise immer wieder von überraschender Komik. Und nicht zuletzt ist sie eine besonders galante und latent ironische Verbeugung des Autors vor den Frauen: Ohne deren zivilisierenden und fordernden Einfluß, so muß man annehmen, wäre Fred ›Bogus‹ Trumper im Stadium selbstzerstörerischer Faulheit steckengeblieben und hätte den beseligenden Prozeß des Reifwerdens nie am eigenen Leib und Geist verspürt.« *FAZ*

»*Die wilde Geschichte vom Wassertrinker* ist einfach

grandios! Diese in der Tat wild zwischen Zeiten und Orten umschweifende Geschichte vom Erwachsenwerden gehört zum Besten, was Irving bislang vorgelegt hat. Witzig, melancholisch und wie immer gewürzt mit ein bißchen Österreich, leidenschaftlichem Vater-Sein (keine Bären diesmal) und der Küste von Maine, erzählt Irving in rasantem Tempo vom Leben im verstopften Zustand. Diese verschmitzte Posse übers amerikanisch-akademische ›Anderssein‹ ist ein Sittenroman, dem beim Lesen keine Pinkelpause gegönnt werden kann.« *coolibri, Bochum*

»Brutale Wirklichkeit und Halluzinationen, Komödiantentum und Pathos. Ein bunt zusammengewürfeltes Muster... von erhebender Schönheit.«
Time Magazine, New York

»Irvings bester Roman – virtuos, gerecht, bewegend.«
Le Point, Paris

Eine Mittelgewichts-Ehe

Roman. Deutsch von Nikolaus Stingl

In einer Universitätsstadt in Neuengland beschließen zwei Paare, es einmal mit Partnertausch zu versuchen, ein mittelgewichtiger Versuch, mit dem schwergewichtigen Problem der Ehe fertig zu werden und wieder gefährlich zu leben. Anfangs scheint in dieser erotisch-ironischen Geschichte einer Viererbeziehung alles zu klappen.

»Lust und Last beim Partnertausch, Traum und Alptraum, Irrsinn und Irrwitz, Klamauk und Katastrophe: Irving verschweigt nichts.« *FAZ*

Das Hotel New Hampshire

Roman. Deutsch von Hans Hermann

Eine gefühlvolle Familiengeschichte, in der Bären, ein Wiener Hotel voller Huren und Anarchisten, ein Familienhund, Arthur Schnitzler, Moby-Dick, der große Gatsby, Gewichtheber, Geschwisterliebe und Freud vorkommen – nicht *der* Freud, sondern Freud der Bärenführer.

»Ein ausuferndes Bilderbuch, wild fabulierend und von köstlicher Ironie durchsetzt.«
Tagesspiegel, Berlin

»Irrsinnig komisch, meisterhaft erzählt, bezaubernd; als ob die Brüder Grimm und die Marx Brothers beschlossen hätten, gemeinsam einen draufzumachen.«
The New York Times

Gottes Werk und Teufels Beitrag

Roman. Deutsch von
Thomas Lindquist

Dr. Wilbur Larch und Homer Wells: ein moderner Schelmenroman und zugleich eine herrlich altmodische Familiensaga von einem Vater wider Willen und seinem ›Sohn‹, der, wie einst David Copperfield, eines Tages auszieht, um »der Held seines eigenen Lebens zu werden«.

»Ein Roman über die endlosen Mühen der sexuellen Emanzipation, über den langen, historischen Weg aus der Bigotterie; von einem Mann geschrieben, mit einem Mann als Held, kein bißchen feministisch und doch ein flammendes Werk für Frauen. Das mache mal einer nach.« *Die Zeit, Hamburg*

Owen Meany

Roman. Deutsch von
Edith Nerke und Jürgen Bauer

»Außergewöhnlich, originell und bereichernd… gewaltig und befriedigend. Irving schreibt mit Verve und Gusto. Mit *Owen Meany* hat John Irving sein eigenes kleines Wunder geschaffen.« *Stephen King*

»*Owen Meany* ist ein strategisches Meisterwerk. Die Geschichte eines amerikanischen Messias läßt sich verbinden mit einer archetypischen Tom-Sawyer-und Huckleberry-Finn-Geschichte…«
Die Zeit, Hamburg

»Das Buch ist ein erzähltechnisches Meisterwerk. Ich kenne keinen Kriminalroman, der so gut mit soviel ›suspense‹ arbeitet.« *Süddeutsche Zeitung, München*

Rettungsversuch für Piggy Sneed

Sechs Erzählungen und ein Essay
Deutsch von Dirk van Gunsteren und
Michael Walter

»Der ›Rettungsversuch für Piggy Sneed‹ leitet eine Sammlung von sechs Erzählungen und einem Essay über Charles Dickens ein, die beweist, daß Irving nicht nur ein großartiger Romancier ist, sondern auch die kleine Form meisterhaft beherrscht. Die Auswahl reicht von seiner ersten, 1968 publizierten Erzählung ›Miss Barret ist müde‹ über die 1981 mit dem O'Henry Award prämierte Geschichte ›Innenräume‹ bis hin zu der Geschichte einer wahnwitzigen Autofahrt quer durch die USA, die selbst nach einem offenbar tödlichen Zusammenstoß nicht enden will (›Fast schon in Iowa‹).« *Ulrich Baron/Rheinischer Merkur, Bonn*

»Eine reine Freude für Irving-Fans.«
Duglore Pizzini/Die Presse, Wien

Zirkuskind

Roman. Deutsch von
Irene Rumler

»Die Handlung von John Irvings achtem Roman spielt hauptsächlich in Bombay. Dr. Farrokh Daruwalla ist eine der bisher bezauberndsten Schöpfungen des Autors: ein von Zweifeln geplagter, pummeliger Arzt, fremd sowohl in Kanada, seiner Wahlheimat, als

auch in Indien, wo er geboren wurde. Wenn sich Dr. Daruwalla nicht gerade vergeblich bemüht, Blutproben von Zwergen in indischen Zirkussen zu sammeln, um das ›Zwergen-Gen‹ zu lokalisieren, verbringt er seine Zeit damit, im Duckworth-Golfclub von Bombay darüber nachzudenken, wer der Mörder eines ehrenwerten Clubmitglieds sein könnte, das im Bougainvillea-Gebüsch beim neunten Loch entdeckt wurde. Weitere unvergeßliche Figuren bevölkern Irvings turbulente Geschichte: das Hippie-Mädchen aus Iowa; ein brutaler Transsexueller und ein deutscher Drogenhändler; ein undurchsichtiger Filmstar samt seinem jesuitischen Zwilling; kastrierte Transvestiten-Prostituierte und ein zwergwüchsiger Chauffeur. *Zirkuskind* ist ein wildes Buch.«
Vogue, New York

»*Zirkuskind* ist ein atemberaubender Langstreckenroman, ein schwindelerregender Ablauf von Bildern und Handlungssträngen, der sich von Kapitel zu Kapitel steigert. Ein Griff ins pralle Leben und trotz aller Tragik, trotz skurriler Einfälle, Komik und Action steckt hinter allem Menschlichkeit und Mitgefühl.«
Focus, München

»Ein echter Irving: Verschlungen, virtuos entlang der Abgründe des Irrwitzes balancierend und von den absonderlichsten Typen bevölkert.« *Stern, Hamburg*

Hannah Green im Diogenes Verlag

Bevor du liebst

Roman. Aus dem Amerikanischen von
Annette Keinhorst

Der fünfundzwanzigjährige John ist taubblind. Mit bewundernswertem Elan versucht er, mit möglichst wenig fremder Hilfe ein selbstbestimmtes Leben zu führen. Die spontane junge Schauspielerin Leda weckt in ihm Sehnsucht nach mehr Lebendigkeit in seinem Alltag. Und sie lernt durch John neu wahrzunehmen. Eine ungewöhnliche Liebesbeziehung beginnt.

»Eine vollkommene, wunderbare und ergreifende Geschichte. So imponierend die literarische Leistung der Hannah Green ist, nicht minder wird zum Erfolg des Romans die fulminante Übersetzung Annette Keinhorsts beitragen, die nicht nur das Taubblinden-Vokabular adäquat übertragen mußte, sondern auch die Lyrikpassagen, die von großer Einfühlsamkeit zeugen.« *Ilse Leitenberger/Die Presse, Wien*

»Der beinahe trockene, immer authentische Tonfall macht die Musik dieser ergreifenden Prosa aus.«
Salzburger Nachrichten

»Eine einfache Liebesgeschichte? Mitnichten. Hannah Green erzählt ohne Rührseligkeit, mit minutiösem Einfühlungsvermögen von einer aufwühlenden Seelenverbindung. Ein fortwährend bewegender Roman.«
Hans Pleschinski/Bayerischer Rundfunk, München

»*Bevor du liebst* ist ein außergewöhnlich sinnliches Buch. Mit sanftem Nachdruck erzieht es den Leser zur Überprüfung seines eigenen Umgangs mit der Wirklichkeit.«
Renate Miehe/Frankfurter Allgemeine Zeitung

Olympia Blues

Erzählungen. Deutsch von
Annette Keinhorst

Nach den beiden Erfolgsromanen *Ich habe dir nie einen Rosengarten versprochen* und *Bevor du liebst* zeigt Hannah Green mit dem vorliegenden Geschichtenband, daß sie die ganze Palette des spannenden Erzählens beherrscht. Ob ihre Geschichten witzig, besinnlich oder unheimlich daherkommen, immer wartet die Autorin mit einer Fülle von Phantasie und einer verblüffenden Wendung auf.

»Hannah Green präsentiert sich als jemand, dem Ironie und Witz nicht fremd sind. Die Geschichten zeugen von großer Menschenkenntnis und von einer bemerkenswerten stilistischen Sicherheit. Unterhaltsam und keineswegs moralinsauer, spannt Hannah Green ihren Bogen von den fünf älteren Damen als verhinderte Olympioniken über eine Romanfigur, die mit den Ideen ihrer Autorin alles andere als einverstanden ist, bis hin zu der traurig-besinnlichen Geschichte des Adam Cik, der auf der verzweifelten Suche nach seiner Identität ist. Heitere Gelassenheit und – man verzeihe mir das abgedroschene Wort – Betroffenheit zeichnen dieses Buch aus. Auch hier öffnet Hannah Green wieder den Blick für ganz neue Fragen unserer Existenz und mit jeder Geschichte kommen wir dieser Frage ein Stück näher.«
Clemens Stauffenberg/Jazzwelle-Plus, Hamburg

»Dieser Band mit vierzehn ausgezeichneten Erzählungen ist um so bemerkenswerter, weil sie nicht nur vom künstlerischen Standpunkt aus ›schön‹ sind, sondern auch in moralischer und geistiger Hinsicht.«
Joyce Carol Oates